Dello stesso Autore

nella collezione Oscar

Il serpente
Le maschere
Le rose imperiali
Itaca per sempre

Luigi Malerba

Il fuoco greco

Arnoldo Mondadori Editore

I edizione Scrittori italiani febbraio 1990
I edizione Oscar Scrittori del Novecento gennaio 2000

ISBN 88-04-46846-8

Questo volume è stato stampato
presso Mondadori Printing S.p.A.
Stabilimento NSM - Cles (TN)
Stampato in Italia - Printed in Italy

Il nostro indirizzo Internet è:
http://www.mondadori.com/libri

Il fuoco greco

Il "fuoco greco" era l'arma segreta dell'Impero Bizantino. Molto prima dell'invenzione della polvere da sparo, il "fuoco greco" permetteva alle navi bizantine di lanciare per mezzo di lunghi tubi a sifone delle micidiali palle infuocate contro le navi nemiche. Questi proiettili di fuoco non si spegnevano a contatto con l'acqua e perciò vennero usati quasi esclusivamente nelle battaglie di mare. Il "fuoco greco", inventato nel 672 dopo Cristo da un ingegnere siriaco di nome Callinico, permise alla flotta bizantina di conquistare e conservare il dominio del Mediterraneo per più di cinque secoli, dal 673 quando venne usato per la prima volta dall'Imperatore Costantino Pogonato contro la flotta araba, fino al 1221 quando i Mussulmani riuscirono a impossessarsi del segreto di fabbricazione e lo usarono a loro volta contro le navi dei Cristiani. Per cinque secoli si scatenarono intorno a questo segreto le spie dei popoli nemici di Bisanzio, ma anche quelle degli alleati. La formula venne custodita gelosamente, protetta da disposizioni severissime, per cui anche i cronisti di quei secoli, ad eccezione di Anna Comnena nella *Alessiade*, fanno solo rari e brevi cenni a quest'arma micidiale. Forse mai nella storia un segreto militare venne conservato così a lungo come quello del "fuoco greco" la cui composizione, nota allora solo all'Imperatore e alle poche persone addette alla fabbricazione, non è stata tramandata ai posteri.

1

Un cruccio che turbò a lungo i sonni dell'Imperatore Costantino VII Porfirogenito e ne tenne occupati molti pensieri durante gli anni che sedette sul Trono di Bisanzio, fu quello di correggere l'acustica della Sala del Triclinio, luogo eletto dei sontuosi banchetti che si tenevano in occasione delle visite di ospiti eminenti. Durante questi banchetti, che in qualche caso avrebbero dovuto rinsaldare con la cordialità della tavola i rapporti promossi dalla diplomazia bizantina, il dialogo risultava ogni volta gravemente compromesso: le voci rimbalzavano contro le pareti e le colonne di marmo per ritornare agli emittenti con echi e risonanze, e si sovrapponevano e confondevano in un turbine di orribili muggiti. Sentendo echeggiare nella sala le proprie voci deformate in suoni grotteschi, come se qualche buffone maligno si fosse nascosto dietro le colonne per fare il verso ai loro discorsi, alcuni ospiti stranieri si erano ammutoliti per tutta la durata del banchetto e avevano interpretato questi disturbi come una beffa architettata con malizia e arroganza. In qualche caso erano ripartiti offesi dalla Capitale bizantina con grave pregiudizio dei rapporti diplomatici.

La Sala del Triclinio, detta anche Crisotriclinio per l'abbondanza degli ori che la decoravano, era la più sontuosa fra tutte le sale dei Palazzi Imperiali e Costantino

VII non voleva rinunciare, a causa della cattiva acustica, a stupire i suoi ospiti con il lusso e la ricchezza bizantina la cui fama aveva superato i confini dell'Oriente e dell'Occidente.

La sala era di forma circolare, delimitata all'intorno da alte colonne di marmo di Tessaglia, e le pareti esterne, di forma ottagonale, erano riquadrate di alabastro e rivestite di mosaici che raffiguravano fiori e frutta a festoni, e uccelli fantastici in una fascia alta vicina al soffitto. Il pavimento a disegni geometrici era composto a rombi di cipollino rosso intrecciati a lastre compatte di porfido e di marmo di Aquitania. Il soffitto intarsiato di legni preziosi riproduceva gli stessi motivi geometrici del pavimento. Tutta questa gioia per gli occhi veniva guastata ogni volta da una tormentosa confusione delle voci e dei suoni che impediva anche le esibizioni dei musicanti alla fine dei banchetti.

Gli architetti di Corte avevano ricevuto l'incarico di correggere l'acustica senza toccare i marmi e i mosaici. Chiamato in udienza dall'Imperatore, il Primo Architetto aveva esposto una sua personale teoria dei vuoti: in un vaso ciò che conta e che viene utilizzato non è la materia di cui è composto, che può essere preziosa o vile, ma il vuoto interno. Nello stesso modo l'essenza di un ambiente destinato all'uomo non è costituita dalle pareti, dai pavimenti e dai soffitti, ma dal vuoto che essi delimitano e nel quale l'uomo si muove.

«Si muove e parla» aveva sottolineato l'Imperatore.

Era proprio questo spazio vuoto, aveva spiegato il Primo Architetto, che intendeva modificare, beninteso senza alterare né i marmi né i mosaici, affinché le voci non rimbalzassero dagli angoli di risonanza creando turbamento durante i banchetti imperiali.

La squadra degli operai comandati dall'Architetto trafficò a lungo dentro la grande sala circolare. Vennero collocati fra una colonna e l'altra dei vasi con alberetti di mirto e di cipresso, vennero stesi tappeti tessuti appositamente in modo che la loro forma non turbasse il disegno marmoreo dei pavimenti, vennero applicate doppie tende di seta e di lino alle finestre, senza che tutto questo migliorasse la situazione acustica. Vennero ricoperti i mosaici delle pareti con perfette riproduzioni degli stessi disegni su sottili tavole di legno, ma le voci e i suoni continuarono a confondersi come prima.

L'Imperatore manifestò tutta la sua irritazione facendo rinchiudere il Primo Architetto e i suoi operai in un monastero della Bitinia e chiamò dalla Persia un architetto e un matematico raccomandati dal Patriarca di Costantinopoli che qualche anno prima li aveva incaricati di certi restauri nella cupola di Santa Sofia dalla quale cadevano frammenti di pitture e di mosaici durante le messe cantate. Si era scoperto che il canto e le alte voci delle preghiere facevano vibrare i materiali che, a lungo andare, si scollavano dalla loro sede e precipitavano in testa ai fedeli e agli stessi officianti. Il restauro e i segreti congegni messi in opera dai due persiani per infrangere l'urto delle voci avevano eliminato del tutto l'inconveniente nella Cattedrale.

Dopo un primo esame della grande sala, i due persiani fecero portare via i vasi, smontarono i pannelli di legno applicati sopra i mosaici, tolsero tutte le tende e i tappeti e poi si chiusero dentro la Sala del Triclinio con una piccola cassa di attrezzature e una scala alta quanto le pareti.

Una settimana dopo l'Imperatore venne informato che il lavoro era compiuto. Deluso dal Primo Architetto che gli aveva fatto spendere una fortuna senza ottenere nessun risultato, Costantino volle provare lui stesso l'acustica dell'ambiente. In presenza dei due persiani entrò nella Sala del Triclinio e provò a parlare a voce bassa, poi a voce più alta e infine fece emettere dei gridi da un suo accompagnatore perché non riteneva degno della maestà imperiale mettersi a gridare entro le mura dei Palazzi. Le prove di voce vennero ripetute in vari luoghi del grande ambiente e i risultati furono sempre soddisfacenti: niente echi, niente risonanze.

Costantino e gli uomini del suo seguito osservarono attentamente la sala e in nessun luogo notarono dei cambiamenti. Si domandarono se il risultato fosse opera di magia ma i due persiani, che avevano intuito il sospetto, fecero notare all'Imperatore dei sottilissimi fili di seta tesi come una invisibile ragnatela fra una colonna e l'altra e fra le colonne e il soffitto secondo criteri, dissero, calcolati in base alla teoria pitagorica dei suoni e dei numeri applicata con profitto già in varie occasioni.

I due persiani vennero compensati con quattrocento nomismi d'oro come era stato pattuito e in più ebbero in dono due medaglie d'oro cesellate dall'Orafo di Corte e raffiguranti da una parte l'immagine del Basilicos e dall'altra una Croce greca con le due date della Invenzione e della Esaltazione.

Prima di ripartire per il loro paese l'architetto e il matematico, soddisfatti del dono ricevuto, dissero all'Imperatore che l'acustica della sala si poteva perfezionare ancora con il volo di qualche farfalla, anche una sola ma non più di dodici. Costantino diede disposizioni perché si provvedesse anche a questo durante i banchetti che si svolgevano in primavera e in estate.

Questo avveniva nell'anno del Signore 957, due anni prima della morte di Costantino VII. Da allora la Sala del

Triclinio venne gloriosamente esibita agli ospiti d'onore senza che i vecchi inconvenienti disturbassero la loro conversazione e confondessero le musiche e i canti che alla fine dei banchetti coronavano l'ospitalità imperiale.

2

Era una sera gelida di febbraio dell'anno 962 e quando gli ospiti presero posto ai tavoli della Sala del Triclinio trovarono che la superficie dell'acqua versata dai coppieri nei calici d'argento era coperta da un leggero strato di ghiaccio. Nonostante il freddo, il banchetto aveva avuto inizio con l'invocazione solenne dell'Araldo Vocale il quale aveva intonato a gran voce: «In gaudio prandite, domine!» e tutti si erano chinati sui cibi caldi e sul vino per ottenere ristoro ai loro corpi infreddoliti.

La tavola del Basileus, alla quale sedeva in questa occasione la Reggente Teofane, era collocata all'estremità della sala di fronte all'ingresso. Di forma rettangolare, la tavola di marmo intarsiato era posta su un rialzo di legno tutto rivestito di porpora e riscaldato da un tubo di aria calda che arrivava direttamente dalle cucine. Nell'emiciclo di fronte le tavole degli invitati erano disposte in modo che questi non volgessero le spalle alla Reggente.

Su grandi carrelli spinti da giovinetti che rabbrividivano dentro le loro strette e bianche tuniche di seta, arrivavano i cibi che si fermavano vicino alla tavola occupata dalla Reggente e dagli ospiti d'onore, e poi facevano il giro delle altre tavole seguendo un percorso rigidamente stabilito dal Prefetto della Tavola del Basileus che aveva fissato secondo l'etichetta anche i posti degli invitati.

Il posto d'onore alla destra della Reggente Teofane era stato assegnato all'Ambasciatore dell'Emiro di Mosul e Aleppo, il temibile Saif ad-Dawla, con il quale si tentava una pacificazione dopo anni di guerre che avevano procurato vasti danni ai due contendenti e dissanguate le finanze dell'Impero Bizantino. Alla sinistra di Teofane sedeva l'eunuco Giovanni Bringas che ufficialmente ricopriva le cariche di Magister Officiorum e di Parakimomeno, vale a dire "colui che dorme accanto all'Imperatore", in questo caso alla Reggente, ma che in realtà era l'artefice segreto della politica imperiale sia per le decisioni interne che per i rapporti con gli Stati esteri. Gli altri invitati seduti al tavolo della Reggente appartenevano tutti all'Alta Burocrazia: Leone Foca, nominato da poco Kuropalata dopo che il fratello Niceforo Foca aveva strappato all'Emiro Saif ad-Dawla le città di Germanicea e di Aleppo nella valle dell'Eufrate, e l'Eparco Giorgio Mesarite, massimo Magistrato dell'Impero. Agli altri tavoli sedevano, insieme alle Dame di Corte e ai rappresentanti degli Ordini Burocratici, un Maestro di Retorica, un Grammatico, un Teologo, un Matematico, un Poeta di Corte e alcuni Monaci sapienti. Il fior fiore della cultura bizantina era stato reclutato per questo pranzo che, seguendo una tradizione instaurata da Costantino VII, veniva dedicato una volta ogni mese a un filosofo, a un poeta o a uno storico della Antichità Classica. Quella sera era stato scelto come argomento della conversazione il filosofo greco Aristotele.

Mentre si mangiavano arrosti di capretto, salsicce di oca farcite di aglio e cipolla, prosciutti di cinghiale e petti di pavone, si discuteva se quella di Aristotele fosse vera filosofia, se la vera filosofia coincida sempre con la vera religione come fonte di verità e, di conseguenza, se un vero cristiano potesse accettare le proposizioni filosofiche dell'Ateniese. A quel tempo Aristotele non era stato ancora assimilato alla cultura cristiana e la conversazione era arrivata a un punto delicato e controverso.

«Se anche vogliamo riconoscere nel Motore Immobile del filosofo ateniese una immagine di Dio, come pretendono in molti,» disse il Teologo di Corte «non si capisce perché Dio debba essere immobile. Il principio della divinità, al contrario, è mobile per eccellenza e i suoi attributi dovrebbero essere semmai la fluidità aerea, l'infinità espansiva, la velocità.»

Sulla velocità di Dio intervenne il Matematico.

«La velocità può essere un attributo divino solo se è assoluta, e su questo credo che non si possa dubitare. Ma la velocità assoluta significa che il Soggetto è già arrivato nel momento stesso in cui è partito.»

Il Kuropalata Leone Foca si irrigidì per un istante, depose nel piatto la salsiccia d'oca che stava per addentare, e intervenne nella discussione sulla velocità di Dio.

«La questione è dura da risolvere perché l'affermazione dell'illustre Matematico smentirebbe il principio di non-contraddizione già formulato da Anassagora e assunto in seguito proprio da Aristotele come uno dei cardini della logica.»

«Aristotele è un filosofo pagano» rispose subito il Teologo «e perciò, quando parliamo degli attributi del Dio dei Cristiani, possiamo tranquillamente contraddire la sua logica. Converrà piuttosto tener conto di Proclo che nella sua *Institutio theologica* afferma che l'esistenza del Primo Motore Immobile rende necessaria anche l'esistenza di ciò che si muove, vale a dire di ciò che è mosso dal Primo Motore. Infatti ogni Ente o è immobile, o mobile di per sé, o mobile per altrui impulso. Da ciò è manifesto che ad imprimere impulsi al moto può essere soltanto Colui che Aristotele chiama il Motore Immobile. Il vostro discorso non tiene conto che l'Immobile muove qualcosa che gli è estraneo, ma non può avere il limite della immobilità in quanto comprende in se stesso anche gli altri Enti e perciò va catalogato come semovente. In questo caso il movimento è pura espansione che non comporta luogo di partenza e luogo di arrivo e perciò la velocità, che ho citato come attributo divino, si esercita nel corpo stesso dell'Ente Supremo impropriamente identificato nel Motore Immobile di Aristotele. Se invece vogliamo condizionare questo attributo della velocità ad altri attributi in una sequenza necessariamente infinita, allora stiamo discutendo della scienza del nulla, come dice Proclo, e meglio sarebbe tacere come ci impone la fede.»

Leone Foca volle ancora introdursi nella conversazione temendo che la serata si riducesse a un dialogo fra il Matematico e il Teologo, i quali si fronteggiavano con l'apparente compostezza di chi sa di poter contare su una grande riserva di argomentazioni e sull'attenzione dei commensali.

«Non mi sembra elegante» disse Leone Foca «introdurre la fede in argomenti che stavamo trattando secondo i principi della logica.»

«Ho detto soltanto che la fede in qualche caso impone di tacere, soprattutto quando si pronunciano commenti come il vostro che non sono improntati né alla logica né all'eleganza.»

Leone Foca rimase offeso e frastornato dalla risposta del Teologo di Corte, e non ebbe il tempo di riordinare le idee e di rispondere perché il Matematico riprese il dialogo con il Teologo deponendo il coltello con il quale stava tagliando un abbondante pezzo di capretto arrostito.

«La nozione di spazio, secondo voi, è ammessa nei Cieli popolati dagli Enti immobili, mobili o semoventi?»

Alla domanda, carica di pungente ironia, rispose il Teologo con la sua flemma abituale.

«Mi pare che il centro del nostro discorso fosse l'Onnipotente o, se preferite, il Motore Immobile e non lo spazio riservato agli Enti che da esso derivano e da esso dipendono.»

«Intendevo parlare proprio del Supremo fra tutti gli Enti» disse il Matematico «o, sempre per usare il linguaggio del filosofo ateniese, del Motore Immobile. Se volete posso formulare di nuovo la domanda in questo modo: la nozione di spazio è ammessa dall'Onnipotente? E, insieme alla nozione di spazio, è ammessa la geometria con le sue forme, per esempio la sfera che fra tutte le forme è la più perfetta?»

«La nozione di spazio è ammessa necessariamente dall'Onnipotente per quanto riguarda gli Enti che da esso derivano e da cui sono mossi, ma per quanto riguarda lo stesso Ente Supremo diciamo che comprende tutti gli altri spazi e le relative geometrie in uno spazio infinito.»

«Uno spazio infinito, secondo la geometria di Euclide, è composto di un numero infinito di punti, ma pur sempre di punti, distinti l'uno dall'altro. Mi seguite?»

«Ho capito che cosa volete intendere: che da un punto all'altro si possono stabilire dei percorsi e che questi si possono coprire più o meno velocemente. Ma io vi rispondo che l'Ente Supremo già occupa tutti questi punti e quindi non è dato stabilire dei percorsi e tanto meno delle velocità relative.»

Nella Sala del Triclinio l'aria gelida si era fatta di ghiaccio e i commensali avevano smesso perfino di masticare per non perdere nemmeno una parola della contesa tra il Teologo e il Matematico.

«I filosofi cristiani parlano spesso della sfera celeste. Nemmeno nel caso della sfera è dato stabilire dei punti differenziati? Se si ammette la forma di sfera bisogna ammettere anche uno spazio delimitato da una superficie. Siete d'accordo almeno su questo?»

«Certamente,» rispose il Teologo «secondo la geometria di Euclide.»

«Esiste anche una geometria celeste diversa da quella euclidea? Forse siete sul punto di dirmi che secondo questa nuova scienza delle forme esiste una sfera infinita che si identifica con l'Ente Supremo. Non credete che le forme geometriche, compresa la sfera, siano proprio un modo di combattere l'idea di infinito, questo assoluto male metafisico che opera nel cosmo seminandovi il caos?»

«Se dite che questa idea semina il caos nella mente umana sono d'accordo con voi, ma se parlate del cosmo devo pensare che considerate Dio un assoluto male metafisico, un seminatore di caos.»

«Ho parlato di idea e una idea può seminare il caos solo nel cosmo immaginato dalla mente umana. Mi sembrava che non ci fosse possibilità di equivoco, ma ho l'impressione che con i vostri sofismi maliziosi vogliate sfuggire alla domanda se può esistere o no una sfera infinita.»

«Vi ho già risposto.»

«Io non intendo la sfera di cui parla Euclide, ma quella di cui parlano i nostri filosofi cristiani.»

«La sfera celeste è una elegante metafora e voi sapete che le metafore non occupano spazio né hanno una superficie e perciò male si adattano ad essere misurate e rinchiuse in una forma geometrica.»

Il Matematico capì che non avrebbe potuto proseguire la discussione senza inoltrarsi pericolosamente nell'area del dubbio teologico.

«Dopo avere studiato per tanti anni la geometria euclidea sarò felice se nelle prossime settimane vorrete erudirmi intorno alla geometria celeste sulla quale, confesso, le mie cognizioni sono assai scarse.»

A questo punto il Teologo dedicò tutta la sua attenzione alla trancia di capretto arrosto che aveva sul piatto. I commensali capirono dunque che non avrebbe replicato alla provocazione ironica del suo interlocutore e che la sfera, così chiusa e compatta come forma geometrica, si era ormai dissolta in una nuvoletta retorica.

La giovane Reggente Teofane, che aveva seguito a fatica la lunga diatriba teologica, trattenne a stento uno sbadiglio, poi si volse verso Bringas e gli parlò sottovoce.

«Queste discussioni mi sfiniscono. Non possiamo trasformare la Corte in una accademia dove si discute all'infinito di questioni insensate e dove, con la scusa della filosofia, si mangia male, anche se in vasellame d'oro e d'argento. Purtroppo devo rimpiangere i tempi di Costantino VII quando, durante i banchetti, si confondevano le voci, e le parole pronunciate dai commensali ritornavano indietro come schiaffi sulla faccia di chi le pronunciava.»

«Questi pranzi filosofici o poetici o storici, mia amata Principessa,» disse a voce bassa l'eunuco Giovanni Bringas «sono un motivo di orgoglio e di prestigio per l'Impero Bizantino. Con questo banchetto aristotelico noi vogliamo dimostrare all'Ambasciatore di Saif ad-Dawla seduto al nostro fianco che qui a Bisanzio si discute tranquillamente di filosofia mentre i nostri strateghi combattono contro il suo esercito in Mesopotamia. In realtà si tratta di un pranzo politico dal quale mi riprometto di ottenere qualche vantaggio domani stesso quando ci incontreremo per discutere non più sul Motore Immobile ma sui nostri confini orientali e sulle condizioni di una pace terrestre che rischiamo di dover pagare a peso d'oro.»

«Ciò non toglie che io mi stia annoiando fino alla disperazione» e così dicendo Teofane fece un vistoso sbadiglio.

«Se posso darvi un suggerimento» disse ancora Bringas «preferirei che Vostra Altezza facesse qualche sforzo per trattenere gli sbadigli. I nostri convitati vi stanno osservando.»

«Che mi osservino pure, hanno ciò che si meritano. In ogni caso questa è l'ultima volta che si terrà un pranzo di questa fattura alla Corte di Bisanzio.»

Leone Foca aveva già notato nella Reggente qualche gesto di insofferenza durante il suo breve intervento contro il Teologo, e poi aveva creduto che lo sbadiglio a viso aperto fosse indirizzato proprio a lui. Nonostante la prudenza imparata nei lunghi anni di vita cortigiana, non seppe trattenersi dalla tentazione improvvisa di rivolgersi alla Reggente.

«Ho notato che l'Augusta Principessa Teofane ha aperto la bocca. Forse ha qualcosa da dire sul filosofo Aristotele?»

Teofane restò fulminata dalle parole del Kuropalata. Tutti gli sguardi si fissarono su di lei e qualcuno sorrise a fior di labbra soddisfatto della umiliazione che il Kuropalata aveva osato infliggere alla Reggente. Teofane non sapeva quale atteggiamento prendere e come soffocare la propria ira. Arrossì di vergogna, balbettò qualcosa d'incomprensibile, ma gli sguardi che si volgevano a lei da ogni parte della grande sala aggravarono il suo imbarazzo.

Giovanni Bringas le parlò sottovoce e senza voltarsi verso di lei perché il suo suggerimento non venisse notato.

«Dovreste rispondere qualcosa. Quando un alto funzionario dell'Impero si rivolge direttamente all'Imperatore, o a chi ne fa le veci, l'etichetta consiglia che si dia comunque una risposta.»

Teofane fece uno sforzo per mettere insieme una frase che avesse un senso.

«Aristotele forse non era stato toccato dalla fede se ha chiamato Dio Motore Immobile. A me questa definizione sembra una bestemmia.»

Leone Foca, che forse aveva bevuto qualche coppa di vino in più per riscaldarsi, replicò subito senza riflettere.

«È difficile, mia Augusta Signora, che Aristotele fosse toccato dalla fede cristiana essendo nato quasi quattrocento anni prima di Cristo.»

Il Maestro di Retorica, il Grammatico e il Poeta di Corte, che stavano seduti alla stessa tavola, guardarono preoccupati il Kuropalata che aveva osato mettere in ridicolo la Sovrana sottolineando il suo errore. Gli altri invitati fissarono i loro sguardi sulla bella Teofane che non si sforzava nemmeno di nascondere la propria ira per la figura meschina che aveva fatto di fronte a tutti. Solo l'Ambasciatore di Saif ad-Dawla era rimasto impassibile perché aveva deciso di fingere di non conoscere il greco sebbene tutti sapessero che lo capiva perfettamente.

Finalmente a rompere quel momento di afflizione e di imbarazzo, entrarono nella sala i giocolieri. Erano indigeni e Mori, e cominciarono a esibirsi in esercizi di abilità con i piatti e le palle, mentre i musici li accompagnavano seguendo il ritmo delle esibizioni.

3

La Reggente Teofane non considerava esaurito l'incidente e alla fine del banchetto convocò l'eunuco Bringas nei suoi appartamenti per un colloquio riservato. Attaccò a parlare senza tante cerimonie come se avesse bisogno di sfogarsi dopo l'umiliazione subita di fronte ai cortigiani e agli ospiti stranieri.

«Leone Foca dovrà pagare a caro prezzo la sua arroganza,» sibilò in faccia all'eunuco «il suo nome è ormai segnato nel mio libro nero.»

«Vi supplico di non vendicarvi, almeno per ora» disse Bringas. «Leone Foca è fratello del nostro migliore Stratega, quel Niceforo Foca che ha appena conquistato le città di Germanicea e di Aleppo. Se vi vendicate di Leone, il fratello sicuramente lascerà il comando dell'Esercito proprio ora che abbiamo qualche possibilità di fare un accordo vantaggioso con un nemico terribile, ma che in questo momento ha dovuto calpestare la polvere della sconfitta.»

Teofane si morse le labbra contrariata.

«Voi fate entrare la politica dappertutto. Il Kuropalata meriterebbe il taglio della lingua per la sua insolenza, ma voi dite che questa lingua forcuta non si può toccare per il bene di Bisanzio. E così a insolenza si aggiungerà insolenza, a veleno si aggiungerà veleno. Ma siete sicuro che il bene di Bisanzio debba coincidere con il mio discredito?»

«Voi siete la Reggente e non avete certo bisogno di prendervi delle rivincite se un commensale è stato insolente.»

«Non lo perdonerò mai.»

«Vi prego soltanto di aspettare. Sto conducendo una battaglia politica estenuante nella speranza di ottenere qualche vantaggio ai nostri confini orientali, ma è indispensabile l'appoggio dell'Esercito e questo può darmelo solo Niceforo Foca, fratello di Leone Kuropalata.»

«Mi state dicendo che quei due sono anche amici, oltre che fratelli. Ne siete certo?»

«Purtroppo è così. E nell'elenco delle gravità che sono costretto a sottoporre alla vostra augusta attenzione c'è anche il fatto che Niceforo Foca è stato autorizzato dal Senato a usare la nostra arma segreta, il fuoco greco. È stata forse un'imprudenza, ma la situazione militare l'ha resa necessaria. Ora voi sapete che chi usa quest'arma conosce il funzionamento dei sifoni per il lancio e c'è anche il rischio che abbia qualche cognizione della formula segreta per la fabbricazione dei proiettili di fuoco. Oggi in tutto l'Impero possono usare questa arma solo tre Drungari della Flotta e un solo Stratega, appunto Niceforo Foca. Quando gli abbiamo affidato il sifone del fuoco greco sapevamo che Niceforo sarebbe entrato nella categoria degli intoccabili, ma non avevamo altra scelta. Capisco che vogliate vendicarvi di Leone, ma vi prego di aspettare soltanto l'occasione propizia. Vedrete che arriverà, arriva sempre.»

«Intanto» disse Teofane che aveva accolto con evidente disappunto il suggerimento dell'eunuco «smettiamola con questi ridicoli pranzi filosofici che servono soltanto a confondere le idee nei cortigiani e a procurare offesa alla mia persona.»

«Questo è possibile. Però voglio ricordarvi che un buon

Imperatore, e voi siete già sul Trono come Reggente e presto vi sarete come Imperatrice, deve impegnarsi a favorire e anche a sollecitare tutto ciò che è utile per il decoro della Corona. Un buon Imperatore dovrebbe conoscere almeno sommariamente la filosofia classica, i sacri testi dalla Bibbia ai Padri della Chiesa, qualche elemento di teologia, di matematica, di finanza, di arte militare. Dovrebbe conoscere perfettamente oltre al greco moderno anche quello antico, il latino e almeno un po' di arabo. Ma sopra ogni altra cosa un saggio Imperatore deve imparare a menadito tutto il cerimoniale di Corte, i compiti assegnati alle diverse Gerarchie burocratiche e militari, i diritti alle precedenze, alle promozioni, ai premi, agli elogi, ai trionfi. Io ho cercato di insegnarvi la prudenza e quanto d'altro mi è possibile in base alla mia esperienza, ma non so per quanto tempo ancora potrò rimanere al vostro fianco.»

«Che cosa intendete dire?»

«Che la vita dei cortigiani è precaria. Possono cadere in disgrazia e possono anche morire, da un momento all'altro.»

«Voi mi sembrate in ottima salute.»

Giovanni Bringas sorrise.

«Ringraziando il Cielo sto bene.»

«Mi avete già insegnato come devo comportarmi a tavola, come e quando e che cosa devo bere, come devo sorridere, in quali circostanze e in quale modo devo mostrare afflizione, come devo vestirmi, come devo camminare, come devo inginocchiarmi, come devo pregare e come devo salutare gli uomini della Corte e gli stranieri. Voi sapete che preferisco le partite di caccia o i giochi in piscina alle vostre lezioni, ma se è necessario come voi dite, farò altre penitenze per il bene dell'Impero. E imparerò anche a trattenere gli sbadigli in presenza di persone noiose, ma non posso mettermi a studiare Aristotele per far piacere a quattro pallidi filosofi che vivono a spese dell'erario e si ingozzano alla nostra tavola.»

«Siete la più bella fra le principesse che siano salite sul Trono di Bisanzio e sarebbe un peccato che la vostra reputazione non fosse all'altezza della vostra bellezza. Spero che d'ora in avanti terrete conto dei miei consigli non soltanto per quanto riguarda le scienze civili e religiose, ma anche per i vostri comportamenti.»

«Parlate ancora del mio scontro con il Kuropalata o siete sul punto di confidarmi qualche nuova diceria? Avanti, ditemi tutto.»

«Conviene che voi sappiate quello che si dice di voi anche se questo può risultare sgradevole alle vostre auguste orecchie.»

«Sentiamo.»

«Si mormora che l'Imperatore Romano Lecapeno II, vostro augusto marito, sia morto dopo avere mangiato un fagiano avvelenato.»

«So già chi mette in giro queste voci per attribuirmi responsabilità che non ho. Sono quelle cinque serpi delle sue sorelle che gettano veleno per compromettere la mia reputazione e la mia autorità.»

«Ci sono veleni di parole dai quali ci si può difendere con la ragione» disse Bringas con malizia «e ci sono veleni che uccidono quando vengono ingeriti con il cibo. Qui alla Corte di Bisanzio si fa ampio uso di tutti e due, ma se si dovessero punire tutti i colpevoli temo che la Corte resterebbe quasi deserta.»

«Il cuoco è stato punito, ma le cinque sorelle del defunto Romano abitano ancora nei loro appartamenti. Eppure prima di morire lo stesso Imperatore aveva deciso di allontanarle dalla Corte e di avviarle a un monastero in Bitinia.»

«La decisione del defunto Imperatore era stata espressa a voce e purtroppo per punire persone della famiglia imperiale occorre una ordinanza scritta.»

«Preparate l'ordinanza e io la firmerò immediatamente.»

«La stesura dell'ordinanza è compito dell'Eparco Giorgio Mesarite. È lui il responsabile della Giustizia, ma finora non ha voluto assumersi questa incombenza.»

«Non sarà difficile convincerlo: è giusto che la punizione di queste vipere venga scritta da un'altra vipera.»

«Mi dispiace che la vostra firma si troverà in mezzo a un eminente viperaio.»

«Non vi preoccupate per me, sono abituata alle cattive compagnie.»

«Io mi preoccupo sempre di tutto in tutte le occasioni, con il vostro permesso. Per ora ci sono cinque vipere che attentano alla vostra reputazione, ma dopo questa ordinanza ce ne saranno venti, trenta, cento. I cortigiani, come voi sapete, amano la maldicenza.»

«Che cosa dovrei fare secondo voi?»

«Meno cose fate e meglio sarà.»

«In questo consiste la vostra diplomazia?»

«Questo è il mio pensiero interessato al bene e al meglio della vostra Reggenza. In qualche caso conviene agire con forza e decisione. In altri casi conviene fare il meno possibile. L'inerzia e il silenzio possono essere figure sovrane della saggezza.»

«Già ho dovuto sopportare l'arroganza del Kuropalata, ed è stato un grave sacrificio. Ora non potete chiedermi anche di perdonare le sorelle del defunto Romano Lecapeno.»

«Chiedo scusa, ma io non ho parlato di perdono. Ho detto solo che conviene rinviare le punizioni a un momento più opportuno.»

«Sopporterò la presenza del Kuropalata, ma quelle cinque sorelle bisogna mandarle il più lontano possibile perché non le veda mai più davanti alle mie pupille.»

Bringas fece un sorriso ambiguo senza rispondere, e Teofane capì che non avrebbe mosso nemmeno un dito per allontanare quelle cinque vipere. L'eunuco conosceva troppi segreti per accettare imposizioni da Teofane o da chiunque altro. I suoi archivi segreti lo rendevano temibile e invulnerabile. Perciò a Teofane conveniva accettare i suoi consigli apparentemente così saggi, pur sapendo che dietro di essi si nascondeva ogni volta qualche losco progetto o qualche malizia ai suoi danni. Le era perfino difficile trovare dentro ai Palazzi qualche alleanza contro Bringas, che incuteva timore anche per la fama demoniaca che circondava la sua persona. Qualche giorno prima del banchetto Teofane aveva tentato di mettersi in contatto con lui, ma per due giorni i suoi fedeli eunuchi del Gineceo non erano riusciti a trovarlo in nessun luogo dei Palazzi, come se si fosse dissolto nell'aria. Non erano rare queste assenze di Bringas. Dove si nascondeva? A quali segreti convegni si recava? Alcune fantasie ricorrenti lo volevano alleato delle potenze infernali alle quali doveva rendere conto delle sue malefatte. Che poi la sua persona emanasse un acuto odore di zolfo era un fenomeno che si poteva ugualmente attribuire a una sua appartenenza alla famiglia di Satana o alle pomate che Bringas usava contro una fastidiosa malattia della pelle.

4

Tre cavalieri a cavallo, un messaggero e due uomini di scorta, erano partiti da Germanicea nella Siria Settentrionale e a tappe forzate avevano raggiunto Sisio e Eraclea, poi erano saliti sul ventoso Altipiano dell'Anatolia fino a Iconio, avevano attraversato la Cappadocia fino a Dorileo, avevano raggiunto Nicea in Bitinia e, passando per Nicomedia, erano arrivati a Crisopoli carichi di polvere e tormentati dalle mosche. Qui si erano cambiati di abito e rifocillati per potersi presentare con decoro nella Capitale. Infine avevano attraversato il Bosforo su una chiatta militare insieme alle loro cavalcature, erano entrati nella Capitale e avevano percorso la Mese fino ai Palazzi Imperiali e consegnato nelle mani del Kuropalata Leone Foca, secondo gli ordini ricevuti dal fratello Stratega, un messaggio per la Reggente Teofane. Niceforo Foca chiedeva di rientrare nella Capitale per un breve periodo allo scopo di reclutare giovani truppe e per ricondurre in patria e premiare con i dovuti onori e con moneta sonante i gloriosi veterani che da anni combattevano ai suoi ordini nelle lontane regioni dell'Asia.

Il messaggio di Niceforo Foca che il fratello Kuropalata aveva sottoposto a Teofane era improntato, secondo l'eunuco Bringas, a previdente ambiguità. Si parlava degli onori che erano dovuti ai soldati e non si faceva parola degli onori che, secondo la tradizione, toccavano allo stesso Niceforo che li aveva guidati in tante battaglie vittoriose.

«È antico costume degli Strateghi» disse Bringas alla Reggente «di chiedere esplicitamente il trionfo come un diritto preciso che si acquisisce a conclusione di una guerra vittoriosa. Ora se Niceforo Foca non reclama il suo diritto, significa che intende celebrare nella Capitale il suo trionfo senza il consenso imperiale e che perciò si pone con questo atteggiamento come antagonista del Trono e nel caso specifico della Reggente.»

Con sapiente scaltrezza Bringas mise in guardia Teofane dalle ambizioni dello Stratega Niceforo Foca: il Trono vacante dopo la morte di Romano II Lecapeno e l'appoggio delle sue truppe più fedeli gli offrivano l'opportunità di un colpo di mano. Niceforo apparteneva a una famiglia armena potente e ricchissima e aveva combattuto in Armenia e in Siria non soltanto per allargare i confini dell'Impero, ma per estendere le sue proprietà personali e le sue clientele.

«Oltre al resto» disse Bringas «durante la battaglia di Creta Niceforo, come sapete, ha fatto uso dell'arma segreta del fuoco greco forzando con il ricatto militare le autorità della Corte che esitavano a dargliene il permesso. Qualora volesse usare quest'arma formidabile capace di lanciare fiamme terrificanti a grande distanza, nessuno potrà impedirgli di entrare nei Palazzi Imperiali con le sue truppe e di sedersi sul Trono. L'arroganza del fratello Leone Foca nei vostri confronti potrebbe essere un'esca lanciata a bella posta per giustificare un colpo di mano di Niceforo. Non vorrei avere lavorato, con la mia tessitura diplomatica di questi giorni, a favore di un usurpatore. Mi capite?»

Teofane domandò quali provvedimenti intendesse

prendere e quali accoglienze pensasse di riservare allo Stratega vittorioso.

«Se Niceforo Foca entrerà in Costantinopoli senza il consenso esplicito della vostra augusta autorità di Reggente, voi come pensate che vada interpretato il suo gesto?»

«State rispondendo con una domanda a una mia domanda, e proprio voi mi avete insegnato che questa è una infrazione sia al cerimoniale che alla buona educazione.»

«Nei miei precetti non era contemplato il caso di un umile consigliere che ha come interlocutore la massima Autorità Imperiale. Ma anche se la forma è sbagliata, la sostanza del mio discorso è giusta perché non oserei mai prendere una decisione senza il vostro consenso.»

«Allora sarete in grado di fare una proposta, è il vostro compito di Magister Officiorum.»

«L'ingresso nella Capitale di uno Stratega alla testa delle sue truppe armate senza il consenso della Reggente lo ritengo un grave gesto di insubordinazione all'Autorità Imperiale e va punito in modo esemplare.»

«Siate più preciso.»

L'eunuco rimase in silenzio qualche istante, fece una pausa sapiente perché le sue parole apparissero dettate da una riflessione fatta in quel momento.

«Penso che dovrebbe venire arrestato, condotto sulla pubblica piazza e accecato come autore di una congiura.»

«Arrestato da chi?»

«Dalle Guardie Palatine.»

Teofane si disse d'accordo. Se Niceforo fosse entrato in Costantinopoli senza il suo consenso, che venisse arrestato e accecato sulla pubblica piazza. Ma per non irritarlo in anticipo e per attenersi ai consigli di prudenza raccomandati da Bringas, preferiva non rispondere al messaggio di Niceforo Foca con una proibizione. Naturalmente non avrebbe dato nemmeno il suo consenso: questo a lei sembrava l'atteggiamento più conveniente in quel caso assai delicato e pieno di rischi.

Bringas avrebbe preferito che Teofane prendesse una posizione più decisa nei confronti di Niceforo, ma volle mostrarsi soddisfatto ancora una volta in nome della prudenza che lui stesso le aveva raccomandato con tanta insistenza in tante occasioni.

Quando gli venne confermato che Niceforo Foca si stava avvicinando a Costantinopoli alla testa delle sue truppe pur non avendo ottenuto un esplicito consenso della Reggente, Bringas venne preso dalle furie interiori e da lancinanti bruciori di stomaco, un male che si ripeteva regolarmente nei casi di gravi contrarietà. Il Medico di Corte gli aveva consigliato di bere molta acqua e di mangiare riso indiano senza condimenti e ogni volta Bringas, totalmente disarmato di fronte al dolore fisico, si era attenuto docilmente alla cura. In questo modo riusciva a lenire i bruciori dello stomaco, ma non quelli dell'ira che cercava di nascondere dietro a quel suo volto impassibile e quasi congelato in una smorfia vagamente simile a un sorriso. Ma chi lo conosceva bene riusciva a coglierne i moti segreti dell'animo da certi tremori improvvisi delle labbra e dalla irrequietezza delle mani. Le dita bianche e sottili dell'eunuco sfuggivano a ogni suo controllo, si muovevano in continuazione come se stessero pizzicando le corde di una invisibile arpa. I suoi interlocutori sapevano, osservando le sue mani, quando conveniva usare le parole della prudenza.

Ormai si sapeva: l'ingresso di Niceforo Foca a Costantinopoli, dopo le vittoriose campagne militari ai confini asiatici, avrebbe assunto in ogni caso tutta l'apparenza di un trionfo. Chi avrebbe frenato la gente dalle effusioni e dai clamori di piazza alla vista delle divise militari, delle armi, dei cavalieri e dei capi nemici che sicuramente sarebbero stati esibiti in catene? Inutilmente Bringas aveva tentato di censurare la notizia dell'arrivo di Niceforo e dei suoi soldati. Già tutti si preparavano alla festa, anche se le cerimonie trionfali non erano state annunciate né dal Preposito né dal Protospatario e nessun preparativo cra stato fatto.

La gente si domandava perché mai non si erano alzati nell'Ippodromo i palchi riservati alla Reggente e ai Funzionari della Corte, perché non si fosse provveduto a spargere la sabbia fina di mare sull'acciottolato della Mese per evitare che i cavalli scivolassero e le ruote dei carri facessero troppo baccano. E i musici? Perché non si erano preparati i palchetti per i musici e perché non si stavano facendo le prove? C'era qualcosa di strano in questa accoglienza senza cerimonie riservata a uno Stratega vittorioso, molto amato dai suoi soldati, molto noto fra la popolazione, molto lodato fino a poco tempo prima da tutte le Alte Gerarchie. Forse Bringas gli era ostile per qualche ragione oscura? O gli era ostile la Reggente Teofane? Molti mormorii correvano da una strada all'altra, da bottega a bottega, fra la gente del porto e i membri delle Corporazioni artigiane che avevano rapporti quotidiani con la Corte attraverso l'Ufficio dell'Eparco ed erano sempre i primi informati di ogni voce dai Palazzi e dagli autorevoli dintorni.

5

Bringas ebbe un colloquio segreto con l'Eteriarca Nimio Niceta Capo delle Guardie Palatine. La segretezza non significava che il colloquio dovesse avvenire necessariamente in un luogo segreto. L'astuzia dell'eunuco aveva preferito anzi un luogo pubblico come il Ninfeo dei Giardini che permetteva ai due interlocutori di rimanere con le spalle coperte dal muro delle scuderie, un muro sicuramente cieco e sordo, e lo sguardo libero di controllare tutto il prato antistante in modo che nessun orecchio indiscreto si potesse avvicinare tanto da intendere le loro parole. Se poi qualcuno li avesse visti insieme, tanto meglio: quell'incontro all'aperto doveva significare che fra loro non c'era nessuna trama segreta. Bringas indirizzò il dialogo in modo che, alla conclusione dell'incontro, fosse ben chiaro all'Eteriarca ciò che avrebbe dovuto fare. Incominciò con una serie di domande.

«Avete avuto notizia del prossimo arrivo a Costantinopoli dello Stratega Niceforo Foca?»

«Ho sentito solo delle voci, ma non mi è arrivata nessuna comunicazione ufficiale.»

«Ammesso che la notizia sia veritiera, come pensate di accogliere lo Stratega vittorioso?»

Nimio Niceta non temeva più di tanto il fumo diabolico che si diceva promanasse dalla persona dell'eunuco, ma diffidava soprattutto della sua ambiguità. Già le prime domande lo avevano messo in sospetto e subito si disse che doveva stare in guardia per non cadere in qualche trappola.

«Veramente» rispose «non è mio compito quello di accogliere gli Strateghi che rientrano in patria. Il Magister Officiorum siete voi, io sono soltanto un esecutore di ordini.»

«Niceforo Foca si sta avvicinando a Costantinopoli e voi non sapete ancora quale atteggiamento prendere nei suoi confronti e mostrate addirittura di disinteressarvi di questo arrivo dicendo che non è vostro compito accogliere i reduci dalle campagne di guerra. In un caso pieno di incognite come questo dovreste essere in grado di prendere delle decisioni. Ricordatevi che siete il Comandante dei soldati che hanno in consegna i Palazzi Imperiali e perciò anche le Istituzioni che vi sono rappresentate, dalle più modeste fino al Trono. Dovreste dirmi almeno se sentite qualche solidarietà da soldato a soldato con lo Stratega Niceforo Foca.»

«L'ho incontrato una sola volta durante il trionfo per la conquista di Candia, ma da allora non ho più avuto rapporti con lui. Gli Strateghi dipendono direttamente dall'Imperatore mentre l'Eteriarca, come Capo delle Guardie Palatine, fa parte dell'Ordine dei Domestici e dipende in primis dal Magister Officiorum e poi dal Kuropalata. Se si aggiunge che gli Strateghi passano gran parte della loro vita in zone lontane dalla Capitale, e che il Capo delle Guardie rimane tutto l'anno dentro i Palazzi, vedete anche voi che le occasioni di incontro fra uno Stratega e un Eteriarca sono veramente una rarità.»

«Non pensate che il rientro di Niceforo Foca sia una occasione propizia per un incontro?»

«Può essere senz'altro una occasione, ma anche se lo

incontrassi non saprei che cosa dirgli e quale atteggiamento tenere al suo cospetto.»

«Questa mi sembra una affermazione assai imprudente. Si mormora infatti che Niceforo Foca voglia ottenere il trionfo anche senza il consenso della Reggente Teofane. Questo può significare tante cose e una di queste è che intenda fare un colpo di mano per posare il suo glorioso sedere in luoghi che non gli competono.»

L'Eteriarca rimase muto senza sapere dove volgere il suo sguardo smarrito. Si aggiustò il mantello sulle spalle come se dovesse cominciare una immaginaria cavalcata, una impossibile fuga. Poi osservò le mani dell'eunuco che si muovevano nervosamente e si dispose a sostenere un'altra serie di domande.

«Non mi avete ancora detto come vi comporterete nel caso che Niceforo Foca tenti veramente di farsi proclamare Imperatore dai suoi soldati e voglia entrare nei Palazzi con la forza.»

«Come voi sapete in casi di emergenza io prendo ordini dal Kuropalata e il Kuropalata prende gli ordini da voi o dalla Reggente. Dunque sono io che devo chiedervi che cosa dovrei fare.»

«E che cosa aspettate a chiederlo?»

«Eseguirò i vostri ordini come ho sempre fatto. Dovete dirmi soltanto come devo comportarmi.»

«Prima vorrei sapere come vi comportereste di vostra iniziativa nel caso che Niceforo tenti improvvisamente di entrare nei Palazzi.»

«Nel caso che venga proclamato Imperatore dall'Esercito sarà difficile opporsi, non vi pare? Bisognerebbe evitare che avvenga la proclamazione sullo scudo o sulla piazza perché se Niceforo Foca si presenta alla porta dei Palazzi con la Corona in testa io dovrò lasciarlo entrare.»

«Finalmente avete detto una cosa sensata. Bisogna

dunque impedire che Niceforo Foca venga proclamato Imperatore dalle sue truppe o dalla popolazione. E per evitarlo che cosa suggerite?»

«Vi ripeto che siete voi che dovete dirmi quali mezzi dovrò usare per impedirlo.»

«Come Capo delle Guardie Palatine di quali mezzi disponete e in che modo intendete usarli?»

Ancora una volta Nimio Niceta si trovò in imbarazzo perché l'unica risposta possibile alla domanda insidiosa di Bringas lo avrebbe impegnato al di là delle sue intenzioni e ben oltre la prudenza che la vita di Corte gli aveva fino a quel giorno suggerito.

«Dispongo delle mie Guardie.»

«Un piccolo esercito.»

«Certamente sì.»

«Bene addestrato e agguerrito, a quanto mi è dato sapere.»

«Certamente sì.»

«E pronto a eseguire i vostri ordini.»

«I miei soldati sono esuberanti ma disciplinati.»

«Che cosa significa esuberanti?»

«Che qualche volta scoppiano delle risse fra di loro.»

«Potete contare oppure no sulla disciplina militare dei vostri soldati? Saranno disposti insomma ad eseguire i vostri ordini in qualsiasi caso?»

«Che cosa intendete dire?»

«Avete capito benissimo che intendo nel caso che si renda necessario imprigionare Niceforo Foca.»

«Credo di sì.»

Bringas lo guardò con disprezzo.

«Siccome sarà sicuramente necessario imprigionare Niceforo Foca prima che entri nei Palazzi come usurpatore, è necessario che voi vi impegniate con una risposta che non contenga nemmeno un'ombra di incertezza. Dunque vi rifaccio la domanda: saranno disposti i vostri soldati ad eseguire i vostri ordini anche nel caso che si tratti di imprigionare lo Stratega vittorioso Niceforo Foca?»

«I miei soldati eseguiranno i miei ordini in qualunque situazione. Devo ricordarvi, eminente Bringas, che fino a oggi non si è mai verificato un caso di insubordinazione da parte delle mie truppe e se qualche volta la soldateria più bassa ha dato sfogo a impulsi di violenza, ciò è successo esclusivamente nell'ambito dei rapporti privati fra soldato e soldato o nelle rivalità tra le fazioni, mai nell'esercizio dei loro doveri militari.»

Bringas guardò negli occhi l'Eteriarca.

«Il Kuropalata è fratello di Niceforo. Voi credete che potrà ordinarvi di imprigionare suo fratello?»

«È un evento che difficilmente si potrà verificare.»

«Perché avete taciuto questa difficoltà e mi avete co stretto a ricordarvela?»

«Mi sembrava inutile ricordarvi una cosa che già sapete.»

«Come pensate di risolvere questa difficoltà in caso di emergenza? Invocherete il Cielo, la fortuna, o vi tapperete le orecchie con la cera?»

«Ho già detto che eseguirò i vostri ordini come ho sempre fatto.»

«Voi dipendete direttamente dal Kuropalata e sapete bene che io, nella mia veste di Magister Officiorum, posso darvi dei consigli e non degli ordini.»

«I vostri consigli sono degli ordini non solo per me ma per tutti qui a Corte.»

«E se il Kuropalata vi darà degli ordini contrari ai miei consigli come vi comporterete?»

«Eseguirò i vostri consigli e non i suoi ordini.»

L'eunuco sembrò prendersi un momento di riposo dopo il dialogo serrato con il quale aveva messo alla prova il cuore di bronzo dell'Eteriarca. Intrecciò le dita delle mani per nascondere il turbamento che ancora non era riuscito a dissipare e parlò con voce più distesa.

«Posso fidarmi delle vostre parole?»

«Avete la mia promessa di soldato, ma per onestà devo ripetervi che vale soltanto se Niceforo Foca non si presenterà all'ingresso dei Palazzi come Imperatore.»

Arrivato alla fine di quel duello verbale, Nimio Niceta era fiero di essere riuscito a fronteggiare dignitosamente l'eunuco più temuto della Corte bizantina. Non soltanto Bringas era noto per la sua perfidia e crudeltà, ma sul suo conto si erano sentite le voci più strane. Più di una volta si era visto svolazzare vicino alle finestre della sua camera uno spaventevole uccello nero nel quale si era voluto riconoscere l'anima che aveva abbandonato Bringas e che non aveva pace perché non riusciva a trovare rifugio nella sua triste persona. Qualcuno affermava di avere udito, all'apparire di quell'uccello nero, degli stridi acuti, come un graffiare di vetro su vetro che si fissava nella memoria e che procurava in chi l'aveva udito improvvisi brividi di febbre. Altri invece sostenevano che quell'uccello emetteva un rantolo di morte, vischioso e persistente, che non abbandonava più le orecchie degli infelici che ne avevano percepito il suono. Molti avevano dovuto ricorrere, per liberarsene, alla benedizione di qualche monaco compiacente e discreto. Altri dicevano addirittura che sotto le vesti dorate del Magister Officiorum si nascondesse una incarnazione di Satana, il Principe tenebroso del Male che aveva scelto quella pallida figura per introdursi nella Corte di Bisanzio. Si portava come conferma il fatto che Bringas era attentissimo a non farsi toccare nei posteriori perché nascondeva sotto le vesti una laida coda biforcuta. Il Medico di Corte, che aveva dovuto spogliarlo per curarlo di una molesta squamatura della pelle, era stato accecato e mutilato della lingua subito dopo la prescrizione di una speciale pomata a base di zolfo e muffe vegetali.

Quando finalmente Bringas si era alzato dal Ninfeo dei Giardini dove si era svolto il colloquio, l'Eteriarca dovette stropicciarsi gli occhi più di una volta perché si era accorto con orrore che, mentre l'eunuco già si stava allontanando sul prato, la sua ombra era rimasta a lungo lì a terra vicino a lui.

6

Il giorno seguente l'Eteriarca Nimio Niceta ricevette da due eunuchi del Vestiario una pergamena con il sigillo rosso della Reggente Teofane che lo convocava a un colloquio riservato e urgente. I messaggi chiusi con il sigillo rosso avevano la doppia qualifica della segretezza e della perentorietà, vale a dire contenevano non un invito ma un ordine e quest'ordine andava tenuto rigorosamente segreto. Il luogo dell'incontro non veniva dichiarato nel messaggio, ma gli stessi eunuchi del Vestiario che avevano consegnato la pergamena avrebbero provveduto ad accompagnare l'Eteriarca ai piedi della Reggente. Dal momento in cui il messaggio era stato depositato nelle sue mani, l'interessato doveva rimanere a loro disposizione nella sua sede propria, in questo caso nell'Ufficio della Grande Eteria dove aveva stanza il Comando delle Guardie Palatine.

Nimio Niceta vestì l'uniforme candida dell'Ordine degli Stratiarchi, si mise sulle spalle la tunica ornata di ricami d'oro e staccò dalla parete la frusta che teneva bene in vista e che impugnava solo in occasione dei cortei. L'Eteriarca non era particolarmente versato nell'etichetta di Corte e quando si presentarono i due eunuchi del Vestiario domandò se era il caso di portare con sé anche la frusta.

«Ai colloqui privati ci si presenta spogli dei simboli» fu la risposta.

Nimio Niceta riappese alla parete la frusta con l'impugnatura d'oro. Poi i due eunuchi lo tastarono da ogni parte, come imponeva l'ordinamento dei Palazzi, per controllare che non portasse armi nascoste.

Teofane ricevette l'Eteriarca nel Vestibolo del Piccolo Concistoro, presso il Tribunale. Un luogo imprevedibile, ma proprio per questo giudicato meno esposto agli sguardi indiscreti dei cortigiani.

I due eunuchi del Vestiario lo introdussero nella piccola stanza disadorna e senza finestre e poi si ritirarono camminando a ritroso, fecero un inchino profondo e uscirono richiudendo la porta. Teofane stava seduta su uno scranno rivestito di velluto nero che faceva risaltare la tunica di seta color porpora e il mantello bianco ricamato con figure di pavoni. Rimase immobile e statuaria mentre l'Eteriarca si inginocchiava per baciarle i piedi nascosti sotto la tunica che scendeva fino a terra. Nimio Niceta era un siriano ruvido e prestante, ma il suo animo si smarriva nelle incertezze di fronte a ogni problema di etichetta. Si domandò per un istante se doveva sollevare la tunica per baciare i piedi della Reggente, ma poi decise che il bacio avrebbe conservato il suo valore simbolico anche attraverso il sottile velo di seta. Accostò appena le labbra al bordo estremo della tunica, quando Teofane con un gesto improvviso sollevò la leggera seta purpurea scoprendo non soltanto le scarpette ricamate di piccole perle e coralli, ma anche un bel tratto delle candide gambe, fin oltre le ginocchia, lasciando esterrefatto il giovane siriano. Il quale accostò per la seconda volta le labbra alle scarpe della Reggente e poi rimase immobile e silenzioso senza il coraggio di alzare lo sguardo più su delle caviglie. Finalmente Teofane allungò una mano e afferrò una ciocca di capelli dell'Eteriarca costringendolo ad alzarsi.

L'Eteriarca aveva capito, nel momento stesso che era entrato in quella stanzetta adiacente al Piccolo Concistoro, che l'incontro non avrebbe avuto carattere di ufficialità, ma il comportamento della Reggente, così difforme da ogni consuetudine, così stravagante e provocatorio, lo aveva sconvolto e insospettito. Mentre stava ancora in piedi davanti a lei, Teofane si ricompose le vesti, accennò appena un sorriso rivolto più a se stessa che al suo ospite e poi parlò sottovoce.

«Che cosa succede a Costantinopoli, che cosa succede dentro i Palazzi, che cosa succede intorno a me? Quali trame fra cortigiani, funzionari, eunuchi e soldati? Avete una risposta da dare alla vostra sovrana in serenità e in confidenza?»

L'Eteriarca guardò Teofane sempre più sconcertato e cercò di prendere tempo.

«Io risponderò in tutta sincerità alle domande che dalle vostre labbra arriveranno alle mie orecchie, mia amata Principessa.»

Teofane sorrise appena per l'astuta goffaggine del suo interlocutore, poi cambiò intonazione e la sua voce divenne così tagliente che all'Eteriarca sembrò di vedere le sue parole attraversare sibilando l'aria immobile del piccolo Vestibolo.

«Quali impegni avete assunto con il Magister Officiorum Giovanni Bringas?»

L'Eteriarca aveva sentito ripetere da lungo tempo che la via maestra della salvezza a Corte era quella della menzogna. Nascondere la verità rende innocuo il nostro interlocutore, lo disorienta se intende nuocere, lo riduce in ogni caso in stato di inferiorità. Di fronte a quella domanda così esplicita l'Eteriarca fece rapidi calcoli mentali per concludere che la Reggente per ora chiedeva soltanto la sua complicità e che lui, mentendo, avrebbe sicuramente corso dei rischi. Meglio allora, si disse, la verità diretta, senza reticenze, con parole chiare e sonore.

«Il Magister Officiorum ha voluto sapere se i soldati della Guardia Palatina obbediranno ai miei ordini anche nel caso che si tratti di arrestare lo Stratega Niceforo Foca che sta per entrare nella Capitale alla testa dell'Esercito.»

«E voi che avete detto?»

L'Eteriarca notò con qualche preoccupazione che Teofane aveva ormai ripreso le distanze abbandonando il tono confidenziale e svagato con cui aveva cominciato il dialogo.

«Ho detto che senz'altro i miei soldati avrebbero obbedito ai miei ordini.»

«Avete anche detto che voi avreste obbedito agli ordini dell'eunuco Bringas?»

C'era un'ombra di disprezzo nella voce di Teofane mentre pronunciava il nome di Bringas, che questa volta aveva qualificato semplicemente come eunuco. Ma l'Et riarca scelse ancora la strada della verità.

«Ho detto che avrei obbedito ai suoi ordini, mia Sovrana.»

Teofane rimase in silenzio per qualche istante, poi riprese a parlare con un tono di voce che all'Eteriarca parve suadente e minaccioso nello stesso tempo.

«Sappiate allora, mio fedele Eteriarca, che qualunque cosa succeda voi prenderete gli ordini dal Magister Officiorum Giovanni Bringas, ma eseguirete soltanto quelli che vi verranno direttamente dalla mia persona. E ora vi domando: come giudicate la faccia dell'eunuco Bringas, voglio dire è una faccia che vi ispira fiducia?»

Era una domanda strana e inaspettata alla quale l'Eteriarca avrebbe preferito non rispondere. Per un momento temette di non reggere oltre all'interrogatorio per l'arsura che gli legava la lingua e per lo sconcerto che gli confondeva la mente. Ancora una volta sospettò che la domanda nascondesse un tranello.

«Io non sono in grado, mia eccellente Sovrana, di giudicare le persone dalla loro faccia.»

«Non vi ho chiesto di giudicare quell'eunuco, ma di dirmi se la sua faccia vi ispira fiducia.»

«È una faccia sulla quale non riesco a leggere né pensieri né sentimenti e perciò mi mette a disagio.»

«È soltanto una mezza risposta, ma per il momento mi basterà. E ditemi ancora, come giudicate la mia faccia?»

Teofane fece un sorriso a fior di labbra. L'Eteriarca capì subito che questa volta doveva rispondere con un complimento.

«Siete molto bella, mia Sovrana, e penso che alla bellezza vostra corrispondano pensieri e sentimenti degni di questa bellezza.»

«E le mie gambe? Come vi sono sembrate le mie gambe?»

L'Eteriarca impallidì. Aveva sentito parlare tante volte della spregiudicatezza di Teofane, ma il luogo e l'occasione dell'incontro gli sembravano del tutto inadatti a questo genere di provocazioni. E ora, fino a che punto poteva osare con i complimenti? Forse Teofane voleva proprio che si compromettesse con qualche azzardo. Alla fine l'Eteriarca scelse la strada della prudenza.

«Le vostre gambe mi sono sembrate degne del vostro volto, mia adorata Sovrana.»

Teofane sembrò accettare passivamente il complimento dell'Eteriarca, si fece di nuovo seria e parlò a bassa voce chinandosi verso di lui in segno di confidenza e di complicità.

«È giusto che voi sappiate che io non ho ragione di dubitare della lealtà dello Stratega Niceforo Foca, tanto più che la sua lealtà verso la mia persona coincide con i suoi interessi. E in ogni caso opporsi a uno Stratega intelligente e astuto proprio mentre sta alla testa delle sue truppe vittoriose, come sicuramente pretenderà l'eunuco Bringas, sarebbe non soltanto una impresa suicida ma un gesto indegno della intelligenza militare che vi ha fatto guadagnare la carica di Eteriarca. Io so che l'eunuco Bringas ha progettato di arrestare e accecare Niceforo Foca. Ma ammesso anche che vi riesca, cosa di cui dubito fortemente, chi affronterà poi l'ira dei soldati e della folla?»

Teofane aveva scelto la strada della persuasione. Temeva Bringas e la sua abilità demoniaca nel piegare chiunque ai propri desideri. Sapeva che per opporsi a lui era necessaria la complicità dell'Eteriarca e la totale disponibilità dei suoi soldati. Gli altri burocrati, soprattutto quelli dei massimi gradi, avrebbero seguito la direzione del vento, come al solito. Bastava quindi vincere la prima mossa e tutti si sarebbero gettati ai piedi di Niceforo.

La riservatezza del colloquio venne suggellata da un solenne giuramento che Teofane richiedeva in nome della autorità religiosa che le proveniva se non direttamente da Dio come agli Imperatori, certamente in seconda istanza dal momento che dell'Imperatore aveva acquisito, in quanto Reggente, la figura e la funzione. Per quanto Nimio Niceta non fosse particolarmente devoto, conservava tuttavia un sacro timore del potere religioso e ne subiva il fascino e l'autorità, forse proprio perché non erano legati alla forza delle armi ma a qualcosa di più sottile e misterioso di cui non riusciva a trovare una chiara immagine da collocare nel suo angusto universo militare. Per un momento aveva pensato che quella richiesta di giuramento si poteva interpretare come un segno di debolezza da parte di Teofane, ma aveva abbandonato subito questo pensiero perché era lui a trovarsi ora in difetto, dal momento che aveva dato a Bringas la sua parola di soldato e davanti alla Reggente aveva fatto un giuramento religioso che contraddiceva quella parola. A Nimio Niceta sembrava di avere capito da che parte stava la convenienza, ma se avesse voluto attenersi a un comportamento corretto e onesto, da quale parte avrebbe dovuto schierarsi? Era una domanda oziosa che si poneva dopo essersi inginocchiato, questa volta senza incidenti, per baciare la scarpetta ricamata che la Reggente gli aveva mostrata sollevando appena il manto di porpora.

Così vagavano i pensieri di Nimio Niceta mentre percorreva la Loggia dei Santi che portava agli Uffici della Grande Eteria. Ma alla fine, soppesate le forze in campo come necessariamente doveva fare un uomo d'azione, si disse che rischiava assai meno a stare dalla parte della Reggente che da quella di Giovanni Bringas. Per quanto astuto e spregiudicato, l'eunuco era destinato a soccombere ed era stato proprio lui a segnarne la sorte schierandosi dalla parte di Teofane.

7

I musici non uscirono dai Palazzi per accogliere le truppe di Niceforo Foca che fecero il loro ingresso dalla Porta d'Oro alle prime luci del giorno. Non c'erano i musici dei Palazzi, non c'erano le Autorità e i Messi Imperiali, non erano stati preparati gli addobbi lungo il percorso. C'era in compenso una folla immensa e rumorosa accorsa a festeggiare i soldati vittoriosi e il loro Comandante. L'astuto Stratega era riuscito perfino a mettere insieme una banda improvvisata che scandiva con il suono delle trombe e dei cimbali l'avanzare delle truppe dalla Porta d'Oro fino al Vallo di Costantino e al Forum Tauri, e poi al Forum Bovi dove altra folla si era radunata per accogliere i vincitori.

Nonostante l'atmosfera festosa, non si trattava questa volta soltanto di una esibizione trionfale di belle divise e cavalcature, ma di una vera e propria marcia militare. I soldati erano in assetto di guerra anche se avevano provveduto a ornare i carri militari con pacifiche fronde di acacia e di lauro. Dopo le truppe a piedi e a cavallo venivano i tesori strappati ai nemici, esposti su carri a baldacchino insieme ai generali prigionieri coperti di polvere e legati con pesanti catene. La gente si avvicinava per toccare i finimenti dorati dei cavalli arabi, gli elmi piumati dei nemici, le corazze, le spade, le lance di fogge nuove e pittoresche.

Niceforo aveva curato personalmente la messinscena e

aveva inserito nel corteo qualcosa che doveva portare stupore e scompiglio nella Capitale. Dopo i cimbali e le trombe e dopo il corteo dei carriaggi, procedeva lentamente, trainato da trenta cavalli della Pannonia e montato su un carro con trenta ruote costruito per quella occasione, un imponente dromone che aveva partecipato alla battaglia navale davanti all'isola di Creta. La nave sembrava allestita per una battaglia e avanzava, ondeggiando e cigolando sul selciato, con la prua di bronzo dorato in figura di serpente che superava in altezza le case di abitazione, e la carena e i fianchi possenti cosparsi di nera pece.

Il dromone trainato dai cavalli era la grande attrazione del corteo: Niceforo Foca, solitario protagonista di questo ingresso trionfale, stava in piedi sulla tolda della nave e da lassù salutava la folla che gli lanciava mazzi di fiori e grida di plauso. Ma c'era un'altra novità che aveva fatto accorrere la gente da tutta la città e dai dintorni. Su quella nave era piazzato, sopra una impalcatura di ferro, un sifone per il lancio del fuoco greco, l'arma segreta avvolta di mistero che ora per la prima volta la gente poteva osservare con i propri occhi. Un grande tubo di bronzo era inchiavardato su una piattaforma girevole sistemata sulla prua della nave e poteva essere puntato in ogni direzione per lanciare le palle di fuoco che, si diceva, correvano sull'acqua senza spegnersi e in cento occasioni avevano incenerito le imbarcazioni nemiche. Dietro il tubo di bronzo c'era una caldaia tenuta accesa per lo spettacolo durante la parata. A Costantinopoli non si era mai visto niente di simile.

Nonostante le ripetute proposte del Senato, non era mai stata approvata a Bisanzio una legge simile a quella romana che imponeva alle legioni reduci dalle campagne di guerra di sostare fuori dalle mura della città. La parata militare di Niceforo Foca non poteva perciò considerarsi illegale, anche se per consuetudine si richiedeva in queste occasioni la presenza delle Alte Gerarchie Imperiali, e qualche volta dell'Imperatore in persona, per dare il suggello ufficiale all'ingresso dell'Esercito dentro le mura della Capitale.

Il corteo militare percorse il Vallo di Costantino e fece una prima sosta al Forum Tauri dove i rappresentanti delle Corporazioni cittadine vollero offrire di loro iniziativa dei doni al vincitore: una tunica di seta ricamata, una medaglia d'argento con il ritratto di Niceforo, un anello d'oro e smalto a forma di spada attorcigliata, uno scudo di cuoio sbalzato e infine un elmo che gli orafi, i conciatori e gli smaltatori avevano fabbricato in collaborazione, e che portava tutto intorno un fregio d'oro a encausto che, esaminato con qualche attenzione, poteva somigliare al disegno di una Corona imperiale. Non si sa se Niceforo avesse riconosciuto l'augurio che gli veniva fatto per mezzo di questo oggetto, ma i rappresentanti delle Corporazioni notarono che i complimenti ricevuti per l'elmo erano stati più calorosi che per gli altri doni.

Il corteo riprese poi la sua marcia verso il Forum Bovi e da qui all'Ippodromo dove di solito si concludevano le parate di trionfo prima che il vincitore venisse accolto negli adiacenti Palazzi Imperiali.

Bringas sarebbe andato incontro a Niceforo con il manto dorato e le decorazioni di Magister Officiorum alla testa di un manipolo di Siriani della sua guardia personale, anch'essi in uniforme d'onore per non destare sospetto. Questi Siriani, fedelissimi alla sua persona, avrebbero dovuto lanciarsi contro Niceforo e arrestarlo prima ancora che si muovessero contro di lui le Guardie

Palatine agli ordini di Nimio Niceta. La solita diffidenza verso tutti aveva persuaso Bringas a fidarsi soltanto dei suoi Siriani. Nonostante gli accordi presi con l'Eteriarca che prevedevano l'intervento delle Guardie Palatine, stimava sufficiente che queste non gli fossero ostili. Al resto avrebbe provveduto lui con i suoi uomini.

Tutto era stato predisposto da Bringas nei minimi particolari. Per prima cosa Niceforo sarebbe stato trascinato in un magazzino sotto le tribune imperiali e qui sarebbe stato accecato in modo che, se anche le sue truppe fossero riuscite a liberarlo, non avrebbero potuto proclamarlo Imperatore. Dopo l'accecamento sarebbe stato avvolto in un telo per sottrarlo alla vista dei suoi soldati e trasportato in una prigione segreta dei Palazzi. Si doveva in ogni caso agire con grande tempestività per impedire che avvenisse la proclamazione nell'Ippodromo prima della cattura.

L'accecamento era la punizione preferita da Bringas che ne aveva fatto largo uso in differenti occasioni. Questa punizione era riservata di solito a chi ordiva congiure e a chiunque attentasse in qualche modo alla autorità e alla dignità dell'Imperatore e dei suoi familiari. Ma tutti ricordavano che l'eunuco una volta aveva fatto accecare un cuoco per il troppo sale messo in un arrosto di capretto con il pretesto che aveva attentato alla sua salute e perciò alla sua vita, poi un sarto che gli aveva confezionato una tunica troppo stretta e corta recando offesa alla sua dignità e perciò alla sua autorità, e un Medico di Corte che lo aveva denudato per curarlo di una vergognosa malattia della pelle. Bringas esaltava dell'accecamento non solo l'efficacia pratica, in quanto rendeva inoffensivi i colpevoli, ma anche il valore simbolico proclamato più volte proprio nelle sentenze dei Giudici del Velo nel Supremo Tribunale Imperiale. A queste sentenze si sarebbe appellato nel caso che avesse dovuto render conto della punizione che stava per infliggere a Niceforo Foca e fosse stato chiamato a giustificarsi di fronte alla popolazione e alla Corte.

Quando la nave trainata dai cavalli si arrestò al centro dell'Ippodromo, dal lungo porticato del Palazzo Dafnè comparve il manipolo delle Guardie scelte con in testa Giovanni Bringas che indossava il manto dorato dei grandi offici. Con passo lento, come si conveniva in quella occasione solenne e pacifica, l'eunuco si avviò seguito dai suoi in direzione della nave dalla quale Niceforo stava ancora salutando la folla prima di scendere a terra. Intanto sulla tolda gli artificieri stavano alimentando il fuoco sotto la caldaia del sifone e altri tenevano d'occhio Bringas e le sue Guardie che avanzavano in mezzo all'Ippodromo.

Quando Bringas e il suo manipolo furono a circa duecento piedi di distanza, Niceforo congiunse le mani e le alzò al cielo: era il segnale. Immediatamente la canna del sifone venne puntata verso il centro dell'Ippodromo dove stava avanzando l'eunuco. Un artificiere accese la miccia e una palla infuocata partì con un boato. Bringas e i suoi si resero conto che stava succedendo qualcosa di strano, ma non ebbero il tempo di mettersi in salvo. Il manipolo venne colpito in pieno dal fuoco del primo proiettile e subito dopo da un secondo che si frantumò al suolo allargando il raggio delle fiamme. Un attimo di silenzio, poi dalla folla si alzò un urlo di orrore, ci fu un momento di panico e di scompiglio e molti si dettero alla fuga.

Sulla superficie sabbiosa dell'Ippodromo, al posto del manipolo guidato da Bringas, rimasero sparsi i cadaveri carbonizzati e i miserabili corpi lacerati dai proiettili di fuoco.

Alcuni altri soldati si contorcevano a terra nel tentativo di liberarsi dalla pece infuocata che aveva già divorato le divise e stava corrodendo le loro carni. Il corpo di Bringas, ancora riconoscibile dai brandelli del manto dorato, giaceva al suolo e si dimenava negli ultimi spasimi dell'agonia. Il fumo e l'odore di carne bruciata sembravano eccitare la folla dalla quale si alzavano confuse voci e grida.

I soldati del corteo e la popolazione radunata nell'Ippodromo si resero conto che, senza altro attendere, avrebbero potuto proclamare Imperatore Niceforo Foca dal momento che aveva eliminato con il fuoco il suo pericoloso oppositore, ma i Comandanti avevano avuto l'ordine di evitare la proclamazione sullo scudo come era avvenuto altre volte in simili occasioni di eccitazione popolare. Invece di sollevare il loro Stratega su uno scudo e portarlo fino alla Sala del Trono, si attennero agli ordini di seguirlo pacificamente fino alla vicina Cattedrale di Santa Sofia per lasciare al Patriarca Polieuto il privilegio della incoronazione.

Dopo aver ridotto in cenere il suo primo nemico a Corte, Niceforo Foca si avviò a piedi verso la Cattedrale di Santa Sofia reggendo nelle mani un cero acceso per rendere grazie a Dio Onnipotente per le vittorie sui nemici dell'Impero nelle lontane regioni dell'Asia, ma soprattutto su quelli che lo aspettavano al varco nella Capitale. Nella Cattedrale lo accolse il Patriarca Polieuto, il quale, sicuro di interpretare i desideri della popolazione e dell'Esercito, gli impose sul capo la Corona di Basileus "in nome del popolo di Dio", associandolo al

Trono insieme ai due giovanissimi figli di Teofane, Basilio e Costantino.

I Comandanti e i soldati stipati sotto le sacre volte della Cattedrale si domandarono con uno spunto di malizia come mai il Patriarca avesse alla portata di mano quella corona d'oro e rubini, non certo improvvisata dagli orafi di Costantinopoli a giudicare dalla fattura preziosa e dalla rarità delle pietre. Ma l'interrogativo era destinato a perdersi nelle supposizioni, che contemplavano in ogni caso l'impressione di una cerimonia ben prevista e congegnata. Intanto Niceforo Foca Imperatore, con la Corona in testa e un rustico manto da soldato sulle spalle, cominciò con voce solida e severa un suo breve discorso in risposta alla solenne allocuzione del Patriarca.

«Sono entrato in questa Santa Cattedrale per rendere grazie a Dio e non per essere incoronato Basileus. Ma dal momento che questo titolo mi viene conferito dalla massima Autorità Religiosa e in nome di Dio, del popolo e dell'Esercito, mi sentirei un vile se non lo accettassi. Il Cielo si è stancato dell'arroganza, dei lussi, delle ambizioni, delle sfrenate cupidigie dei cattivi cortigiani. Io sono un soldato e un uomo di fede e tale voglio restare anche per tutto il tempo che Dio mi permetterà di rimanere sul Trono dell'Impero Cristiano di Bisanzio. Mi impegnerò con tutte le mie forze negli affari di governo, ma questo non mi impedirà di impugnare la spada se occorrerà la spada per difendere l'Impero, e di prodigarmi nella difesa della fede se sarà necessario difendere la fede. Ma spero che mi sarà sufficiente agire secondo le buone regole della moderazione e secondo i costumi onesti degli antichi sapienti. Dico queste cose per me e per tutti gli uomini della Corte che dovrò confermare nei loro incarichi o scegliere per le nuove nomine, affinché mi aiutino nella difficile arte di governare. Ho vissuto per anni sotto una tenda da soldato, ho attraversato i deserti battuti da venti infuocati e ho navigato nel mare tempestoso, ma sono cosciente che in questo momento mi accingo a una impresa assai più difficile che difendere l'Impero sui campi di guerra. Spero che Dio nella sua immensa generosità mi conceda la forza, la perseveranza, la discrezione e le altre virtù che mi consentiranno di essere degno della Corona che il sommo Patriarca mi ha imposto sul capo in questo luogo santo.»

Appena ebbe finito di parlare, Niceforo Foca si inginocchiò ai piedi del Patriarca Polieuto e rimase in preghiera fino a quando la mano del religioso scese a prendere la sua mano per rimetterlo in piedi.

8

Dalla Loggia Cathisma del Palazzo Dafnè Teofane aveva assistito all'ingresso della nave trainata dai trenta cavalli attraverso l'arco centrale del porticato che immetteva direttamente nell'arena dell'Ippodromo. Laggiù sulla pista adibita alle corse dei cavalli si stava giocando una partita di sangue tra lo Stratega Niceforo Foca e il Magister Officiorum Giovanni Bringas, una partita dalla quale dipendeva anche la conferma o la fine dei suoi poteri, dei suoi lussi, dei suoi vizi e degli infiniti abusi di autorità che poco alla volta aveva trasformato in privilegi. Sapeva, Teofane, che il giorno in cui fosse caduta dal suo piedistallo non ci sarebbe stata pietà per lei da nessuna persona e in nessun luogo. Sapeva di essere circondata dall'odio e dalla paura, che non poteva fidarsi di nessuno, e che soltanto con l'esercizio e l'esibizione del suo potere avrebbe ottenuto anche in futuro le cose lecite e quelle illecite.

Quando, dall'alto della Loggia, vide partire una dopo l'altra le due palle di fuoco dalla nave di Niceforo, e poi vide Bringas e le sue Guardie straziate dalle fiamme dimenarsi sulla pista dell'Ippodromo, Teofane provò un brivido di piacere e si disse che Qualcuno in Cielo o sotto il Cielo stava dalla sua parte. Teofane non si era fidata mai di Bringas anche se aveva consentito per necessità alle sue decisioni di Magister Officiorum e ne aveva a malincuore accettato i consigli, dettati, a suo giudizio, da inesauribile spirito maligno. Chi avrebbe potuto convincerla che anche l'insolenza subita da Leone Foca durante il banchetto aristotelico non fosse stata escogitata e preparata dal suo astuto consigliere? E perché mai Bringas proteggeva le cinque sorelle del defunto Romano Lecapeno? Perché le lasciava libere di muoversi e di parlare alle sue spalle in ogni luogo e occasione? Teofane era certa che l'eunuco faceva di tutto per metterla ogni volta nelle situazioni più imbarazzanti e per creare scandalo e discredito intorno alla sua persona ben sapendo che quanto più veniva intaccata l'autorità della Reggente presso la Corte e la popolazione, tanto più aumentava la sua.

Quando Teofane si ritirò dalla Loggia per rientrare nei suoi appartamenti, trovò ad aspettarla dietro una colonna Teosia Arman, un ragazzo alto e sottile che le si avvicinò e le parlò con la voce che gli tremava in gola e una espressione stralunata che tradiva tutta la sua inquietudine.

«Mi dicono, mia Signora e Sovrana, che quando sei stanca di un amante lo fai uccidere.»

Teofane sorrise di compatimento per quella improvvisa e ingenua aggressione e si trattenne a stento dal desiderio di dirgli che era proprio vero che ogni volta veniva presa dall'odio e dal disprezzo per i suoi amanti, che li faceva uccidere per non lasciare in circolazione dei testimoni delle sue lussurie segrete, che avrebbe fatto uccidere anche lui come tutti gli altri. Ma perché dire la verità? Sapeva che il giovane armeno si sarebbe messo a piangere e a strillare richiamando l'attenzione di qualche cortigiano chiacchierone, e non era quello il momento di fare uno scandalo.

«Chi hai visto morire con i tuoi occhi?»

«Sono scomparsi alcuni giovani che conoscevo e non se ne è saputo più niente.»

«Se ogni tanto scompare qualche giovane dovrei strapparmi i capelli? Dovrei mettermi a piangere? Dovrei inseguire i fuggitivi? Non è compito mio, non ti pare? E nemmeno posso occupare le Guardie Palatine per fare sorvegliare dei ragazzi sventati. Le delusioni d'amore non sono affari di Stato. Se dovessi dare ascolto a tutte le cattiverie che si dicono sul mio conto non mi resterebbe nemmeno il tempo di aprire e chiudere gli occhi. E non ti sei domandato perché dovrei fare uccidere i miei giovani amici quando posso disporre di tanti nemici che meriterebbero di essere puniti?»

Il ragazzo non rimase per niente rassicurato dalle parole di Teofane. Le parlò ancora con voce accorata.

«Io voglio continuare ad amarti, mia Signora e Sovrana, io non voglio scomparire come i miei compagni, voglio solo amarti.»

«Per amarsi bisogna essere in due» rispose Teofane che non intendeva perdere altro tempo con lui. Voltò le spalle al ragazzo e si allontanò.

Teosia Arman fece qualche passo per seguirla, poi si fermò sgomento. Non sapeva che cosa fare né dove andare e rimase lì sui suoi passi a domandarsi quale sarebbe stata la sua sorte.

Durante l'ultimo incontro il giovane armeno aveva chiesto a Teofane il nome del marmo nero maculato che correva a fasce orizzontali tutto intorno alla piccola stanza dei loro amori segreti. E lei aveva risposto che quello era un marmo assai raro e che il suo nome era Vipera d'Egitto. Teosia Arman soffriva di penose superstizioni e quel rettile associato a quel paese gli era parso un auspicio funesto. Si era inginocchiato subito sul pavimento per una preghiera, che ora si stava rivelando insufficiente alla sua salvezza.

Appena entrata nei suoi appartamenti, Teofane fece soltanto un cenno ai due eunuchi del Vestiario che andarono subito a prelevare il ragazzo. Lo imbavagliarono e lo ficcarono a forza dentro un sacco di canapa, lo legarono da fuori con una corda perché non potesse dimenarsi, poi lo portarono nei magazzini dai quali si comunicava con il Mar di Marmara, dove venne gettato insieme a una pesante pietra che lo portò giù, sul fondo buio, senza più pensieri, senza sentimenti, senza piaceri, non ricercato da nessuno, nemmeno dalla madre rimasta a guardare il suo gregge di pecore sulle brulle montagne dell'Armenia.

9

Niceforo Foca sapeva che i Palazzi, anche dopo la morte di Bringas, potevano nascondere nuove insidie a ogni passo. Le astuzie militari non gli potevano servire nelle guerre di corridoio, tuttavia la sua esperienza si era affinata nelle lunghe riunioni sul campo quando si dovevano decidere i piani di battaglia. Niceforo si era abituato a leggere in uno sguardo o in una parola le gelosie tra i suoi Comandanti, i rancori, le ambizioni, le viltà e i tradimenti che potevano compromettere gli esiti di una battaglia o addirittura mettere in pericolo la sua vita. Credeva con fermezza in Dio Onnipotente, ma aveva imparato a diffidare delle sue creature. Quando venne accolto all'ingresso dei Palazzi dal sorriso di Teofane, raggiante nel suo gran manto di porpora, Niceforo acquietò le proprie ansie e dimenticò tutte le ombre che aveva attraversato, ben sicuro che conviene fidarsi dei complici più che degli amici.

Salirono lentamente uno a fianco dell'altro la solenne scalinata di granito rosa che portava alla Sala dell'Augusteon e qui, condotto per mano dalla Reggente, Niceforo sedette finalmente sul Trono dorato di Bisanzio.

L'incontro fra il nuovo Imperatore e il Trono dal quale avrebbe governato si svolse con un rito sobrio e quasi frettoloso dopo una giornata di emozioni intense, di esultanze e di sangue. Nelle orecchie di Niceforo ancora risuonavano le voci della folla, il boato del fuoco greco e gli urli di terrore nell'Ippodromo, poi le parole solenni del Patriarca sotto le volte sonore della Cattedrale, e ora finalmente i sussurri eccitati di Teofane che gli diceva qualcosa all'orecchio mentre nella Sala tutti i Dignitari della Corte, prosternati a terra, gli giuravano fedeltà e auguravano salute e gloria.

«Possiamo dire di avere avuto dalla nostra parte la fortuna e la mano del Signore,» gli stava dicendo Teofane «ma voi avete agito con tempestività e coraggio. La gloria del Trono vi era dovuta per le imprese di guerra, ma le lunghe assenze dalla Capitale avevano lasciato crescere a dismisura la potenza di quell'eunuco. Ora siamo tranquilli e possiamo sorridere ai Dignitari che sono venuti a rendervi omaggio. Io sono felice e onorata di sedere al vostro fianco in questa occasione memorabile.»

Niceforo rimase stupito dalle parole di Teofane e pensò che forse la frequentazione di Bringas, notoriamente didascalico e tempestivo, l'aveva indotta a questo linguaggio cortigiano, lei così disinvolta, così spregiudicata e arrogante sia nei comportamenti che nelle parole, perfino al dire dei messaggeri che si erano tenuti in contatto con lei per fronteggiare le trame dell'eunuco. Ma fu dopo la cerimonia del Giuramento che Teofane mostrò al nuovo Imperatore il suo volto più seducente e riuscì finalmente a sciogliere la sua crosta di uomo rude, poco avvezzo ai modi e agli artifici della vita di Corte.

Dopo il bacio del ginocchio da parte di Dignitari, Niceforo scese dal Trono per ricevere gli auguri e gli omaggi dai titolari dei sette Ordini Amministrativi: degli Strateghi, dei Domestici, dei Giudici, dei Secreti, dei Democratici, degli Stratiarchi, dell'Eidikon. Niceforo accolse con stanchezza le insegne che i Dignitari di tutti gli Ordini erano venuti a deporre umilmente nelle sue mani con la speranza che nei prossimi giorni sarebbero state restituite in segno di conferma della carica e degli appannaggi. Fra questi Dignitari c'erano anche i fedelissimi di Giovanni Bringas, ma dentro di sé Niceforo aveva già deciso che proprio questi avrebbero avuto con certezza la conferma. Le fedeltà cortigiane erano sempre intercambiabili: eliminato Bringas, Niceforo non ignorava che i fedeli dell'eunuco avrebbero fatto di tutto per guadagnarsi la fiducia di un nuovo protettore.

Niceforo aveva appena compiuto cinquanta e un anno sotto il segno dello Scorpione. Su questi anni pesavano le fatiche di guerra e le notti insonni, le ansie alla vigilia di ogni battaglia e lo sfinimento del giorno dopo, il dolore per i soldati lasciati sulla polvere o nel fango senza sepoltura e la fede che vacillava nelle giornate dure della sconfitta. Il successo non aveva cancellato le tracce delle stanchezze antiche e di quelle più vicine, ma lo sorreggeva un animo vigile e forte. Si lasciò guidare da Teofane nel labirinto dei Palazzi Imperiali, uno spazio immenso di saloni corridoi logge cortili scalinate terrazzi colonnati, una lunga passeggiata fino al Palazzo Dafnè, più piccolo e umano, dove non si svolgevano cerimonie ma si consumava la vita privata dell'Imperatore. L'Imperatore era lui, Niceforo Foca, lo Stratega che all'alba di quello stesso giorno era entrato nella Capitale alla testa delle sue truppe per affrontare una situazione ancora aperta a ogni incertezza anche se accuratamente preparata da mesi per mezzo di fedeli messaggeri. Tutto si era svolto secondo una astuta strategia e ora si trovava al fianco la bella Teofane, questa giovane donna sprezzante e anche crudele che si presentava a lui come una fragile creatura desiderosa di protezione e di conforto.

Nessuno dei due fece parola delle lunghe trattative e

degli accordi segreti che avevano preparato il loro incontro. La vittoria aveva cancellato i turbamenti della vigilia e ora la vicinanza fisica sembrava suggellare concretamente una comunanza di propositi, di interessi e forse di sentimenti. Teofane illustrava a Niceforo, che quasi non ne aveva più memoria dopo i lunghi anni di assenza, gli ambienti che attraversavano, ne diceva il titolo e la funzione e nominava i marmi preziosi e gli arredi con regale discrezione così come le aveva insegnato Bringas. Una semplice e lunga passeggiata all'interno dei Palazzi fino alla Dafnè e alla soglia dell'appartamento riservato alla Reggente.

«Penso che a questo punto dovremo lasciarci» disse Niceforo. «Ho provato una strana sensazione durante questa piacevole passeggiata nei Sacri Palazzi, come se mi trovassi in un paese straniero, ospite in un luogo dove non mi sarei mai orientato se la padrona di casa non si fosse prestata a farmi da guida.»

«Penso che nessuna zona dei Palazzi debba rimanere sconosciuta all'Imperatore. Ora il padrone di casa è lui.»

Teofane sorrise a Niceforo sulla porta del suo appartamento. Due inservienti si posero ai lati come se aspettassero che la coppia facesse il suo ingresso.

«Il mio viaggio non è dunque finito?»

«Dipende da voi, dalla vostra stanchezza e dai vostri desideri.»

«Questo significa che posso entrare?»

Teofane sorrise ancora e poi fece un gesto per invitare Niceforo a entrare nei suoi appartamenti. Niceforo si voltò a guardare i Dorifori, quattro giganti armati che lo avevano seguito fino a quel momento conservando la distanza della discrezione, una decina di passi, e che ora stavano fermi sulla soglia in attesa di ordini.

Teofane capì al volo.

«Potete fidarvi di me. Lasciate pure i vostri Dorifori

qua fuori. Nei miei appartamenti potete correre solo rischi dai quali non vi possono proteggere degli uomini armati.»

Un sorriso malizioso e seducente apparve sul volto di Teofane. Niceforo sorrise a sua volta e la seguì lasciando fuori i suoi uomini.

«Ho portato sulle mie spalle troppo deboli un doppio peso,» disse con franchezza disarmante Teofane «quello del governo e quello non meno grave della vedovanza. Alla testa dell'Impero, nei Palazzi e qui nelle mie stanze, mancava la presenza di un uomo. Voi sapete che potete contare sulla mia alleanza e sulla mia amicizia, e credo di avervi dato prova anche di lealtà aiutandovi a sconfiggere il vostro nemico più pericoloso.»

«Nemico anche vostro» disse Niceforo con un sorriso dal quale traspariva un'ombra di diffidenza.

«Bringas era molto intelligente» disse Teofane «e aveva capito che il suo vero rivale eravate voi, non io.»

«Possedeva in uguale misura intelligenza e perfidia. Se fosse riuscito a togliermi di mezzo con la vostra complicità, con altrettanta perfidia avrebbe poi eliminato anche voi.»

«Sono riuscita miracolosamente a difendermi da questo demonio, ma senza il vostro aiuto avrei finito per soccombere. Avete ragione a dire che era anche mio nemico, ma ora la sua scomparsa ci mette al riparo dalle peggiori insidie qui nei Palazzi dove aveva tessuto la sua ragnatela di complicità. Il vostro ingresso avviene dunque sotto il segno della fortuna, ma ora che il nostro peggiore nemico è scomparso avete bisogno di una alleanza pubblica per legittimare agli occhi della popolazione la vostra ascesa al Trono.»

Niceforo guardò sbalordito Teofane che era passata con leggerezza dalle lusinghe della seduzione a discorsi di inaspettata diplomazia. Volle accertarsi di avere ben capito.

«Avete parlato di una alleanza pubblica, ma con chi?»

«Con me» disse Teofane. «Oltre che Reggente io sono la madre di Basilio e di Costantino, designati alla successione dal defunto Imperatore Romano Lecapeno. Il popolo ama questi due ragazzi, di cui sono stati diffusi ovunque i ritratti e che più di una volta sono apparsi in pubblico in occasioni di feste e cerimonie ufficiali, e può sospettare che voi abbiate intenzione di escluderli dalla successione. Perché correre questo inutile rischio? Io vi ho sempre ammirato per il vostro coraggio, vi ho ammirato da lontano come una donna qualsiasi, con l'umiltà e la devozione che è dovuta agli eroi. Forse potreste ricambiare questa mia devozione e l'alleanza che di fatto c'è già fra di noi, dandole un nome e una veste ufficiale.»

Niceforo era sempre più sorpreso, e totalmente impreparato a discorsi così espliciti su questioni che riteneva conveniente discutere in altro luogo e in altro momento. Invece si trovava lì a dovere affrontare una situazione improvvisa, senza soccorso di ragione e di sentimento, il giorno stesso che gli era stata imposta sul capo la Corona di Imperatore. Troppi eventi si erano verificati in quella giornata e perfino un uomo di fortunose strategie terrestri come lui ne era rimasto frastornato. Ma le parole aperte di Teofane esigevano da parte sua un atteggiamento altrettanto franco se non voleva mostrare già in questa prima occasione una debolezza che poteva essere pericolosa nella vita di Corte che si accingeva ad affrontare.

«È una proposta di matrimonio?»

«Sì.»

Niceforo cercò di nascondere l'emozione, la lusinga e la meraviglia.

«Ma io ho molti anni più di voi, io sono un rozzo militare e voi siete una donna bella e raffinata, elegante, abituata alla vita di Corte. Io ho vissuto per anni negli accampamenti insieme ai miei soldati e devo ancora abituarmi al titolo che mi è stato conferito. Il mio stesso nome mi suona quasi estraneo alla nuova dignità di cui sono stato investito.»

«Negli uomini io amo la forza e il coraggio,» disse Teofane «sono qualità così rare.»

Teofane sapeva leggere negli occhi degli uomini e capì a questo punto che aveva la situazione nelle sue mani, che avrebbe condotto il rude guerriero, l'astuto Stratega, l'Imperatore di Bisanzio Niceforo Foca, ovunque lei desiderasse. Sottovoce, avvicinando il suo viso a quello di Niceforo, la giovane donna gli offrì la chiave con la quale avrebbe potuto aprire l'ultima porta della loro intesa.

«Siamo in una situazione di grande privilegio, nessuna autorità può impedirci nessuna cosa in questo luogo e in questo momento.»

Detto questo Teofane prese per mano Niceforo e si avviò verso la zona più privata dei suoi appartamenti.

I due eunuchi di guardia alla porta tentarono, secondo un ordine ricevuto in precedenza, di chiudere i due battenti dell'appartamento, ma gli uomini di Niceforo misero avanti le loro lance sulla soglia senza dire una parola. Così la porta rimase socchiusa. Da una parte i due eunuchi vestiti di seta, dall'altra i quattro giganti armati, rimasero ad aspettare a lungo senza scambiarsi nemmeno una parola sull'incontro tra Niceforo Foca e la Reggente Teofane che si prolungava oltre i tempi previsti. All'alba gli uomini di guardia erano ancora lì che aspettavano.

10

Il matrimonio fra l'Imperatore Niceforo Foca e Teofane venne celebrato nella Chiesa Novella che, trovandosi entro la cerchia dei Palazzi Imperiali, offriva l'opportunità di una cerimonia più discreta, officiata con semplicità dal Confessore di Niceforo e sottratta perciò al Patriarca Polieuto, noto per la sua severità nelle procedure matrimoniali.

Il piccolo corteo nuziale era composto da dieci Silenziari agli ordini del Preposto, da tre Domestici in rappresentanza dei corpi militari degli Icanati, degli Arithmoi e degli Escubiti, e da uno Sceptroforo che reggeva davanti a Niceforo l'asta sormontata da un'aquila, emblema dell'Impero. Seguivano dieci Labarorii che portavano i vessilli delle regioni lontane e delle autorità militari assenti. I dieci Silenziari in testa al corteo agitavano le loro verghe d'oro per imporre, lungo il percorso già silenzioso e deserto, il silenzio dovuto alla persona sacra dell'Imperatore.

I componenti del corteo si mossero dall'appartamento di Niceforo, raggiunsero quello di Teofane, che si pose in cammino alla sua destra, poi si avviarono lentamente lungo la Galleria Dafnè, percorsero il Passaggio del Signore e finalmente scesero la scala Bucoleon e raggiunsero il chiostro e l'ingresso della Chiesa Novella che erano stati addobbati con festoni di seta e fiori e foglie e frutti colti nei giardini e negli orti dei Palazzi e composti con mano sapiente.

Ormai soggiogato dalla atmosfera incantata nella quale si era trovato immerso quasi suo malgrado, Niceforo sentiva volteggiare giocondi e leggeri intorno alla testa gli Angeli e i Santi scesi dal Cielo per accompagnarlo fino all'altare. L'impaccio del lungo mantello di seta ricamato di perle bianche e rosate lo costringeva a un passo lento e a un atteggiamento eretto come si conveniva alla più alta Autorità dell'Impero, ma non gli impediva di gettare occhiate di ammirazione a Teofane che camminava al suo fianco con il passo sicuro di chi sta finalmente per completare un disegno predisposto da lungo tempo.

La gioia di Niceforo era ben motivata non soltanto perché questo matrimonio suggellava ufficialmente la sua ascesa al Trono, ma anche perché apriva un capitolo nuovo nella sua vita privata, un capitolo che si presentava per la prima volta sotto il segno felice e nuovo dell'amore. Niceforo aveva sentito dalle parole del Patriarca pronunciate sotto le alte volte della Cattedrale che il primo dovere dell'Imperatore era quello di imitare Dio e questo gli aveva procurato qualche turbamento. Dopo il primo moto di entusiasmo, si domandava come avrebbe saputo guidare i propri sentimenti nei confronti della troppo bella e troppo giovane Teofane, e come si sarebbe comportato Dio al suo posto. Ancora una volta si disse che le sue qualità di Stratega, che lo avevano condotto in tante occasioni alla vittoria, non potevano essergli di aiuto per condurre un rapporto che era incominciato secondo tempi e modi imprevisti e che gli prospettava percorsi ai quali si sentiva impreparato. E così la gioia improvvisa del matrimonio venne subito turbata da qualche intimo dubbio.

Le reazioni dell'Autorità ecclesiastica vennero ben presto a sconvolgere la pace di Niceforo. Il Patriarca Polieuto che lo aveva generosamente incoronato, ma che poi era stato tenuto all'oscuro del matrimonio, appena ne ebbe notizia perse la sua calma abituale. Non soltanto ritenne questo matrimonio un affronto alla sua autorità, ma lo qualificò come un sacrilegio. Polieuto era un uomo virtuoso e austero, soprattutto preoccupato di fare osservare le leggi e gli interessi della Chiesa, al cui servizio aveva dedicato non solo la sua fede ma anche il suo rigore, la sua potestà e una franchezza che non conosceva ostacoli, nemmeno quelli dell'ira quando pensava di poter conseguire con questo mezzo profano gli interessi della Santa Madre Chiesa. In quelle occasioni, si diceva, le sue grida sotto le austere volte della Cattedrale avevano provocato gravi fenditure nei mosaici del Cristo Pantocratore, che a sua volta si era adirato per l'ira del Patriarca.

Quando Niceforo e Teofane, pochi giorni dopo il matrimonio, si presentarono nella Cattedrale di Santa Sofia per la cerimonia della Resurrezione e avanzarono verso la Porta Reale dell'Iconostasi per entrare nell'area sacra secondo un antico privilegio imperiale, Polieuto li respinse bruscamente. Per lui erano due peccatori, niente altro che due peccatori anche se indossavano i loro imperiali manti di porpora e oro. Anzitutto Niceforo aveva sposato, lui vedovo, una vedova, contravvenendo a una delle più rigorose leggi della Chiesa. In secondo luogo era padrino dei due ragazzi Basilio e Costantino e quindi unito da un legame di parentela, sia pure acquisito, con Teofane. Per il Patriarca la convalida in spiritualibus del loro matrimonio, oltre a tutto celebrato quasi clandestinamente, avrebbe legittimato un incesto.

In un colloquio burrascoso che si svolse in presenza di

Teofane, Polieuto pose Niceforo nella alternativa di ripudiare immediatamente la consorte davanti allo stesso Confessore che li aveva uniti, o di subire l'interdizione ecclesiastica che lo avrebbe posto al di fuori della Chiesa e gli avrebbe impedito di esercitare tutti i diritti che questa riservava agli Imperatori. Per un uomo come Niceforo Foca, il quale aveva preso alla lettera l'impegno che assumevano per tradizione gli Imperatori bizantini di imitare Dio, questa minaccia significava precipitare nel buio del peccato e aveva fatto apparire davanti ai suoi occhi smarriti la figura minacciosa dell'Anticristo nelle vesti della bella Teofane. Ma si disse subito che l'unico responsabile di quel matrimonio era lui e che a lui toccava ora rimediare all'errore.

Dopo estenuanti discussioni pentimenti promesse minacce proposte e ripensamenti, si arrivò a un compromesso fra i due contendenti. Dal momento che Niceforo si rifiutava di ripudiare Teofane di cui, si capiva da ogni sua parola, si era reso ormai schiavo, Polieuto gli impose una penitenza che insieme era una gravosa punizione. Gli fece giurare sul Crocefisso che per la durata di un anno lui e Teofane sarebbero vissuti come fratello e sorella. Questo giuramento, che imponeva a Niceforo un sacrificio penoso, fu invece un sollievo per la Reggente Teofane che, nonostante le parole piene di promesse e la repentina accoglienza nel proprio letto, aveva sposato quel rude e anziano soldato solo per indossare di nuovo il manto e la Corona di Imperatrice. Così la vita coniugale di Niceforo e Teofane si risolse in una patetica finzione. Niceforo colmava di regali e attenzioni la consorte, che lo ripagava riprendendo nascostamente i suoi intrighi amorosi, le sue avventure passeggere con soldati, paggi, cubicolari, inservienti, mercanti, ambasciatori, principi stranieri, monaci libertini, giardinieri e vivandieri che faceva avvicinare da un suo eunuco di fiducia dimostrandosi, in questa ricerca di avventure, sempre più sfrenata, viziosa e insaziabile. I cortigiani fingevano di non vedere anche perché era successo più di una volta che i testimoni occasionali di questi incontri cadessero vittime di strani e improvvisi incidenti: precipitavano da una finestra o da una terrazza, morivano avvelenati, i loro corpi venivano trovati in mare o scomparivano per sempre senza lasciare traccia di sé.

Niceforo era all'oscuro di ogni cosa, o fingeva di esserlo, completamente soggiogato dalla bellezza e dalla giovinezza prepotente di Teofane, distratto dalle mille incombenze del cerimoniale e da lunghe ore di preghiera. E il giuramento dato al Patriarca e osservato scrupolosamente rendeva più oneroso il suo disagio e il suo stato di inferiorità di fronte a Teofane. A tutto questo si aggiungevano le preoccupazioni per i continui tributi in oro richiesti dai barbari confinanti in cambio della pace, tributi che avevano finito per svuotare le casse dello Stato e per aumentare i debiti saliti a numeri vertiginosi. Nel tentativo di rimettere in pareggio le bilance dell'Erario, Niceforo aveva aggravato i tributi del fuocatico a carico di ogni famiglia, aveva raddoppiato le tasse di successione e i dazi sui manufatti esteri introdotti nell'area della Capitale, e infine aveva obbligato gli armatori a versare un mutuo al Sacellario per affrontare le spese dell'Esercito e della marina militare. Gli esattori delle province, nominati come Curiosi, divennero spietati con gli abitanti dei villaggi e in qualche caso non avevano esitato a inseguire i contadini con i cani per costringerli a pagare i tributi. Quando si spargeva la notizia del loro arrivo, interi villaggi si spopolavano e gli abitanti cercavano scampo sulle montagne o si accampavano in zone deserte. Mentre il prestigio di Niceforo entro le pareti degli appartamenti privati era in forte declino, anche la sua popolarità pubblica aveva subito dure contestazioni già nei primi mesi dopo la promulgazione delle Novelle che sancivano il nuovo regime tributario.

Dietro suggerimento del Patriarca Polieuto, che si era assunto direttamente l'incarico di Confessore del Trono dopo avere allontanato il monaco che aveva celebrato il matrimonio sacrilego con Teofane, Niceforo dovette a malincuore scegliere il marmo per il proprio sarcofago e, durante tutte le cerimonie ufficiali, tenere in mano non soltanto i simboli del potere, lo scudo e la croce d'oro, ma anche un sacchetto pieno di polvere tombale che doveva ricordargli che la sua vita era caduca come quella di tutti gli altri uomini. In un primo tempo Niceforo aveva attribuito a malanimo del Patriarca questi suggerimenti di pratiche umilianti, ma aveva poi dovuto rendersi conto che in realtà correvano in quel senso proprio le leggi che regolavano il complesso e rigido cerimoniale del Trono. Dopo la lettura quotidiana delle Sacre Scritture, Niceforo prese dunque l'abitudine di dedicare qualche ora del giorno a prendere conoscenza del *Libro delle cerimonie* che Costantino VII aveva lasciato alla sua morte nella speranza di emulare, con lo studio e la codificazione del cerimoniale bizantino, la gloria postuma che Giustiniano aveva ottenuto con la raccolta e la sistemazione del *Corpus Juris* romano.

Per il proprio sarcofago Niceforo scelse, libero da ogni parsimonia, il costoso e raro porfido egizio.

11

Cinque rintocchi del campanone risuonarono dall'alto del Palazzo della Magnaura e si diffusero nell'aria immobile del tramonto. Il campanone della Magnaura veniva suonato solo in casi eccezionali per segnalare ai cittadini la partecipazione dell'Imperatore alle cerimonie funeste che si celebravano in occasione di pubbliche calamità come terremoti, incendi di edifici pubblici, morti di Alti Dignitari o di persone appartenenti alla Famiglia Imperiale. A quale triste cerimonia stava partecipando quel giorno a quell'ora insolita l'Imperatore Niceforo Foca? Se lo domandarono i cittadini di Bisanzio, sorpresi da quei cinque rintocchi in un giorno senza notizie.

Dopo avere riconosciuto, da una sua profonda e cupa vibrazione, il campanone della Magnaura, tutti gli abitanti della Capitale, secondo una antica consuetudine, si fermarono sui loro passi o rimasero immobili nel gesto in cui erano stati sorpresi. Così rimasero con il martello in mano i metallari nelle loro officine sul Corno d'Oro, con la bilancia sospesa i venditori di pesce e di granaglie nelle stradine intorno al porto commerciale e i bottegai della seta e del lino intorno all'Acropoli, e rimasero immobili con i loro misurini i venditori di oro e pietre preziose nei negozi affacciati sulla Mese, la grande strada che percorreva per il lungo tutta la città. Si arrestarono le carriole dei muratori e i carri si fermarono in mezzo alla strada dove si trovavano, le ragazze interruppero le loro canzoni e perfino i mendicanti smisero i lamenti, irrigiditi nei loro gesti miserevoli.

L'Officina delle Polveri dove si fabbricavano i proiettili del fuoco greco era il luogo più segreto e inaccessibile di tutta Costantinopoli. Consisteva in un vasto laboratorio che prendeva luce da finestrini altissimi e muniti di poderose ferrate, di una camera per il Maestro delle Polveri e di un dormitorio per gli operai. Era situata nella parte bassa dei Palazzi Imperiali, una decina di piedi sopra il livello del Mar di Marmara con il quale comunicava per mezzo di uno stretto condotto ricavato nello spessore delle mura e che arrivava fino alla Darsena Militare nel Porto di Bucoleon, dove erano ancorate le navi da carico, i dromoni, le chelandie e i più leggeri e veloci liburni, in attesa di caricare le palle del fuoco greco che venivano confezionate secondo una formula antica protetta da rigoroso segreto. Poco sopra l'Officina sorgeva il Faro che spandeva dal tramonto all'alba la sua luce intermittente su tutto il Corno d'Oro e sul Bosforo, e mandava i suoi raggi di luce fino ai tetti delle case di Crisopoli e di Calcedonia sulla costa asiatica di fronte a Bisanzio.

L'Officina delle Polveri era più protetta del Primo Gineceo, più segreta delle prigioni militari, più inaccessibile della Sala del Trono. Vi lavoravano venti uomini, quasi tutti ex condannati a morte che avevano avuto l'opportunità di tramutare la loro pena con una reclusione perpetua, sorda e muta. Non soltanto questi uomini avevano accettato di rimanere rinchiusi nella Officina delle Polveri per tutta la vita, ma prima di entrarvi avevano avuto la lingua tagliata e bruciati i timpani con un ferro rovente in modo che non potessero parlare e non potessero udire, interdetta ogni comunicazione per impedire la divulgazione del segreto militare e rendere difficili da fuori eventuali voci di lusinga o di corruzione. La pergamena con la formula segreta della composizione del fuoco greco era depositata nella camera personale del Maestro delle Polveri, compresa nell'area della Officina.

Aveva assunto questo incarico ormai da otto anni, quando ancora regnava Romano II Lecapeno, Leonzio Manuele di Eraclea, un eunuco sfortunato e intelligente, devoto all'Imperatore e, dopo la sua morte, devoto alla giovanissima vedova e Reggente Teofane e da ultimo anche al nuovo Imperatore Niceforo Foca. Ma la sua devozione si estendeva all'Impero come Sacra Istituzione, alla sua Capitale Costantinopoli, alla Santa Chiesa Romana e al suo Patriarca, al Nome di Gesù e a quello della Santa Vergine Maria, al Nome di tutti i Santi e di tutti gli Angeli del Cielo. Al di là di queste devozioni che occupavano la mente e il cuore di Leonzio Manuele anche nella sfortuna, ciò che lo aveva portato ad assumere il gravoso incarico di Maestro delle Polveri e a rassegnarsi alla reclusione perpetua, erano state le vicissitudini che avevano fatto seguito al suo amore deluso per la vita di mare.

Dopo una infanzia vissuta nei quartieri poveri del Porto di Eraclea tra i pescatori e i venditori di pesce salato, tra i commercianti di ogni specie che raccoglievano nei loro magazzini le merci per conto di mercanti veneziani e genovesi, Leonzio Manuele aveva coltivato a lungo il sogno di diventare un giorno Comandante di uno di quei possenti dromoni ancorati nel Corno d'Oro, che vedeva partire da lì per le spedizioni militari nel Mediterraneo all'inseguimento delle navi persiane e dei pirati saraceni.

A sedici anni Leonzio Manuele era riuscito finalmente a imbarcarsi all'ultima ora come marinaio semplice su un dromone che stava salpando con le altre navi alla volta dell'isola di Creta, diventata la base di partenza dei pirati per le loro scorrerie nel Mediterraneo. Leonzio Manuele era un ragazzino entusiasta e inesperto che si esaltava alla vista di quei potenti mostri marini che potevano sputare dalle loro fauci di bronzo quelle terrificanti palle del fuoco greco che avevano distrutto le navi persiane e saracene ogni volta che si erano trovate sotto tiro. Purtroppo la spedizione era destinata a fallire per l'insufficienza dei mezzi di terra trasportati fino al luogo dello sbarco, ma il destino negativo di quella impresa militare doveva coincidere atrocemente con quello del giovane e entusiasta marinaio di Eraclea.

Il primo giorno di battaglia, mentre all'alba gli artificieri bizantini stavano caricando i sifoni con i proiettili del fuoco greco da lanciare sulla flotta saracena che si stava avvicinando, il giovane Leonzio Manuele aveva gettato le ultime palate di carbonella dentro la caldaia, poi aveva appoggiato la sinistra su una traversa del dromone per tenere in equilibrio le sue gambe di marinaio novello. Per tutto il seguito degli anni la memoria di Leonzio Manuele ritornò a quel momento fatale, quando un improvviso colpo di vento aveva gonfiato le vele e lo strappo di una sartia gli aveva letteralmente portato via la mano lasciandogli un moncherino sanguinante. Mentre cercava di tamponare il sangue che zampillava dal polso reciso, Leonzio Manuele pianse come un bambino e continuò a piangere fino a quando, insieme alle lacrime, cessò anche il sangue.

Il ritorno in patria di Leonzio Manuele sul dromone in fuga avvenne sotto il segno del pallore e della disperazione. Mentre un compagno spargeva sulla ferita polvere di zolfo per cicatrizzarla, il giovane marinaio, quasi dissanguato e oppresso dalla debolezza, aveva dimenticato il dolore della amputazione ed era sprofondato in una sofferenza cupa e silenziosa perché sapeva che quell'incidente segnava la fine dei suoi sogni marinari, nati sotto cattive stelle come la battaglia che era stata perduta davanti all'isola di Creta.

Ritornato a Costantinopoli, Leonzio Manuele aveva avuto come risarcimento per la mutilazione un impiego nella Farmacia dei Palazzi dove si preparavano gli unguenti, i decotti, le tisane e i profumi ad uso della Famiglia Imperiale e della Corte. Si era fatto eunuco, un'altra amputazione e un altro dolore, perché questa era la condizione per entrare nei ruoli della Farmacia. Dopo un breve apprendistato si era subito distinto nella composizione di nuovi profumi e medicamenti e per l'invenzione di fumi colorati che, insieme ai grandiosi fuochi di artificio, avevano entusiasmato la Corte durante la festa dei Brumali e gli avevano valso, qualche anno dopo, il titolo di Nipsistiario che gli consentiva di indossare la tunica di lino e il mantello di seta e di assistere ai bagni della giovanissima Imperatrice Teofane. Ma la sorte negativa sembrava accanirsi contro di lui troncando anche la sua carriera di Profumiere e mettendo in pericolo la sua vita. Una lozione preparata per annerire i capelli biondi della capricciosa figlia illegittima dell'Imperatore Romano II Lecapeno, la bella Gotrida di sedici anni, aveva provocato nella giovinetta una serie di crisi epilettiche e, un mese dopo l'uso del malefico intruglio, ne aveva provocato la morte fra atrocissimi dolori.

La condanna a morte di Leonzio Manuele era la conseguenza inevitabile dell'incidente anche se i maligni bisbigliavano che il veleno era stato aggiunto alla lozione da una donna al servizio di Teofane, gelosa della bella Gotrida. L'intervento inaspettato dell'eunuco Giovanni Bringas aveva ottenuto per il profumiere di Eraclea il raro privilegio di poter scegliere di quale morte morire, e di evitare i procedimenti di tortura che toccavano a chi si fosse macchiato di un delitto su una persona della famiglia o dell'ambito parentale dei regnanti. Leonzio Manuele aveva avuto l'astuzia di scegliere la stessa morte della povera Gotrida: stessa lozione e quindi stesse crisi epilettiche e stessa morte della giovinetta. Dietro suggerimento di Teofane, che voleva smentire le voci che la facevano colpevole del veneficio ma sapeva che la lozione preparata dallo stesso condannato non avrebbe sortito l'effetto che aveva avuto su Gotrida, era stata concessa a Leonzio Manuele la possibilità di avere salva la vita se avesse accettato di sostituire il vecchissimo Maestro delle Polveri nella direzione della Officina il giorno, che non poteva essere lontano, in cui questo sarebbe morto.

Leonzio Manuele aveva esitato prima di accettare la reclusione per il resto dei suoi giorni nella tetra Officina delle Polveri. Poi aveva posto come condizione al suo consenso che venisse praticato attraverso le spesse mura verso Occidente un sottile foro dal quale potesse vedere, dalla sua camera nell'Officina, il tramonto sul Bosforo. Se gli avessero concesso uno spiraglio che gli consentisse di assistere al più bello spettacolo del mondo, Leonzio Manuele si sarebbe ritenuto appagato e avrebbe consentito a servire, sia pure in modo diverso da quello che aveva sperato, la flotta imperiale.

Leonzio Manuele aveva dovuto inoltrare la sua richiesta in forma di supplica scritta indirizzata all'Imperatore come era in obbligo per ogni domanda di grazia. Nella sua lunga supplica Leonzio Manuele aveva raccontato gran parte della sua vita, i desideri marinari della sua infanzia a Eraclea, l'incidente sul dromone durante la battaglia di Creta e la sua delusione disperata, la carriera di Profumiere e i suoi successi, fino all'infausto incidente della lozione e della morte della bella Gotrida. Alla fine della supplica si diceva disposto a farsi rinchiudere nella Officina delle Polveri e a eseguire con diligenza il suo nuovo incarico, ma per questo chiedeva quel sottile foro nella parete verso Occidente.

Pare che il cuore debole di Romano II Lecapeno venisse toccato dalla lettura di quella prosa affettata e patetica. Accettò senza esitare la condizione posta da Leonzio Manuele per quanto i Geometri di Corte gli avessero illustrato le difficoltà di forare quel muro dello spessore di dodici piedi, oltre al resto non costruito con il solito calcare usato a Costantinopoli, ma con massicci blocchi di granito.

Quando gli operai cominciarono i lavori, il vecchio Maestro delle Polveri ancora in carica si era arrampicato faticosamente su una scala a pioli per affacciarsi al finestrino più alto dell'Officina. Si era domandato che cosa mai potesse significare quel martellare dei muratori e degli scalpellini sui blocchi di granito sotto la direzione dei Geometri, che aveva osservato dall'alto mentre calcolavano strane inclinazioni fissate da lunghe pertiche e da cordicelle dirette verso il sole che tramontava. Saggiamente il vecchio Maestro aveva dominato la propria curiosità: la discrezione e il silenzio erano le leggi che governavano l'Officina e lui doveva essere il primo a osservarle.

Il vecchio rimase tranquillo a dirigere i suoi operai ponendo ogni tanto l'orecchio ottuso alla parete dalla quale si sentivano le vibrazioni delle martellate degli scalpellini e il ronzio dei trapani che foravano la dura pietra.

Fedele ai suoi principi e alla sua ormai collaudata vocazione, non aveva comunicato nulla ai suoi operai, che tuttavia avevano cominciato a manifestare qualche inquietudine perché, nonostante la sordità, avevano capito dalle vibrazioni che intorno all'Officina stava succedendo qualcosa di strano.

Quando i lunghi trapani, superata l'ultima barriera di pietra, penetrarono finalmente nella parete occidentale dell'Officina, il vecchio mise l'occhio sul foro per capire che scopo potesse avere quello strano pertugio. Capire, si era detto il vecchio Maestro delle Polveri, non contraddice la regola della discrezione e del silenzio.

Una sera al calar del sole finalmente il vecchio Maestro vide attraverso il foro praticato nella parete il rosso fiammeggiante tramonto sul Bosforo e il sole che lentamente scendeva dietro il minuscolo orizzonte ritagliato nella pietra. Quale significato poteva avere questa immagine? Una figurazione del fuoco infernale? Un segnale della fine? Una estasi di guerra sul mare? No, il sole rosso del tramonto non poteva avere nessuna analogia con i proiettili mortali del fuoco greco. Ma perché traforare con mesi di lavoro un muro di granito dello spessore di dodici piedi per offrire a un vecchio Maestro delle Polveri l'immagine del sole al tramonto? Il vecchio era un uomo acuto e malizioso. Forse, si disse, quel foro non era destinato a lui ma a qualcun altro. E questo altro chi poteva essere se non il suo successore? E se quel foro laborioso e costoso era destinato al suo successore che cosa ci si aspettava da lui? Non gli rimaneva che togliersi di mezzo al più presto per evitare che lo facesse qualcun altro. Una grande stanchezza e un infinito bisogno di riposo avevano già illanguidito le sue membra e, a tratti, anche la sua mente e il suo cuore perplesso. Fu così che il vecchio Maestro delle Polveri decise di morire: il giorno seguente, in silenzio, serenamente, si distese sul lettuccio della sua camera e morì per lasciare il posto al suo successore per il quale era stato praticato quel foro nello spesso muro di granito.

Pare che nella sua funzione di Maestro delle Polveri Leonzio Manuele fosse riuscito a cancellare ogni memoria del passato e addirittura ogni pensiero dalla sua mente. Ma forse proprio per questo l'Officina, nei pochi anni che ebbe a capo il giovane Maestro di Eraclea, funzionò con una puntualità esemplare. Fino a quando una mattina, nell'ora in cui erano soliti riprendere il lavoro, gli operai lo trovarono sgozzato e disteso sul pavimento della sua camera.

La cassetta di ferro dove veniva conservata la pergamena segreta era stata scassinata. Qualcuno era penetrato nella Officina durante la notte, aveva sgozzato il Maestro delle Polveri e trafugato la pergamena che conteneva la formula del fuoco greco. Le tre porte di ferro dell'ingresso non portavano segno di forzatura. L'allarme era stato dato per mezzo di un cencio rosso esposto dagli operai a uno degli alti finestrini del dormitorio.

Una delle sentinelle esterne aveva lasciato subito il suo posto e si era recata di corsa dall'Eteriarca Nimio Niceta per annunciargli che era successo qualcosa di grave dentro l'Officina delle Polveri. L'Eteriarca, prima di informare l'Imperatore, aveva voluto recarsi personalmente nell'Officina per rendersi conto dell'accaduto. Arrivato sul luogo si era affacciato al pertugio che serviva per il rifornimento dei materiali e aveva visto il corpo di Leonzio Manuele con la gola squarciata, adagiato pietosamente su un panchetto dai suoi operai.

Per quanto il delitto e il furto della pergamena fossero

di diretta pertinenza dell'Imperatore come tutto ciò che riguardava la formula segreta del fuoco greco, l'Eteriarca aveva preferito seguire la procedura ordinaria e si era rivolto al Kuropalata Leone Foca per informarlo di quanto era accaduto nella Officina delle Polveri.

Il Kuropalata Leone aveva ascoltato attentamente e in silenzio la sua relazione, poi si era assunto personalmente l'incarico di riferire il fatto al fratello Niceforo. Prima di congedarlo aveva domandato all'Eteriarca quali provvedimenti intendesse prendere a carico delle sei sentinelle che si trovavano di guardia all'Officina dalla parte interna del cortile quando era avvenuto il misfatto.

Come intendeva punirle? Avrebbe provveduto immediatamente o avrebbe indetto un regolare processo? E nel caso, preferiva un processo presieduto dall'Eparco o un procedimento rapido e sommario? Non c'era il rischio che qualcuna fra le sentinelle avesse avuto sotto gli occhi la pergamena con la formula segreta? Quest'ultima domanda aveva convinto l'Eteriarca a prendere nei loro confronti il provvedimento estremo per compiacere Leone Foca o meglio per dare esecuzione a quello che riteneva un ordine. Nimio Niceta era ormai abituato alle ambiguità cortigiane delle Alte Gerarchie che, per non compromettersi, davano ordini sotto forma di suggerimenti. Senza perdere tempo aveva fatto decapitare le sei sentinelle nelle prigioni segrete in modo da non dare spettacolo ed evitare commenti e disordini nella Guardia Palatina da cui provenivano. I loro corpi erano stati avvolti in teli di canapa appesantiti da grosse pietre e poi gettati nel punto più profondo del Mar di Marmara che, ormai noto per questa sinistra consuetudine, veniva evitato dai pescatori per quanto sapessero che in quel tratto i pesci erano più grassi e numerosi che altrove.

12

Mentre percorreva il lungo corridoio della Dafnè verso gli appartamenti imperiali, Leone Foca si domandava quale altra sciagura avrebbe preferito a quella che era successa laggiù nella Officina delle Polveri: il suo elenco comprendeva pestilenze, siccità, terremoti, carestie e perfino uno scisma. Arrivato nel Corridoio della Luce, il Kuropalata si trovò faccia a faccia con il Protovestiario che aveva assunto la sorveglianza davanti all'ingresso degli appartamenti imperiali, un incarico di fiducia che esorbitava dalle sue mansioni ufficiali, ma che l'eunuco volentieri aveva accettato su richiesta di Niceforo.

L'Imperatore non voleva essere disturbato durante l'ora della preghiera. Era una semplice informazione che l'eunuco comunicava al Kuropalata, il quale tuttavia in caso di emergenza aveva accesso agli appartamenti del fratello a qualsiasi ora del giorno o della notte. Leone Foca sapeva che l'uccisione del Maestro delle Polveri e il trafugamento della pergamena con il segreto del fuoco greco era una emergenza di tale gravità da consentirgli l'infrazione della normale procedura delle udienze e l'interruzione della preghiera del fratello Imperatore.

Leone aveva trovato Niceforo inginocchiato su una pelle di onagro gettata sul pavimento di marmo, le mani giunte e gli occhi a terra mentre le labbra si muovevano appena in una preghiera silenziosa. Niceforo avvertì i passi di Leone, che riconobbe subito senza esitazione, e volse appena lo sguardo mentre poneva fine alla preghiera. Poi si alzò accennando un breve sorriso di saluto e andò a sedersi su uno sgabello invitando Leone a sedersi di fronte a lui.

«Che cosa dunque è successo di tanto grave che avete voluto interrompere la mia preghiera?»

C'era un'ombra di rimprovero nelle parole dell'Imperatore, ma anche una malcelata preoccupazione. Sapeva che il fratello non lo avrebbe interrotto se non per una ragione seria e grave.

«I fatti sono questi, fratello Imperatore: uno sconosciuto si è introdotto nella Officina delle Polveri durante la notte, ha sgozzato il nostro Maestro Leonzio Manuele e ha rubato la pergamena con la formula del fuoco greco. È inutile che vi esprima la mia costernazione per quanto è accaduto.»

Niceforo impallidì.

«Come è potuto succedere? C'è stata mancanza da parte delle sentinelle? C'è stato tradimento all'interno dell'Officina?»

«Le porte e i sigilli sono intatti, e il pertugio per il rifornimento delle sostanze infiammabili non consente il passaggio di una persona.»

Niceforo Foca si alzò in piedi in uno scatto di impazienza, girò intorno a se stesso e poi si rimise a sedere sullo sgabello.

«Mi avete annunciato che qualcuno si è introdotto nella Officina delle Polveri e poi mi dite che quanto è successo è impossibile. E allora?»

Leone riprese a parlare abbassando ogni tanto lo

sguardo come se si vergognasse di quanto stava dicendo.

«Veramente il pertugio per il rifornimento dei materiali che servono a confezionare i proiettili potrebbe consentire il passaggio di un uomo magro e di spalle molto strette, ma è chiuso all'interno da un pesante portello di ferro controllato personalmente dal Maestro delle Polveri. L'altro condotto, dal quale escono i proiettili già confezionati per l'imbarco, sbuca direttamente nella Darsena Militare del Porto di Bucoleon guardata giorno e notte da dieci sentinelle armate, controllate a loro volta dall'alto della cupola della Vergine del Faro da due eunuchi fidatissimi.»

«Parlate più svelto» disse l'Imperatore con crescente impazienza.

«Escluderei assolutamente che l'assassino possa essersi introdotto dal basso, dalla Darsena Militare, sia per la presenza delle sentinelle sia perché il condotto che serve per i proiettili è lungo più di venti piedi e levigato all'interno in modo che nessuno possa risalire dal basso.»

«Non potrebbe un uomo venire tirato su con una fune?»

«Dovremmo ammettere un tradimento degli operai. Ma anche in questo caso del tutto improbabile il Maestro delle Polveri avrebbe dovuto aprire il portello di ferro che blocca il condotto dalla parte interna verso la Darsena.»

«Improbabile non significa impossibile. Dunque i passaggi possibili sono due.»

«La sorveglianza dalla parte esterna, sulla Darsena Militare, è tale da rendere inaccessibile l'Officina delle Polveri anche a un eventuale nemico che riuscisse a forzare le difese e a entrare armato nel Porto di Bucoleon.»

«L'unica possibilità di accesso, per quanto difficile, rimane dunque il pertugio per il rifornimento dei materiali che avviene dall'interno delle mura. In questo caso si tratta di una persona che abita nei Palazzi, uno dei nostri, uno della Corte, un traditore che probabilmente conosceva Leonzio Manuele e lo ha convinto o costretto ad aprire il portello interno per farlo entrare nell'Officina.»

Leone Foca aveva notato come il fratello fosse passato rapidamente dalla concentrazione della preghiera all'esame dei luoghi e dei modi che avevano permesso il furto della pergamena. La fede, i digiuni, i problemi coniugali, la solennità di cui si sentiva investito, non avevano dunque offuscato le sue doti di Stratega che sapeva esaminare e valutare prospettive e accidenti di ogni situazione difficile. Prima che Leone potesse riprendere la parola, Niceforo già lo incalzava con una nuova domanda.

«Con quale lusinga o con quale autorità il traditore può avere convinto un uomo di fede come Leonzio Manuele?»

«Questa è la domanda che anch'io mi sono fatto.»

«E avete trovato una risposta?»

«Nessuna per il momento.»

«E le sentinelle le avete interrogate?»

«Purtroppo l'Eteriarca ha fatto giustiziare le sei sentinelle che erano di guardia questa notte, prima che potessi interrogarle. È stata una decisione frettolosa e avventata che io non riesco a condividere.»

«Non è una decisione sospetta, oltre che avventata?»

«L'Eteriarca che comanda le Guardie dei Palazzi ha mostrato fino a oggi una fedeltà indubitabile alle Istituzioni imperiali e l'esecuzione delle sentinelle rientra nei suoi poteri.»

«Difendete un vostro nemico?»

«L'Eteriarca è persona poco affabile, talora sgradevole nei modi, un militare che voi conoscete almeno quanto me dal momento che lo avete avuto al vostro fianco nella campagna di Cilicia e contro i Saraceni, ma direi che da quando ha assunto il comando delle Guardie Palatine non ha mai tenuto atteggiamenti sospetti, almeno per quanto risulta a me.»

«Possiamo dubitare della fedeltà di Leonzio Manuele, pace all'anima sua?»

«In questo evento infausto Leonzio Manuele è la vittima.»

«Ciò non esclude che possa essere stato colpevole prima di essere vittima.»

«Avete detto una cosa saggia, fratello Imperatore, ma i fatti purtroppo non potranno venire chiariti da un morto.»

«Qualche volta i morti sono molto loquaci.»

«Leonzio Manuele ha la gola squarciata.»

«La mia era una metafora.»

«Anche la mia, fratello Imperatore. Realtà e retorica qualche volta concordano.»

«Purtroppo l'assassinio di Leonzio Manuele e il furto della pergamena non sono figure retoriche ma fatti concreti e così gravi che mettono in pericolo la sicurezza dell'Impero. Se la formula del fuoco greco arriverà nelle mani dei nostri nemici sarà una rovina alla quale difficilmente potremo trovare un rimedio.»

Niceforo Foca chiuse gli occhi e per un istante rimpianse le marce forzate sulle sassose montagne dell'Armenia, rimpianse perfino i venti tempestosi della Cilicia, le arsure del deserto siriaco, le notti insonni passate sotto una tenda da campo nelle bassure soffocanti dell'Eufrate e le mille sofferenze della sua vita di soldato. Ora si trovava sul Trono di un grande Impero, ma prigioniero della Corte e degli intrighi di Palazzo, di odi feroci, di delitti e di tradimenti sempre dissimulati dietro sorrisi cortigiani e mascherati da parole cerimoniose. Anche lui si era abituato alla dissimulazione e ai falsi sorrisi, ma ora il suo orecchio esperto udiva più vicino il ronzio sinistro della perfidia cortigiana in tutte le stanze e in tutti i corridoi dei Sacri Palazzi. Con la giovane moglie non osava confidarsi da quando gli era mancato perfino il luogo delle intimità che non poteva essere certamente la fastosa Sala del Trono o le stanze delle cerimonie che gli occupavano gran parte della giornata. Anche i più miseri fra i contadini, dopo una giornata di lavoro, potevano parlare con la moglie nel letto coniugale, ma questo a lui era negato perché dopo la punizione imposta dal Patriarca Polieuto come condizione per consentire al loro matrimonio, Teofane non aveva mai più voluto ospitarlo nel suo letto. Così si era ridotto a dormire su una povera pelle di onagro stesa sul pavimento in un angolo della camera coniugale mentre lei, Teofane, dormiva sola nel grande letto a baldacchino. Per fare l'Imperatore a queste condizioni tanto valeva chiudersi in un convento e farsi monaco, così almeno avrebbe salvato la sua anima alla quale teneva più che al suo corpo. E ora questo delitto misterioso e il furto della preziosa pergamena venivano a confermare nel modo più inaspettato le trame che, per quanto risapute, in quel momento di già gravi preoccupazioni e di intime incertezze mettevano a repentaglio non soltanto l'apparente tranquillità burocratica, ma addirittura la sicurezza militare dell'Impero di cui si sentiva direttamente responsabile. Niceforo riaprì gli occhi per confidare le sue ansie al fratello Kuropalata.

«I nostri nemici» proseguì l'Imperatore «sono disposti a tutto pur di entrare in possesso della formula del fuoco greco: sono disposti a cedere terre, onorificenze, premi in oro e argento, sono pronti a servirsi della preghiera, della penitenza, della tortura, della lusinga, della corruzione, del delitto, pur di ottenere questo segreto militare.

Per qualche tempo abbiamo fatto credere che il fuoco che non si spegne a contatto con l'acqua si potesse ottenere solo con particolari preghiere a Dio Onnipotente e con l'aiuto dello Spirito Santo. Ora i nostri nemici non ci credono più e sono riusciti a corrompere qualcuno dentro i Palazzi, qualcuno della stessa Corte che forse incontreremo uscendo da questa stanza nei corridoi della Dafnè, qualcuno che ci mostrerà un sorriso e ci farà un inchino mentre tiene nascosta in qualche oscuro ripostiglio la pergamena destinata ai nostri nemici. Purché la formula del nostro segreto a quest'ora non sia già uscita dai Palazzi.»

Leone Foca mostrò al fratello Niceforo una pergamena sulla quale aveva stilato un'ordinanza secondo la quale nessuno poteva uscire dai Palazzi per nessuna ragione senza prima avere ottenuto il lasciapassare scritto da lui stesso in veste di Kuropalata. L'Imperatore non fece obiezioni, prese dallo scrittoio la penna e l'inchiostro rosso riservato alla chirografia imperiale e firmò la pergamena che sanciva questa nuova disposizione da affiggere nella Sala delle Novelle, dentro la bacheca dove venivano esposti gli ordini che arrivavano dal Trono.

«È un ordine giusto e tempestivo,» disse l'Imperatore dopo avere apposto la sua firma sull'ordinanza «ma certamente chi è riuscito con l'inganno e la violenza a sottrarre la pergamena dalla Officina delle Polveri conosce anche la legge per cui chiunque venga a conoscenza di questo segreto militare deve ritenersi condannato a morte senza appello. Avrà quindi provveduto a mettere al sicuro un documento il cui possesso, quando venga scoperto, lo porterebbe a morte sicura.»

«La legge che avete nominato è nota a tutti e quindi non sarà facile al traditore trovare dei complici disposti a rischiare la vita. Né mi sembra probabile che chi è entrato in possesso di un documento tanto prezioso lo affidi a qualcuno di fuori perché ne tratti la vendita a una nazione nemica. Escluderei insomma che la pergamena sia stata calata dalle mura per venire affidata ad altre mani.»

«E allora?»

«Volevo dire che la pergamena dovrebbe essere ancora dentro i Palazzi.»

Niceforo fissò per un istante lo sguardo verso l'alto come se volesse chiedere aiuto al Cielo. Poi guardò ancora una volta negli occhi il fratello Kuropalata.

«Voi dovreste dunque avere qualche sospetto.»

«Per il momento nessuno, purtroppo.»

«Devo valermi della mia autorità per ordinarvi, fratello Kuropalata, di avere qualche sospetto. È vostro dovere, in un caso di così grave entità come questo, di avere dei sospetti e di manifestarli al vostro Imperatore.»

Leone guardò sbigottito l'Imperatore umilmente avvolto nel suo mantello di rustica lana, e dovette ammettere dentro di sé che non gli era mai apparso così autorevole e severo. Rimase in silenzio come se volesse trovare una risposta alla richiesta del fratello, ma in realtà per rimuginare velocemente vecchi pensieri di cortigiano esperto e guardingo.

Leone Foca sapeva che la sua carica di Kuropalata faceva delirare l'Eteriarca Nimio Niceta. Il Kuropalata fra gli altri privilegi aveva quello di stare vicino all'Imperatore, di raccogliere le sue confidenze, di rendergli servigi preziosi e di ottenere in compenso vantaggi e promozioni per i suoi amici e protetti. Il fatto di avere a suo tempo militato insieme a Niceforo in Cilicia e l'avere promosso e organizzato il suo trionfo dopo la vittoria di

Antiochia, sembravano a Nimio Niceta titoli sufficienti per ottenere una carica vistosa nell'Ordine dei Domestici, ma era stato proprio lui, Leone, a sbarrargli la strada senza possibilità di appello, mentre Giovanni Zimisce gli aveva sottratto la carica di Stratega del Tema Orientale. Da qualche tempo lo sguardo di Nimio Niceta rivelava una insoddisfazione crescente, una inquietudine appena celata dietro le preoccupazioni contingenti, ma oscuramente minacciosa, capace forse di indurlo a qualche gesto avventato. Per Leone Foca l'Eteriarca era una presenza inquietante, non poteva fare a meno di vederlo come un pericolo silenzioso e incombente. Ricordava ancora, Leone, lo sguardo pieno d'odio quando Zimisce, più giovane di lui, aveva ottenuto la seconda carica militare dell'Impero. Invano Niceta aveva chiesto, dopo la nomina a Eteriarca, di essere inviato come Stratega a combattere contro gli Sciti che minacciavano le regioni danubiane con improvvise e sanguinose scorrerie di rapina. Per lui, si era lamentato con Leone, nessuna impresa di guerra e nessuna gloria. Le sue qualità militari venivano sprecate dentro le mura dei Palazzi per compiti subalterni o per fare bella mostra nelle cerimonie ufficiali a capo della Guardia Palatina. A questo si aggiungeva che, a causa delle sue rozze maniere, era stato tenuto in disparte dall'Alta Burocrazia imperiale e si era visto sfuggire tutte le occasioni per partecipare alle feste, ai banchetti e alle cerimonie che suggellavano il successo personale nella vita di Corte. Leone lo temeva, e aveva insinuato nell'animo di Niceforo un primo sospetto, ma sapeva che ancora non era venuto il momento di intervenire per cancellare la sua presenza nei Palazzi.

«Ho qualche pensiero,» disse Leone al fratello «ma non ancora un sospetto. Cercherò di rendere più precisi i miei pensieri e di formulare al più presto qualche sospetto secondo l'ordine ricevuto dalla vostra Augusta Persona.»

L'Imperatore cambiò tono di voce, guardò il fratello Leone seduto di fronte a lui e gli pose una mano sulla spalla.

«Ricordatevi che il testo di quella pergamena non deve cadere sotto i vostri occhi perché la conoscenza della formula segreta del fuoco greco comporta anche per voi, come per qualsiasi altro, la condanna a morte. Non vorrei trovarmi nella penosa condizione di dover perdere, in osservanza alla legge militare, l'unico mio fratello e il più fidato dei miei collaboratori.»

«Nemmeno io vorrei essere perduto e perciò avrò cura di non leggere quel testo.»

«Un'ultima cosa: mi avete detto che solo un uomo molto magro e di spalle strette può passare da quel pertugio. Pensate di fare indagini in questa direzione?»

Il Kuropalata rimase qualche istante in silenzio prima di fare una osservazione che poteva essere interpretata come una accusa indiretta.

«Molte fra le giovani Guardie Palatine sono di corporatura esile e di spalle strette. Ma non sarà facile fare un controllo all'insaputa dell'Eteriarca.»

«Tutto è difficile in questa situazione e cercare il facile mi pare del tutto insensato. Pensate dunque di arrendervi di fronte alle prime difficoltà? Non ritenete che sia più importante avere subito a disposizione l'elenco di tutti gli uomini, fra quelli che vivono nei Palazzi, che potenzialmente possono essere penetrati nella Officina delle Polveri?»

Il Kuropalata volle attenuare il sospetto che aveva gettato sulle spalle di Nimio Niceta.

«I miei sospetti, purtroppo ancora generici e perciò senza nome, riguardano anche i funzionari amministrativi. Per prima cosa farò dunque un elenco dei cortigiani che hanno alle loro dipendenze uomini magri e fedeli.»

«Anche donne magre e fedeli.»

Leone guardò il fratello, sorrise appena e mosse il capo in segno di approvazione. Niceforo non rispose al sorriso, alzò la mano in un gesto di congedo. Il Kuropalata fece un inchino e uscì dalla stanza. Nel corridoio si appoggiò al davanzale di una finestra perché si era sentito mancare il respiro.

13

Come successore di Leonzio Manuele venne designato, in mancanza di un candidato esterno, il più anziano degli operai. La cerimonia della nomina si svolse, secondo la consuetudine, con la personale partecipazione dell'Imperatore che custodiva, nel forziere della sua camera nel Palazzo Dafnè, le chiavi delle tre porte di ferro che erano l'unica via di accesso all'Officina. Niceforo aprì lui stesso le tre pesanti serrature. Quando aprì l'ultima porta si trovò ai piedi il cadavere di Leonzio Manuele che era stato depositato dagli operai sulla soglia avvolto in un lenzuolo di canapa. L'operaio anziano scavalcò il bianco involucro e ricevette dall'Imperatore i tre baci che suggellavano ufficialmente la sua nomina a Maestro delle Polveri. Poi ritornò dentro l'Officina mentre due guardie caricavano su un carro funebre la salma di Leonzio Manuele per dargli sepoltura nel Mar di Marmara secondo i suoi desideri di marinaio deluso.

L'Imperatore richiuse le tre porte di ferro e applicò lui stesso i sigilli di bronzo con il punzone che avrebbe poi riposto nel forziere insieme alle chiavi. A questo punto risuonarono dall'alto del Palazzo della Magnaura i cinque rintocchi del campanone che arrestarono per qualche istante ogni attività nelle strade, nelle botteghe e nelle case della Capitale.

Da oltre due secoli la nomina del nuovo Maestro delle Polveri avveniva nello stesso modo, con una cerimonia severa, senza concessioni allo spettacolo e seguendo tutte le precauzioni formali che facevano parte di un ordinamento rigoroso che aveva permesso di conservare fino allora il segreto dell'arma più micidiale che possedesse l'Impero di Bisanzio.

Quando l'Eteriarca trovò affisso al Portone di Bronzo l'ordine di perquisizione per chiunque volesse uscire dai Palazzi, e vide quattro gendarmi agli ordini diretti del Kuropalata pronti a eseguire l'ordine, ebbe un moto di sorpresa e disappunto. Se si era chiuso il Portone di Bronzo che era sotto la sua diretta tutela senza nemmeno avvisarlo, un vero e proprio abuso di potere, qualcosa di molto grave stava succedendo nei Palazzi alle sue spalle. Rosso in viso per la collera improvvisa si avviò verso l'ufficio del Kuropalata per chiedere spiegazioni.

Il Kuropalata Leone aveva i suoi uffici all'ultimo piano, a fianco degli appartamenti imperiali. Nimio Niceta prese a salire la scala con foga, ma quando arrivò agli ultimi gradini il suo impeto era già smorzato, e decise prudentemente di evitare ogni compromissione diretta. Era più conveniente, pensò, avere per altra via tutte le informazioni sui fatti e sui sospetti che avevano provocato a sua insaputa un ordine di tanta gravità. Nei momenti difficili si ripeteva gli *Ammonimenti* di Cecaumeno, un vecchio funzionario dell'Amministrazione dei Palazzi che se ne era andato via da Costantinopoli disgustato e si era ritirato nelle sue terre in Tessaglia. Il primo paragrafo di questi ammonimenti diceva: Non compromettersi mai, nascondere i propri sentimenti, guardare davanti a sé e anche dietro, guardare in alto e anche in basso, a destra e anche a sinistra, diffidare di tutti, delle donne e anche dei medici e dei cuochi, non imprestare denaro e non accettarne, non affrontare mai in faccia il nemico. Nimio Niceta ritornò sui suoi passi, ridiscese lentamente la scala che aveva salito con baldanza e si avviò lungo il corridoio che portava al suo ufficio dove avrebbe trovato il Segretario Protoguardiano che forse avrebbe saputo già dargli qualche spiegazione.

Sebbene avesse da poco compiuto i quaranta anni, dentro di sé l'Eteriarca si sentiva decrepito come se sotto la sua dura pelle di soldato vivesse un organismo fragile e confuso. I disagi delle lunghe campagne di guerra avevano fiaccato il suo fisico e ora sentiva dolori in tutte le parti del corpo, ma i dolori più estenuanti erano quelli del suo animo da quando aveva visto allontanarsi come una vertigine la possibilità di accedere all'ambita carica di Kuropalata, che Leone Foca aveva preferito a quella di Magister Officiorum rimasta vacante dopo la morte di Bringas. Nonostante gli scandali che ne avevano compromesso il nome, Leone aveva approfittato della fraternità con Niceforo per attribuirsi poteri esorbitanti che nessuno osava contestargli. Nimio Niceta era convinto di avere qualità superiori a quelle di Leone e di meritare una carica più onorevole di quella che ricopriva, ma i militari erano sempre stati guardati con sospetto dai cortigiani a meno che non avessero l'aureola dell'eroe come Niceforo o come Zimisce. La carica di Eteriarca non gli permetteva di mettere in risalto né le sue qualità militari, né quelle amministrative e diplomatiche. Dopo avere concesso la sua complicità alla Reggente Teofane per l'eliminazione di Bringas, aveva pensato di potersi appellare a lei per trarre qualche vantaggio da un rapporto che per un momento aveva rischiosamente rasentato le soglie dell'intimità. Ma dopo quel giorno Teofane era scomparsa dal suo orizzonte, protetta da uno stuolo di eunuchi, di cortigiani e cortigiane, lontana, inavvicinabile, ormai rapita nelle altitudini del Trono. E poi che cosa poteva sperare da una donna come quella? Gli era bastato un breve incontro per capire ciò che già si sapeva di lei: Teofane era un essere senza anima, privo di sentimenti, di fede, di pietà, di lealtà, imprevedibile nelle sue mosse, perennemente in agguato per aprire la strada alle sue ambizioni e ai suoi desideri sfrenati. Per quanto non fosse nemmeno lui un uomo di alti spiriti, giudicava Teofane una donna funesta e temibile sulla quale non poteva contare in nessun modo.

Nascondere sia i dolori fisici che quelli spirituali era un impegno penoso ma indispensabile in un uomo solo che doveva per mestiere tener testa a quella soldataglia di barbari arruolati nella Guardia Palatina, rissosi e sempre lesti a sottomettere e a farsi beffe dei più deboli. Sapeva con certezza che, se appena i suoi soldati avessero avuto la sensazione della sua debolezza, per lui sarebbe stata la fine. Nimio Niceta non era un cuore tenero, e lui stesso affermava di non essere nemmeno certo di avere un cuore, ma qualche spettro amoroso si agitava ancora nella sua memoria e rendeva più amara la solitudine e le occasionali relazioni con le cortigiane che sfarfallavano nei Palazzi. La vita militare nelle zone di confine lo aveva indotto a qualche attenzione verso i giovinetti che via via si arruolavano nelle sue truppe, ma da quando era arrivato nei Palazzi con la carica di Eteriarca aveva cercato di frenare i propri impulsi per non cadere vittima delle beffe sia degli eunuchi che dei barbati. Aveva conservato il culto della bellezza maschile solo come vanità militare e come tormentata riserva di sentimenti segreti.

Il compito della Guardia Palatina non era soltanto quello di tenere l'ordine all'interno dei Palazzi o di proteggere da eventuali attentati e congiure la persona dell'Imperatore, che peraltro era guardato a vista da un suo fidatissimo manipolo di Dorifori e di Escubitores, ma soprattutto quello di far fronte ai frequenti disordini nella città. Questi disordini divampavano improvvisi, preparati nel segreto delle case, nelle botteghe, nei magazzini del Porto di Bucoleon, e raramente riuscivano a darne notizia per tempo le spie disseminate in ogni quartiere della Capitale. L'Eteriarca sapeva che la popolazione aveva sempre qualche ragione per lamentarsi e che ogni giorno potevano scoppiare disordini, ma non riusciva mai a prevedere dove e quando. Nessuno lo informava delle Novelle che imponevano senza preavviso nuove imposte sui commerci, già in crisi per la concorrenza dei Veneziani e dei Genovesi, delle spedizioni militari che provocavano l'incetta del pesce salato e del grano da parte dell'Esercito, della svalutazione del nomisma che veniva coniato in leghe sempre più povere e il cui potere di acquisto diminuiva di giorno in giorno. E quanto più aumentavano i disagi della popolazione, tanto più cresceva la ricchezza e la boria dei mercanti che speculavano sulle forniture militari e su quelle dei Palazzi Imperiali. A tutto questo si erano aggiunti negli ultimi anni due rovinosi terremoti che avevano danneggiato soprattutto le case più povere della Capitale e i paesi affacciati sulla Propontide creando nuovi disagi e nuovo malcontento.

Già varie volte il popolo esasperato aveva dato l'assalto ai magazzini militari dove erano ammassate le vettovaglie in partenza per le zone di guerra e a quelli del pesce salato situati dietro al Porto di Bucoleon. In quelle occasioni la Guardia Palatina era uscita dai Palazzi e aveva respinto e ucciso senza pietà i ribelli, sempre male armati e indeboliti per la fame. Dopo l'esperienza di quegli episodi cruenti i rivoltosi avevano lasciato alle loro donne l'iniziativa di questi assalti. Nonostante tutto anche i militari più feroci, e i Peceneghi si distinguevano fra tutti, avevano qualche esitazione a uccidere delle donne inermi che talvolta scendevano in piazza addirittura con i bambini in braccio.

Di fronte a queste dimostrazioni turbolente inscenate dalle donne, Nimio Niceta si sentiva ridotto all'impotenza ed esposto a tutte le insidie. L'ultimo scontro era avvenuto qualche giorno prima del misterioso delitto nella Officina delle Polveri. Le donne di Costantinopoli avevano indetto una rumorosa manifestazione per protestare contro i fornai accusati di impastare il pane da distribuire alla popolazione con farina mischiata a cenere. Centinaia di donne erano sfilate dall'alba al tramonto avanti e indietro lungo la Mese strillando i loro insulti contro i fornai e contro l'Assessore dell'Annona e agitando lunghe canne sulle quali avevano infilato delle pagnotte dipinte di nero. Le voci risuonavano dalla strada e arrivavano fino alle terrazze e alle finestre dei Palazzi, tanto che l'Imperatore se ne era dispiaciuto e aveva fatto comunicare le sue lamentele all'Eteriarca che ne fu assai umiliato.

L'ordine interno dei Palazzi era affare ancora più grave perché le truppe, che avevano come compito la tranquillità e la salvaguardia delle persone che vi abitavano e la protezione degli ospiti stranieri, erano in realtà loro stesse a creare trambusto sotto gli occhi delle Autorità. La decisione di scegliere soldati di varie nazionalità era stata presa a suo tempo per soddisfare le regioni più lontane e dare loro l'illusione di avere una rappresentanza nella Capitale, ma soprattutto per evitare che il corpo delle guardie divenisse una forza troppo omogenea con il rischio che qualcuno potesse servirsene per eventuali congiure o colpi di mano. Di conseguenza i soldati erano continuamente in rissa fra di loro, Peceneghi contro Siriani, Siriani contro Sciti, Sciti contro Bulgari e Arabi, e avevano costretto l'Eteriarca a prendere misure severissime. Dopo avere riempito le prigioni dei Palazzi, agli irriducibili aveva fatto tagliare il naso e cavare gli occhi, ma anche questi provvedimenti estremi non avevano sortito altro effetto se non quello di esasperare le rivalità e di provocare nuove risse e vendette tra i più facinorosi. Insomma la Guardia Palatina al comando dell'Eteriarca era sufficientemente disponibile quando si trattava di far fronte ai disordini della città, ma era difficilmente governabile quando i disordini scoppiavano tra le diverse fazioni interne.

In questa situazione di continue tensioni per il governo delle truppe, Nimio Niceta doveva combattere anche i fantasmi della solitudine e della debolezza. Le sue lunghe notti solitarie erano violate da ombre armate di pugnali o intente a versare veleni nella sua mensa, sempre in agguato ad ogni angolo, e inafferrabili.

Arrivato davanti alla porta della grande Eteria, Nimio Niceta compose il viso in una attitudine di studiata tranquillità: mostrare sicurezza con i propri sottoposti o con i propri consiglieri lo aveva sempre avvantaggiato anche nelle situazioni più disagevoli. Aprì la porta del suo ufficio, ma nel momento stesso in cui metteva i piedi dentro la stanza le mani di due uomini lo afferrarono per le braccia.

Nimio Niceta venne condotto da due gendarmi, che aveva riconosciuto subito come addetti alla guardia personale del Kuropalata, in una cella delle prigioni segrete senza nessuna spiegazione. Non si domandò nemmeno di che cosa fosse accusato perché sapeva che qualsiasi pretesto poteva essere all'origine del suo arresto. Era caduto in disgrazia, questa era l'unica certezza, e nel migliore dei casi sarebbe stato imbarcato su una nave e condotto in qualche isola lontana, probabilmente in qualche monastero dove trovavano alloggio gli esiliati di rango e dove, pensava tra sé, avrebbe trovato riposo alle proprie stanche membra e allo spirito indebolito. Lo avrebbero rapato e indotto a indossare il saio della penitenza, ma prima di imbarcarlo sarebbe stato interrogato dall'Eparco e cioè dalla massima autorità della Magistratura Imperiale come stabilivano le rigorose procedure della Giustizia. Nimio Niceta non sapeva di che cosa lo avrebbero accusato e quindi non poteva prepararsi una difesa, che comunque sarebbe stata inutile. Perché era evidente che la reclusione nelle prigioni segrete, che dovesse o no precedere la punizione dell'esilio, significava che l'Imperatore, probabilmente su istigazione del fratello Kuropalata, aveva deciso di sbarazzarsi di lui.

Giunti nella cella, i due gendarmi gli offrirono un sedativo a base di papavero che aveva lo scopo, dissero, di calmare la sua ansia, ma probabilmente anche quella di offuscare la sua mente e predisporla ad accettare senza ribellarsi la condizione di prigionia. Nimio Niceta rifiutò il sedativo e sedette al buio in attesa dell'Eparco, senza interrogare le stelle che erano sempre rimaste mute alle sue domande.

14

L'Eparco Giorgio Mesarite, accompagnato da un anziano Cancelliere, uscì dal suo ufficio e incominciò a percorrere con lento passo il Corridoio della Deisis fino alle scale che scendevano alle gallerie delle prigioni.

«La distanza tra gli Uffici della Giustizia e le prigioni dove di solito si svolgono gli interrogatori» disse l'Eparco rivolgendosi al Cancelliere «non è certamente inferiore a una decina di stadi. Così un Giudice deve fare un percorso che equivale ad attraversare il centro di Costantinopoli dal Foro di Costantino al Forum Bovi. Può darsi che il lungo percorso sia stato deciso di proposito per permettere al Giudice di interrogare la propria coscienza prima di interrogare il colpevole, o l'innocente, che lo aspetta in cella. Ma in ogni caso il Kuropalata non ha tenuto conto, nella dislocazione degli Uffici di Giustizia e delle prigioni, che gli Alti Magistrati di solito non sono dei giovani atleti, ma più facilmente succede che un Giudice sia vecchio o asmatico o sofferente di cuore o malfermo sulle gambe, qualche volta zoppo.»

«Fortunatamente, signor Eparco,» rispose il Cancelliere «voi non siete né vecchio, né asmatico, né zoppo.»

«Come fai a dire che non sono vecchio? A quale età incomincia secondo te la vecchiaia? Sentiamo.»

«Io non sono un filosofo e perciò non sono in grado di

rispondere in generale, ma posso dire che nel vostro caso, alla vostra età o almeno all'età che dimostrate, la vecchiaia non è ancora incominciata.»

«Mi hai dato una risposta abile,» disse l'Eparco «da perfetto cortigiano. Ma se adesso ti domandassi quanti anni ho secondo te, che cosa risponderesti?»

«Siccome non siete vecchio, escludendo perciò la vecchiaia, posso dire per approssimazione che avete gli anni di un uomo ancora giovane.»

«Questa volta il tuo ragionare da cortigiano ti ha tratto in inganno perché hai considerato la vecchiaia e la giovinezza trascurando la maturità e perciò la tua risposta, che voleva essere gentile nei miei confronti, si è tramutata in una beffa. Potrei offendermi gravemente. Tu sai che cosa è successo al Cancelliere che ti ha preceduto nel Tribunale del Velo per una risposta sbagliata?»

«È stato mandato in esilio in un monastero del deserto egiziano. Ma ho sentito dire che la risposta sbagliata era soltanto un pretesto e che in realtà è stato punito per un'altra ragione.»

«E quale?»

«Dicono che avesse calpestato l'ombra del Questore dei Sacri Palazzi.»

«Anch'io avevo sentito mormorare qualcosa del genere. Pare che il Questore si ritenga gravemente offeso se qualcuno osa posare il piede sulla sua ombra, così che ormai quando cammina al sole tutti si allontanano e intorno a lui si crea il vuoto.»

L'Eparco si fermò a riprendere fiato. Camminare e parlare lo affaticava, ma non poteva rinunciare alla parola per il semplice fatto di muovere le gambe perché i continui spostamenti da un ufficio all'altro nella immensità dei Palazzi Imperiali lo avrebbero ridotto al silenzio per gran parte della giornata. Sapeva di appartenere a quella distinta categoria di persone nelle quali il pensiero si forma in bocca, nel momento stesso in cui la lingua si muove per formare le parole. Così si era abituato a parlare anche da solo e questa innocente abitudine gli aveva creato intorno un sospetto di stravaganza. Ma il continuo esercizio gli aveva procurato anche una particolare agilità dialettica che aveva contribuito alla sua luminosa carriera giudiziaria.

Guardò il Cancelliere e gli parve di scorgere nei suoi occhi ciò che lui chiamava il fantasma della colpa. Il Cancelliere era un uomo debole e pallido, uno sconfitto che si sentiva costantemente in difetto e temeva di venire schiacciato da tutti coloro che in qualche modo possedevano quel talento sottile e pericoloso che conduce ai gradi alti del potere.

«Io non ti manderò in esilio, di questo puoi stare certo» disse l'Eparco. «Nell'esercizio delle mie funzioni io mi sforzo di non cedere ai capricci della vanità.» Poi aggiunse in tono confidenziale e abbassando la voce: «Diciamo pure che il Questore è un eunuco bisbetico e crudele».

Il Cancelliere abbassò gli occhi spaventato da questa affermazione, così azzardata in un uomo prudente e saggio come l'Eparco. Doveva proprio essere un segno di fiducia e di simpatia, e perciò decise di rispondere con altrettanta confidenza.

«Io non oso pronunciare giudizi sugli eunuchi e sui barbati, ma se mi permettete la confidenza, sul Questore sono del vostro stesso parere.»

«Sarà bene che tu continui a essere prudente nell'esprimere giudizi anche in futuro, sempre che tu abbia un futuro a tua disposizione.»

Il Cancelliere si sentì tremare le ginocchia.

«Che cosa volete dire, signor Eparco?»

«Voglio dire semplicemente che camminiamo sull'orlo

di un precipizio. E quanto più alto è il grado gerarchico, tanto più profondo è il precipizio nel quale uno rischia di precipitare da un momento all'altro.»

«Un semplice Cancelliere come sono io dovrebbe essere fuori da ogni rischio.»

«E perciò si sente al sicuro più dell'Eparco. È questo che volevi dire?»

L'Eparco fece una nuova sosta. Si fermò anche il Cancelliere.

«Sì, avete indovinato il mio pensiero, signor Eparco.»

«Ma tu sai dove stiamo andando?»

«A interrogare un prigioniero sospettato di spionaggio.»

«E sai di che prigioniero si tratta e l'accusa che gli viene mossa?»

«No, non so chi sia il prigioniero e non so di che cosa sia accusato.»

«Forse è meglio così.»

L'Eparco riprese il cammino. Arrivarono in breve alla scala che conduceva ai sotterranei, ma prima di cominciare a scendere, l'Eparco fece un'altra sosta.

«Non devi dispiacerti. In questo caso la tua ignoranza ti tiene un po' più lontano da quel precipizio di cui ti parlavo prima.»

«Io vi auguro lunga vita e salute.»

L'Eparco guardò negli occhi il povero Cancelliere e gli sorrise. Poi girò all'intorno lo sguardo con attenzione, come se temesse di essere spiato da qualcuno.

«Lo so che il tuo augurio è sincero, ma ancora una volta devo consigliarti di aprire la bocca il meno possibile. La tua lunga esperienza di Corte ti ha insegnato a esprimere e anche a dissimulare i tuoi sentimenti usando delle formule, secondo una saggia consuetudine. Ma questa volta hai usato la formula sbagliata. "Lunga vita e salute" è l'augurio che si rivolge all'Imperatore e soltanto all'Imperatore. È una sua prerogativa come l'uso della porpora per le sue vesti. Tu hai usato questa formula per un Eparco e questo potrebbe costarti una condanna molto grave se si venisse a sapere.»

Il Cancelliere chinò il capo in segno di contrizione.

«Chiedo scusa, signor Eparco, e ritiro quello che ho detto.»

L'Eparco sorrise di nuovo, questa volta con un'ombra di malizia.

«Se ritiri quello che hai detto significa che non mi auguri più lunga vita e salute e quindi, per opposizione, mi auguri vita breve e infermità. Vedi? La formula sbagliata offende l'ordine gerarchico, ma nel momento in cui la ritiri rischi di offendere la mia suscettibilità privata.»

Il Cancelliere alzò lo sguardo per esprimere il suo sgomento.

«La vita alla Corte di Bisanzio è dura per un povero Cancelliere.»

«Posso garantirti che è dura anche per un Eparco. Anzi, è certamente più dura per un Eparco che per un Cancelliere.»

L'Eparco cominciò la lenta discesa della scala. Il Cancelliere lo seguiva qualche gradino dietro. L'Eparco si fermò per guardare severamente il Cancelliere.

«Quando si sale devi seguirmi, ma quando scendo dovresti andare avanti per reggermi nel caso che metta un piede in fallo. Il buon senso e la convenienza devono in qualche caso avere la meglio sull'etichetta.»

Il Cancelliere affrettò il passo in modo da precedere l'Eparco di qualche gradino. Questa lieve infrazione all'etichetta lo dispose a maggiore confidenza.

«C'è qualcosa che vi preoccupa, signor Eparco?»

«Sì.»

I due continuarono a scendere lentamente la lunga scala di pietra, il Cancelliere sempre avanti di qualche gradino. A un tratto l'Eparco fece una nuova sosta mettendo una mano sulla spalla del Cancelliere perché si fermasse anche lui.

«Quando ho ammesso, in un momento di sincerità, di essere preoccupato, ho notato qualche perplessità nei tuoi occhi, e una maggiore cautela che ti ha indotto al silenzio. Forse hai cominciato a adottare quelle norme di prudenza che ti ho raccomandato poco fa?»

Il Cancelliere si volse a sorridere, senza rispondere alla domanda dell'Eparco.

«Adesso però esageri con la prudenza e corri il rischio di essere sgarbato. Tu devi sapere che quando un superiore ti rivolge la parola, e in questo caso si trattava addirittura di una domanda, l'etichetta impone che il sottoposto risponda comunque.»

«Chiedo scusa, signor Eparco. Spero che vorrete perdonarmi per questa mancanza. Io mi confondo qualche volta.»

«Un Cancelliere deve essere preciso e diligente, non deve mai confondersi.»

«Quando scrivo sotto dettatura di solito non mi confondo, ma quando parlo ho dei momenti di incertezza. Insomma so usare meglio la penna che la lingua.»

«Questa è una buona risposta, così buona che smentisce se stessa e cioè hai dimostrato che sai usare la lingua altrettanto bene della penna.»

«Voi mi confondete sempre, signor Eparco, voi siete troppo sottile, avete una lingua molto affilata.»

«Bisanzio è una scuola di lingue affilate, e purtroppo anche di spade affilate.»

«Signor Eparco, voi parlate come se ci fosse qualcuno che vi minaccia.»

«Se fossi un tuo sottoposto sarei obbligato a risponderti. Ma la mia posizione gerarchica mi esime da questo dovere che forse mi metterebbe in imbarazzo.»

L'Eparco e il Cancelliere ripresero la lenta discesa della scala e finalmente arrivarono a un lungo corridoio male illuminato da finestrini molto alti protetti da pesanti grate di ferro che già davano all'ambiente un aspetto di prigione. Ma le prigioni erano ancora lontane, bisognava percorrere altri corridoi sotterranei che si inoltravano nel ventre della collina sulla quale sorgevano i Palazzi. L'Eparco e il Cancelliere percorsero in silenzio un tratto del corridoio e si fermarono a una rotonda dalla quale si diramavano quattro corridoi. L'Eparco si guardò intorno, poi guardò il Cancelliere fiutando l'aria.

«Forse abbiamo sbagliato strada. Ho il sospetto che il nostro corridoio porti alle cucine e non alle celle. Infatti si sente odore di cibo.»

Anche il Cancelliere fiutò l'aria.

«Sento anch'io odore di cibo, di carne arrostita, direi.»

«In realtà è un odore equivoco perché può venire sia dalle cucine che dalle prigioni: può essere un capretto che arrostisce sullo spiedo, o un ferro rovente che viene usato per torturare un prigioniero. La poca luce mi confonde e non so quale prendere delle quattro direzioni che abbiamo davanti a noi.»

«Vi chiedo scusa, signor Eparco, ma voi siete venuto più di una volta nelle prigioni per gli interrogatori, eppure non riuscite a trovare la strada. Scusatemi ancora, ma mi viene il sospetto che non abbiate nessun desiderio di fare questo interrogatorio.»

«Sto rallentando con ogni pretesto il percorso che dovrà portarci a tu per tu con questo prigioniero. I miei piedi sono lenti e le mie gambe non sono agili, è vero, ma tu hai capito bene: le vere ragioni di questa lentezza sono nella mia mente. Direi dunque che a questo punto ci conviene proseguire in avanti e se invece che alla prigione arriveremo alle cucine, cercheremo di ottenere dal cuoco un pezzo di capretto arrostito e poi ritorneremo indietro e prenderemo un altro corridoio. Del resto qui non c'è nessuno che possa darci qualche indicazione e già due volte durante il nostro percorso ho visto qualcuno che si è rifugiato lestamente dietro una colonna per non salutarci.»

«A Corte sono tutti nervosi per via di quella delegazione diplomatica con a capo un Vescovo longobardo che si dice abbia offeso l'Imperatore.»

«E tu pensi che il nervosismo provocato da un Vescovo occidentale sia arrivato tanto in alto e tanto in basso, fino a questi corridoi sotterranei? O non sarà piuttosto l'argomento dell'interrogatorio e la personalità del prigioniero accusato di spionaggio a creare il vuoto intorno a noi?»

«Io non so niente, signor Eparco, non conosco né il prigioniero né la natura dell'interrogatorio. Quasi mai il Cancelliere viene messo al corrente di ciò che dovrà trascrivere. La mia ignoranza rientra nella consuetudine e non me ne lamento. L'interrogatorio è compito vostro, e voi saprete bene come districarvi con questa spia.»

«Diciamo che devo interrogare questo prigioniero per capire se è una spia. Per ora è soltanto un prigioniero perché, nella mia qualità di Giudice, devo partire dalla presunzione che sia innocente. Prima del Codice di Giustiniano il Giudice partiva dalla presunzione che l'imputato fosse colpevole, ma ora partiamo dalla presunzione opposta. La presunzione di colpa facilitava il compito del Giudice mentre la presunzione di innocenza favorisce l'imputato. Il dubbio è se sia più giusto condannare qualche innocente o lasciare in libertà qualche colpevole. In questo momento posso dire che non abbiamo nulla da temere da coloro che sono stati riconosciuti colpevoli, ma che purtroppo circolano liberamente qui a Corte dei presunti innocenti molto pericolosi.»

L'Eparco e il Cancelliere erano arrivati a uno slargo della galleria da dove partivano due corridoi in penombra sui quali si affacciavano le celle di segregazione. Ogni cella era munita di una pesante porta ferrata sulla quale si apriva uno spioncino. Sopra lo spioncino era segnato il numero d'ordine. L'Eparco diede una occhiata ai due corridoi e si avviò per quello di destra seguito in silenzio dal Cancelliere. A un tratto l'Eparco sembrò ricomporsi in un atteggiamento ufficiale, il suo passo prese improvvisamente un ritmo più sicuro e autorevole e il suo sguardo severo si volse a leggere i numeri sopra gli spioncini per individuare la cella nella quale si sarebbe svolto l'interrogatorio. Lungo il corridoio incontrarono due sentinelle armate e altre due sentinelle comparvero alle loro spalle, sbucate non si sa da dove. L'Eparco sentì i loro passi pesanti e cadenzati ma non si voltò a guardare. In quel luogo e in quella occasione ogni cosa lo insospettiva e perciò a sua volta non voleva né destare sospetto né mostrarsi sospettoso.

Finalmente l'Eparco si fermò davanti a una cella.

«Numero diciotto, è la nostra.»

Il Cancelliere mise l'occhio allo spioncino, poi prese dalla borsa una grossa chiave, ma prima di aprire la porta della cella lasciò il passo all'Eparco che gettò una occhiata all'interno per riconoscere il prigioniero.

15

Quando il Cancelliere aprì la pesante serratura e spinse la porta verso l'interno, il prigioniero, arrampicato alle ferrate della minuscola finestra, si lasciò andare in piedi sulla panca sottostante e si girò verso la porta.

L'Eparco lo guardò con distacco, come gli imponeva la sua funzione di sommo Magistrato che deve esercitare la Giustizia senza tenere in nessun conto la contingenza o gli eventuali rapporti di simpatia o avversione nei confronti dell'imputato. Poi gettò una occhiata al finestrino dal quale entrava nella cella il buio di quel cortile profondo e stretto come un pozzo, con le pietre coperte da una miriade di insetti che trovavano nelle muffe umide e nei muschi la loro condizione vitale. L'unico rischio loro era quello di cadere dentro la cella di un prigioniero affamato: ragni, millepiedi, ma soprattutto formiche bianche e lombrichi erano il complemento abituale ai magri pasti dei carcerati.

Il prigioniero era ancora in piedi sulla panca di fronte all'ingresso. L'Eparco preferì un commento leggero e ironico alle gelide formalità d'uso.

«Non mi sembra dignitoso per un ex Eteriarca, già Capo delle Guardie Palatine, farsi sorprendere arrampicato al muro come una lucertola.»

Il prigioniero lo guardò indispettito.

«Soprattutto non mi sembra dignitoso che il più alto Magistrato dei Palazzi paragoni a una lucertola il Comandante delle Guardie Palatine.»

«La mia carica di Eparco non mi impone dei limiti nei paragoni. Ma voi non siete più l'Eteriarca che comanda le Guardie Palatine. Per me siete soltanto un prigioniero e probabilmente una spia.»

Nimio Niceta lanciò una occhiata di sfida all'Eparco.

«E allora sappiate che il grado di Eteriarca mi può essere tolto in qualsiasi momento dall'Imperatore, giustamente o ingiustamente, ma prima di definirmi una spia è necessario dimostrarlo.»

«Volete insegnarmi il mio mestiere? Se ho detto probabilmente significa che per ora potete essere o non essere una spia, ed è proprio questa incertezza che ha guidato i miei passi fino alla vostra cella, anche se tutto mi fa supporre che l'Imperatore Niceforo Foca non sia così dissennato da privarsi di un valoroso Comandante come voi senza avere fondate ragioni.»

«Evidentemente la mia presenza nei Palazzi non era ritenuta così importante se hanno pensato bene di rinchiudermi qua dentro. Ma i pretesti legali della mia reclusione non mi sono noti e non riesco nemmeno a immaginarli. Sicuramente potrete darmi voi qualche ragguaglio sul mio arresto.»

L'Eparco si sedette sulla panca di legno vicino al prigioniero, si passò una mano sulla fronte come se fosse preso da improvvisi pensieri e poi, con un tono di voce del tutto nuovo e amichevole, sfuggì alla sua richiesta.

«L'Imperatore si è molto innervosito in questi giorni per la presenza di un Vescovo longobardo che pare lo abbia offeso mentre si trovava ospite alla sua mensa sostenendo con arroganza che il capretto non va cucinato con l'aglio.»

Nimio Niceta guardò l'Eparco con stupore e con sospetto.

«Perché mi raccontate questo aneddoto?»

«Dal momento che non riuscite nemmeno a immaginare le ragioni per cui vi trovate in questa cella, io cercavo di mettervi sulla strada. Come sapete un personaggio del vostro grado può venire arrestato solo con il consenso dell'Imperatore e può darsi che questo incidente sia frutto di un capriccio o di una stravaganza del nostro Sovrano innervosito e irritato da quel Vescovo. Ho cercato soltanto di interpretare i vostri sospetti che non riuscivano a trovare una direzione.»

Nimio Niceta guardò ancora l'Eparco che teneva lo sguardo rivolto a terra per non incontrare il suo.

«Non ho capito perché volete attribuirmi dei sospetti e dei pensieri che non mi appartengono. Si direbbe che siete alla ricerca di un altro capo di accusa oltre a quello, a me ignoto di fatto e di forma, per cui mi trovo in questa cella. È un modo tortuoso di esercitare la Giustizia e sinceramente non riesco a capirvi. Non vi basta di avermi fatto imprigionare come una spia? Invece di notificarmi le ragioni precise per cui sono stato arrestato mi parlate dei capricci imperiali e vi comportate come se per voi lo spionaggio fosse una cosa di poco conto e quasi degna di comprensione.»

«Allora ammettete di essere una spia?»

«Al contrario. Considero questa qualifica del tutto infamante, anche se generica e attribuita con un "probabilmente" che dovrebbe attenuare l'offesa.»

«Il vostro atto di accusa sta scritto in una busta sigillata che ha qui con sé il mio Cancelliere. Ma non dovreste attribuirmi dei poteri e delle responsabilità che non ho. Voi sapete bene che vi ha fatto imprigionare il Kuropalata con il consenso o forse per ordine dell'Imperatore dal momento che siete, o meglio eravate, titolare del più alto grado militare all'interno dei Palazzi e nessuno può esercitare la propria autorità su un suo pari grado. Io ho soltanto il compito di interrogare, processare, giudicare, non quello di andare in giro a imprigionare le persone e tanto meno un Eteriarca. Per quanto mi riguarda i prigionieri posso trattarli con confidenza e benevolenza, oppure con durezza, secondo il caso e i miei sentimenti, o secondo l'umore della giornata.»

«Mi avete confermato i vostri umori variabili, ma non mi avete detto da che cosa dipendono. Perché mi chiamate spia e poi fingete di trattarmi amichevolmente?»

«Forse perché mi conviene o perché sono convinto che mi convenga. Probabilmente spero in questo modo di ottenere da voi la verità. Ma anche, vi confesso, perché siete siriano di origine, cioè appartenete a un popolo di antica civiltà anche se turbolento e spesso infido.»

«Avete uno strano concetto della civiltà e in ogni caso mostrate di non avere una seria conoscenza del mio popolo. Voi non avete frequentato le periferie dell'Impero, non vi siete mai trovato sulla linea di confine dove si combatte per il possesso di una città o anche per un palmo di terra e perciò usate certi attributi come infido e turbolento in un modo che non corrisponde né ai miei comportamenti né alla situazione reale. Quando mi raccontate che il Vescovo Liutprando ha offeso l'Imperatore lamentandosi dell'aglio usato per cucinare il capretto, voi dimenticate l'orgoglio di questo diplomatico che cerca di affermare, almeno a tavola, la propria indipendenza e di far valere la propria civiltà.»

«Questi occidentali della Longobardia sono rozzi come i peggiori barbari dei nostri confini, peggio dei Bulgari, peggio degli Sciti. Non conoscono nemmeno l'uso della forchetta e poi criticano senza ritegno la cucina di

Bisanzio. Sicuramente il nostro Imperatore sarà comprensivo e perdonerà una offesa che non reca danno né alla sua persona né all'Impero. Ma il vostro caso è diverso. Voi venite dalla Siria, un paese di superba civiltà e di nobile tradizione. Purtroppo le vostre origini non vi hanno impedito di tradire la fiducia che vi era stata accordata. Vi trovate in questa bassa prigione, lo sapete bene anche se fingete di non saperlo, perché avete trafugato o tentato di trafugare il segreto di fabbricazione del fuoco greco, l'arma che da quasi tre secoli permette alla flotta bizantina di tenere il dominio del Mediterraneo. È di questo che dovremo parlare.»

Nimio Niceta ebbe un moto di sgomento sincero. Solo il fatto che venisse nominato il fuoco greco gli dette la misura del pericolo che stava correndo. Si passò una mano sulla fronte sudata, chiuse gli occhi per un istante, poi fissò negli occhi l'Eparco per leggere nel suo volto un indizio che potesse in qualche modo illuminarlo sulla reale consistenza dell'accusa. Ma l'Eparco scrutava a sua volta negli occhi il prigioniero per scoprire le sue reazioni senza tradire le proprie.

«È una accusa totalmente assurda,» disse finalmente Nimio Niceta «che non tiene conto né dell'evidenza né del buonsenso. Mi trattate improvvisamente come un nemico e una spia mentre fino a ieri ero preposto a difendere l'Imperatore e la Capitale dai nemici e dalle spie. Sono stato indotto dal Kuropalata a decapitare le mie sentinelle prima che potessi interrogarle e poi venite a interrogare me come se fossi io il colpevole di un misfatto sul quale mi è stato impedito di indagare.»

«Ammesso che l'accusa abbia consistenza, come devo supporre, non capisco perché volevate carpire il segreto del fuoco greco. Forse per difendere l'Imperatore e Costantinopoli dai nemici e dalle spie? È questa la vostra verità?»

«Scherzando come state facendo vi allontanate dalla verità. E purtroppo la verità non è sempre verosimile, lo ha detto un filosofo di cui non riesco a ricordare il nome.»

«I fatti qualche volta smentiscono la filosofia, ma non si è mai visto la filosofia smentire i fatti.»

Il Cancelliere si riscosse improvvisamente dalla sua immobilità e si spostò di lato per farsi notare dall'Eparco che teneva lo sguardo rivolto al prigioniero.

«Signor Eparco, devo trascrivere questa saggia sentenza?»

«No, io non sono un filosofo. Le sentenze che contano per un Giudice, a differenza di quelle dei filosofi che vivono sulla carta e nella memoria, non hanno bisogno della penna ma della prigione o della spada o della corda o dei ferri roventi per sortire i loro effetti.»

Nimio Niceta guardò il Giudice con qualche apprensione.

«È una minaccia?»

«È soltanto una precisazione sul ruolo del filosofo e su quello del Giudice, ma era diretta al mio Cancelliere che non deve fare confusioni.»

«Devo leggere i capi d'accusa, signor Eparco?»

«No, il prigioniero li conosce già.»

Il prigioniero lo guardò con una espressione di meraviglia che chiedeva di essere notata.

«Veramente non mi sono stati ancora notificati.»

«Ma li conoscete ugualmente.»

«Posso soltanto immaginarli da quanto mi avete detto voi perché dai Gendarmi del Kuropalata che mi hanno arrestato sono riuscito a capire ben poco.»

«Lo sapevo. Questi eunuchi del Palazzo riescono a parlare senza dire nulla e così producono solo confusione.»

«Suppongo che mi abbiano detto quanto gli era stato

ordinato di dire dal Kuropalata, o da voi, e cioè niente.»

«Non mi permetterei mai di dare ordini ai Gendarmi del Kuropalata, tanto più quando si tratta di eunuchi.»

Il prigioniero ebbe un moto di insofferenza che voleva esprimere solidarietà con l'Eparco.

«Gli eunuchi sono gente infida, vedono spie e congiure ovunque.»

«In questo caso gli eunuchi hanno eseguito degli ordini e niente altro. I capi di accusa li ha formulati il Kuropalata e stanno in quella pergamena portata dal Cancelliere. Io conosco solo l'accusa generica, ma dovrò interrogarvi per avvalorare o smentire i capi di accusa che pensavo vi fossero già stati comunicati per permettervi una difesa più argomentata.»

«Avete insinuato soltanto che ho voluto trafugare il segreto del fuoco greco e niente altro. Ma questo è falso dal principio. Oltretutto dovrei essere un grande ingenuo a mettermi in un simile rischio. So bene che l'Imperatore è più geloso del fuoco greco che della sua Augusta Consorte Teofane.»

Il Cancelliere trattenne a fatica un sorriso di malizia e l'Eparco guardò con stupore il prigioniero che osava scherzare su un argomento vietato da ogni ragionevole prudenza. Era candore o arroganza? O il prigioniero parlava già per disperazione?

«Queste parole potrebbero costarvi da sole il taglio della lingua se dicessi al Cancelliere di trascriverle.»

«Dal momento che con la vostra accusa avete più o meno deciso di tagliarmi la testa, nella testa è compresa anche la lingua e perciò posso permettermi qualche malignità sull'Imperatore e la sua Augusta Consorte senza procurarmi nuovi rischi.»

«Questo significa che vi sentite colpevole.»

«No, significa soltanto che so di essere considerato

colpevole. E so anche che le colpe altrui, finte o vere che siano, possono forse giovare a qualcuno che vuole guadagnarsi i favori dell'Imperatore o una promozione.»

L'Eparco lo guardò con risentimento.

«Io sono già arrivato al massimo grado della Magistratura, se alludete alla mia persona.»

«Per l'ambizione non esistono massimi gradi, c'è sempre un grado più alto da raggiungere.»

L'Eparco lo guardò con sospetto. Queste erano parole di un cortigiano consumato più che di un militare abituato a tener testa alle baruffe tra i soldati dei Palazzi. Ma erano anche una gran verità.

«Avete fama di militare severo e riservato, ma mi accorgo invece che mostrate una notevole conoscenza della Burocrazia bizantina e degli intrighi di Corte. Aver capito che non c'è limite all'ambizione dei cortigiani è una cognizione che appartiene solo ai cortigiani più esperti. È sorprendente che ne parli un militare.»

«Non ho mai sottovalutato le ambizioni umane e ho capito una cosa essenziale: che quando uno entra nei Palazzi Imperiali con un qualsiasi ruolo a Corte, qualunque sia il grado del suo incarico, quali che siano le sue origini, la sua intelligenza, la sua cultura, la sua prestanza fisica, desidera soltanto una cosa: diventare Imperatore. Non sorridete per favore. Questa ambizione è una malattia contagiosa come la peste, ma è la storia che l'ha confermata e trasmessa da una generazione all'altra. Si sono visti diventare Imperatori degli Strateghi e dei semplici soldati, i discendenti di nobili dinastie e dei miserabili sfaccendati, si è visto salire sul Trono un pecoraio analfabeta che firmava seguendo con la penna una traccia traforata su una lastra di metallo, è diventato Imperatore perfino un uomo al quale era stato tagliato il naso. Tutti i cortigiani più o meno segretamente aspirano a salire sul

Trono. Chiunque arrivi a Corte viene contagiato da questa malattia ed è pronto a correre qualsiasi rischio e a commettere qualsiasi infamia.»

«Qualsiasi infamia, come cercare di impossessarsi della formula del fuoco greco.»

«O come condannare un innocente.»

«Anche voi eravate al massimo della carriera, colmo di cnori e di denaro. Solo una estrema follia o una estrema ambizione potevano indurvi a mettere in gioco la carica di Eteriarca e a correre un rischio mortale. Avete mostrato di essere un cortigiano abile e ambizioso, ma una spia maldestra.»

«Voi state ancora scherzando. Oppure volete presentarmi al processo come congiurato per farmi uccidere più facilmente dal momento che non riuscirete a dimostrare che sono una spia?»

«Poco fa avete detto che la verità non è sempre verosimile, e ora io vi dico che dovreste tener conto di questa saggia sentenza. Invece devo constatare che volate troppo basso per capire il senso della mia presenza in questo luogo. Se voi pensate che io desideri la vostra condanna a morte vi sbagliate. Io sono qui per cercare la verità, non la vostra condanna, anche se penso con qualche turbamento che siete una spia.»

«Voi continuate a usare la parola spia in modo improprio. La spia è una persona che agisce per conto di altri, in questo caso per conto di un nemico.»

«Diciamo allora che l'Eteriarca può avere agito come spia per conto del siriano Nimio Niceta, pronto a tradire l'Impero Bizantino per la sua patria lontana. È soltanto una ipotesi, si capisce, ma non si può escludere che la spia e Nimio Niceta siano due personalità diverse che si nascondono nella stessa persona. Purtroppo, dal momento che non si può tagliare la testa a una personalità ma soltanto a una persona, nel caso di una condanna sarà Nimio Niceta a subire la pena.»

«Tutto mi fa pensare che abbiate già deciso di farmi tagliare la testa. E allora perché perdete tempo a parlare?»

«Sono venuto a parlare con voi per sapere se è vera o falsa la formula che è stata trovata nel vostro ufficio trascritta su un foglio di pergamena.»

Un lampo di furore passò nello sguardo del prigioniero.

«È il solito trucco di nascondere dei documenti compromettenti nel luogo dove si vogliono trovare al momento della perquisizione. È un procedimento infame che disonora chi ne fa uso e di cui un Giudice non dovrebbe tener conto.»

«È un procedimento infame che è stato usato in più di una occasione. Ma un Giudice non può mettere in discussione l'operato dei Gendarmi alle dirette dipendenze del Kuropalata.»

«Così potete processare un Eteriarca innocente ma non potete muovere un dito contro due Gendarmi che commettono una infamia palese.»

«A me risulta che di questi procedimenti infami vi siete servito anche voi più di una volta.»

Nimio Niceta fece una espressione di sdegno ma non ebbe tempo di replicare perché l'Eparco riprese a parlare.

«Io devo accertare soltanto se la pergamena trovata nel vostro ufficio è la stessa trafugata dalla Officina delle Polveri oppure una copia da voi trascritta.»

«Io non ho trafugato né trascritto nessuna pergamena.»

«Vi farò fare una prova di scrittura per confrontare la vostra calligrafia con quella della pergamena. Io devo seguire una procedura e questa esige che io faccia il confronto sotto i vostri occhi e in presenza di un Cancelliere.»

Nimio Niceta si irrigidì come colpito da una paralisi in tutto il corpo. Poi trovò finalmente la voce per rivolgersi all'Eparco.

«Voi non potete ignorare che la lettura della pergamena significa la mia condanna a morte. Ma sapete anche che uguale condanna tocca a chiunque in qualsiasi modo venga a conoscenza della formula del fuoco greco.»

L'Eparco abbassò lo sguardo a terra in segno di assenso.

«È una legge nota a tutti.»

«Sapete dunque che la condanna a morte toccherà anche a voi che assistete alla lettura.»

«Lo so. Per questo insisto perché voi leggiate la formula trascritta sulla pergamena e mi diciate che è falsa.»

«Se dichiaro che la formula trovata nel mio ufficio è falsa verrò condannato ugualmente perché significa che sono a conoscenza di quella vera. Forse potrei salvare voi dicendo che la formula portata dal vostro Cancelliere è falsa, ma non sono in grado di dimostrarlo perché quella vera non la conosco proprio e quindi non potrei rendervi questo servizio anche se lo volessi.»

«In ogni caso non lo volete. È così?»

«Non lo so ancora.»

«Io potrei perorare la vostra causa.»

«In che modo?»

«Facendovi assumere nella Officina delle Polveri. Ho già salvato la vita a due condannati a morte in questo modo.»

«Gli operai vengono assunti dopo il taglio della lingua e la bruciatura dei timpani per renderli sordi. Preferisco morire.»

«Il Maestro delle Polveri è stato ucciso come sapete ed è stato nominato un successore provvisorio. Non escludo di potervi fare assumere al suo posto.»

«E che cosa cambierebbe? Anche nel caso che riusciate a farmi assegnare l'incarico di Maestro delle Polveri, cosa di cui dubito fortemente, io dovrei rassegnarmi alla sepoltura a vita ma voi avreste ben poche possibilità di conservare la testa attaccata al vostro collo. Saprete certamente che si presume sia a conoscenza della formula anche chi abbia avuto un colloquio riservato con qualcuno in grado di comunicargliela a voce. Insomma questa pergamena è più pericolosa delle palle infuocate di cui contiene il segreto di fabbricazione: da quelle ci si può anche salvare o uscirne con qualche bruciatura, ma da questa non c'è possibilità di salvezza. La verità è che siamo dentro la stessa trappola e non vedo quale Santo del Cielo possa fare un miracolo per noi due.»

L'Eparco si irrigidì alle parole del prigioniero così male sonanti. Ma non era uomo da rassegnarsi tanto facilmente, anche se per il momento nemmeno lui riusciva a scorgere un orizzonte di salvezza.

«Voi siete un militare e dovreste intendervi di tutto ciò che riguarda le armi.»

«Il fuoco greco prima di essere un'arma è una composizione infiammabile. Io sono un militare, ma non mi intendo di alchimia. So soltanto quello che sanno tutti, che nella miscela entrano la pece greca, lo zolfo e l'olio nero, ma non può essere così semplice. Qualcuno dice che questi proiettili vengono tenuti insieme da filamenti di canapa, ma il vero segreto pare che sia in qualche sostanza sconosciuta e nelle proporzioni con cui vengono amalgamati i vari elementi.»

«Ne sapete già molto più di me.»

«Non a sufficienza. Per poter affermare che la formula

è falsa pur non conoscendo quella vera, dovrei spiegarne la falsità con argomenti alchemici.»

«Io credo che vi convenga, anzi che ci convenga rischiare. Voi vi fingete esperto alchimista e dichiarate inerte la formula che vi faccio leggere. Che ne dite?»

«Nessuno mi crederà.»

«Si può chiedere una prova sperimentale. Fa parte dei diritti dell'inquisito.»

«In questa situazione i miei diritti sono molto sottili, quasi invisibili.»

«Io sono l'Eparco e una mia richiesta non può cadere nel vuoto.»

«Purtroppo un Eparco che è stato inviato qui per farmi leggere la formula del fuoco greco ha la sua stessa testa in pericolo e non può sperare di venire ascoltato.»

«Non mi pare che abbiamo altra scelta se non di procedere alla lettura, dichiarare che la formula è inerte per ragioni alchemiche, e poi chiedere la prova sperimentale per dimostrare la sua falsità.»

Il Cancelliere, che si era distratto durante la lunga diatriba, ritenne che fosse arrivato il suo momento e estrasse la pergamena sigillata dalla borsa.

«Devo procedere alla lettura, signor Eparco?»

L'Eparco lo guardò con stupore, con commiserazione, come se avesse davanti agli occhi non un uomo ma la sua stupida ombra.

«Se tu fossi più attento a quello che dico avresti cognizione del rischio che corri perché se la formula risultasse veritiera nessuno potrebbe salvarti dal precipizio di cui ti ho parlato prima di scendere in questi sotterranei. Io ho un nemico potente che mi ha fatto consegnare questa pergamena, e ora sono obbligato a leggere, ma tu hai ancora la possibilità di rimanere fuori da questo imbroglio e perciò ti consiglio di uscire subito e di portare le tue orecchie e i tuoi occhi il più lontano possibile da questa cella.»

Il Cancelliere guardò smarrito l'Eparco, gettò una occhiata anche al prigioniero, poi depose la borsa sulla panca a fianco del Giudice e si voltò per uscire.

«Ringraziami, disgraziato!»

«Grazie, signor Eparco.»

Il Cancelliere infilò la porta di corsa, si sentirono i suoi passi allontanarsi veloci nel corridoio, poi nella cella ritornò il silenzio.

L'Eparco camminava avanti e indietro nell'ambiente angusto senza dire una parola. Nimio Niceta, seduto sulla panca, cercava di scrutarlo in volto per capire se qualche idea vi trasparisse, ma in quel momento i pensieri dell'Eparco correvano lontani nel tentativo di sottrarsi ai rigori della logica nella quale si erano trovati costretti senza vantaggio. L'Eparco era convinto che nella mente di ogni uomo c'è una zona neutra dove i soggetti, gli oggetti e le azioni della vita non si riflettono. Aveva sempre pensato che se un uomo concentra la propria attenzione su questa zona della mente, cade vittima di una strana affezione e produce idee incerte e prive di fondamento, vuoti e vaporosi fantasmi. Con loro non aveva mai accettato nessun genere di compromesso, li aveva sempre rifiutati e allontanati come cattivi consiglieri. Ma nel momento in cui la ragione non gli era più sufficiente, si rassegnò a riconoscere che soltanto da questa zona opaca della sua mente poteva ottenere un impulso a prendere una decisione. Prese dalla borsa del Cancelliere la pergamena sigillata e la mostrò a Nimio Niceta. Fece il gesto di aprirla, soltanto il gesto, poi alzò lo sguardo sul prigioniero che lo stava osservando.

«È una curiosa situazione in cui il Giudice e l'accusato corrono lo stesso pericolo per la stessa ragione» disse con un sospiro.

«Fintanto che la pergamena è sigillata non corriamo nessun pericolo immediato.»

L'Eparco fece un sorriso amaro.

«Voi sapreste trovare una giustificazione per non aprirla?»

«Io sono un soldato e i cavilli legali non sono il mio forte. In ogni caso non oserei dare dei suggerimenti alla massima Autorità legale dei Palazzi. Capisco che non sarà facile nemmeno per voi, ma sarebbe un delitto offrire al Kuropalata l'opportunità di disfarsi in un colpo solo del Capo delle Guardie e dell'Eparco.»

«Anche voi pensate che sia una macchinazione del Kuropalata?»

«Ne sono certo. Il solo fatto che mi abbia indotto a sopprimere le sentinelle dell'Officina ne è la prova.»

«Ma il Maestro delle Polveri è stato sgozzato e la pergamena è stata sottratta. Anche questo fa parte della macchinazione? E la pergamena originale allora dove si trova? Non ne sapete proprio niente?»

«A questo ho già risposto. La nostra situazione ci è ormai chiara, ma è la soluzione che rimane oscura.»

L'Eparco fece ancora qualche passo avanti e indietro per la cella sotto gli occhi del prigioniero.

«Potrei appellarmi a un vizio di forma, dal momento che ogni atto ufficiale deve avvenire in presenza di un Cancelliere. Ma si dà il caso che il Cancelliere l'ho fatto uscire io e perciò non posso invocare un vizio di forma che ho provocato io stesso. Questa è evidentemente una strada impraticabile.»

«Voi non avete ordinato al Cancelliere di uscire, gli avete solo dato un consiglio. Ma non capisco perché non gli avete detto che questo consiglio che gli ha salvato la vita non doveva essere rivelato a nessuno.»

L'Eparco fece un sorriso amaro, ma indulgente.

«Siete un ingenuo se pensate che una richiesta di silenzio possa ottenere il silenzio.»

Nimio Niceta guardò l'Eparco con apprensione.

«Ci sarà qualche altra strada. Voi siete un uomo sottile e intelligente, pieno di fantasia. Ora il destino comune ci unisce e io confido in voi.»

«Vorreste dire che la disgrazia comune che ci ha messi di fronte come due nemici favorisce la nostra alleanza?»

«Giudicate voi.»

«Avrei un'altra via d'uscita che smentirebbe subito la vostra prospettiva di una nostra alleanza. Se potessi riferire che vi ho trovato impiccato alla grata della finestra e riportassi al Kuropalata la busta sigillata, il caso verrebbe chiuso automaticamente. Ma credo che non possiate accettare di sacrificarvi per salvare la mia vita.»

«La mia vita ormai non vale più nemmeno un duro di rame per nessuno, e nemmeno per me. Ma il mio orgoglio mi impedisce di sottrarmi a questa situazione penosa come colpevole, e il suicidio sarebbe una confessione di colpa.»

«O un gesto disperato dettato da una accusa ingiusta.»

«Veramente mi proponete di suicidarmi?»

«Io sto parlando a vanvera, ve ne sarete accorto. Sto cercando al buio una via d'uscita che forse non c'è.»

Nimio Niceta sentì un formicolìo nella mente, proprio al centro della fronte dove si formavano due rughe profonde, uno strano ronzio che ancora non riusciva a condensare in una idea da esprimere con le parole. Era un uomo d'azione, aveva passato la vita in mezzo a rozzi soldati e adesso aveva difficoltà ad affrontare a mente lucida una situazione di umori sinistri seguiti alla proposta di suicidio, per la verità non del tutto irragionevole, appena ventilata dall'Eparco. Si disse che doveva tenere insieme i propri pensieri e reagire allo stato di prostrazione che dalle viscere sentiva salire fino alla sua mente.

«E se il Cancelliere,» disse il prigioniero con le parole che stentavano a separarsi l'una dall'altra «se il Cancelliere si fosse rifiutato di aprire la pergamena sigillata? È normale e verosimile che un Cancelliere preferisca affrontare una condanna per insubordinazione piuttosto che la morte certa che gli verrebbe dalla lettura della formula segreta.»

«Mi proponete dunque di mentire. È una ben strana situazione questa: un imputato che propone al suo Giudice di dire una menzogna in suo favore.»

«Anche in vostro favore.»

«Certamente. Ma io non posso lasciarmi travolgere dalla emotività e devo in ogni caso attenermi alla legge. La mia coscienza dovrebbe ribellarsi a ogni tentazione di venire meno a questo principio.»

Nimio Niceta lo guardò intensamente.

«E si ribella?»

«No.»

L'Eparco mise la pergamena ancora sigillata dentro la borsa con gesti stanchi come se tutte le sue incertezze si fossero trasferite nelle sue mani. Poi si mise la borsa sotto il braccio, fece un cenno di saluto e rimase ancora per qualche istante sulla soglia della cella. Aveva ancora una cosa da dire al prigioniero.

«Lo sapete che questa non è una soluzione al nostro problema comune, ma soltanto un rinvio?»

Il prigioniero abbassò lo sguardo ben sapendo che l'Eparco aveva ragione e che presto tutto sarebbe ricominciato da capo.

16

L'Eparco depose nelle mani del Kuropalata Leone la pergamena con i sigilli ancora intatti.

«Il Cancelliere si è rifiutato di aprirla,» disse l'Eparco «ma la sua insubordinazione è comprensibile. Evidentemente quell'uomo pavido è al corrente della legge che sancisce la pena di morte per chiunque venga a conoscenza della formula segreta del fuoco greco. A questo punto però devo fare una chiosa alla situazione che si è creata in seguito a questo rifiuto. È una chiosa e insieme una confessione che mi costa grave pena, ma che proprio per questo tenterò di riassumere con brevi e semplici parole. Io ero perfettamente cosciente, quando mi sono recato dal prigioniero Nimio Niceta, che il mio destino non sarebbe stato migliore del suo dopo la rottura dei sigilli e la lettura della pergamena. Tuttavia la mia dignità, il mio scrupolo professionale e la mia fedeltà all'Imperatore e alla autorità vostra mi hanno fatto sentire in obbligo di assolvere fino in fondo la missione che mi era stata affidata. Ora si dà il caso che la sorte e l'attitudine negativa di un semplice Cancelliere abbiano creato un ostacolo insormontabile all'impegno che mi ero assunto. Voi sapete meglio di me che la procedura rende nullo qualsiasi interrogatorio che non avvenga in presenza di un Cancelliere e senza che vengano trascritte le parole dell'interrogato. Mi sono trovato quindi nella impossibilità di raccogliere legalmente le parole dell'Eteriarca Nimio Niceta, e certamente non potevo mettere sotto i suoi occhi un documento di questa pericolosa segretezza ben sapendo che non ne avrei potuto ricavare né una assoluzione né una condanna, ma soltanto un inutile sacrificio della sua e della mia vita.»

Il Kuropalata prese la pergamena facendola saltellare fra le mani come se scottasse.

«Voi vi appellate alla procedura e alla defezione di un Cancelliere per coprire una vostra mancanza e questo per me è motivo di gravissimo stupore. La debolezza del pretesto mi fa dubitare del vostro intelletto e della vostra onesta fede. Voi non potete ignorare che i Cancellieri in servizio presso i Palazzi sono più di una dozzina, per l'esattezza sono quattordici in servizio permanente, più quattro sostituti a disposizione. Dunque non vi sarà difficile ritornare a compiere il vostro lavoro, e il vostro dovere, presso il prigioniero domani stesso in compagnia di un altro Cancelliere dal momento che quello renitente sarà immediatamente cancellato dai ruoli in attesa di una giusta punizione.»

«Così non rinunciate a sacrificarmi. Non conosco le ragioni della vostra ostinazione e non riesco nemmeno a immaginarle. Forse non sono chiare nemmeno a voi, ma so bene che in questi Palazzi non è la ragione che guida i lunghi e aggrovigliati fili del potere. La consuetudine alla menzogna, al sotterfugio e alla doppiezza ormai è entrata nella mente e nel cuore di tutti coloro che muovono i loro passi lungo questi disonesti corridoi e che dispongono di un seggio dal quale esercitano la loro potestà. Ma io ora sto commentando la vostra ingiunzione mentre devo darvi una risposta. E allora vi rispondo che giudico inutile il sacrificio che mi chiedete e che dovrò prendere esempio, nella mia qualità di Primo Magistrato dei Palazzi, dal comportamento di un umile Cancelliere. Per una volta ho camminato sull'orlo del precipizio per ottemperare ai miei doveri di Magistrato, e di questo dovete darmene atto, ma non sono disposto a camminarvi una seconda volta. È la sorte che mi ha allontanato da quel precipizio e io non mi sento di insultarla ripetendo la stessa esperienza. So bene che questa decisione vi dispiacerà, che verrà giudicata e sicuramente punita come una grave insubordinazione, ma vorrei invece pregarvi di considerarla soltanto un segno di debolezza, una mancanza dell'animo, un sintomo di inadeguatezza di fronte a una situazione estrema. Se vogliamo trovare una parola che riassuma tutti insieme i sentimenti che provo in questo momento, devo dirvi in umiltà che questa parola sta scritta a chiare lettere sulla mia fronte pallida: è la paura. Voi non sapete quanto mi costa questa confessione, ma non chiedo la vostra comprensione e nemmeno la vostra pietà, non vi chiedo niente. Disponete della mia carica, ma lasciate indenne la mia persona che in questo momento depone i fregi e le sete e rimane nuda e indifesa di fronte alla vostra autorità.»

Il Kuropalata fece un sorriso perfido e parlò ostentando un tono di confidenziale perplessità.

«Lo spettacolo di un uomo della vostra età e della vostra condizione fisica spogliato dei suoi abiti, e cioè nudo, non è di quelli che possano offrirmi qualche diletto.»

«Io lo dicevo in senso figurato, ma è anche possibile che i vostri soldati trasformino una figura retorica in una realtà e che mi spoglino veramente per sottopormi alle frustate o al ferro rovente. Nel migliore dei casi verrò spogliato dei miei abiti curiali per indossare il rustico saio di qualche ordine religioso e spedito in un monastero lontano da Costantinopoli, nel deserto della Siria, nel Mare Egeo o in altre terre o acque lontane.»

«Sono delle proposte, delle supposizioni, o dei desideri?»

L'Eparco si toccò le guance fredde e sudate come se si vergognasse del pallore che tradiva il sentimento di paura e di sgomento che aveva avuto l'ingenuità di confessare così apertamente. Pensò che non era affatto dignitoso per un alto Magistrato come lui confessare un sentimento ignobile come la paura, ma sapeva o meglio credeva di avere capito che questo stesso sentimento non fosse ignoto a nessuna delle persone che vivevano nell'ambito dei Palazzi Imperiali, compreso il Kuropalata, anche se in quel momento gli appariva come pietrificato, rigido nei lineamenti e nel corpo. Una rigidità che lo spaventava come la maschera di una inguaribile debolezza: sapeva per esperienza che gli uomini pavidi e deboli sono capaci delle peggiori crudeltà.

«Mi avete fatto una domanda che mi mette in difficoltà» disse l'Eparco per prendere tempo. «Voi volete sapere se le mie parole esprimevano una proposta, una supposizione o un desiderio. Ma come potete pensare che un uomo al vertice della carriera giuridica e investito del più alto grado nella amministrazione della Giustizia, possa esprimere la proposta, o peggio ancora il desiderio, di essere inviato in un remoto istituto religioso, lontano dalla Capitale e dagli amici, lontano dalle responsabilità, ma anche dall'autorità e dagli agi che la sua posizione burocratica gli consente, per scontare una colpa che in realtà non si può nemmeno definire come colpa? Se poi pensate che le mie parole contengano una supposizione o una previsione delle pene che probabilmente dovrò subire per essermi sottratto, con l'aiuto della sorte, a una morte sicura, vi posso dire che avete bene interpretato il mio grave stato d'animo.»

«Ammettiamo dunque che si tratti di una vostra supposizione, ma chi vi dice che la prospettiva supposta dipenda da me? Voi sapete che nella mia funzione di Kuropalata non posso né desidero intervenire nell'amministrazione della Giustizia, che è compito esclusivo della vostra carica. Posso invece mettere in discussione proprio la vostra carica in quanto anche essa rientra nella Burocrazia Imperiale cui sovrintendo, ma vi ripeto non posso né desidero decidere una punizione.»

«Prima ancora che voi mi spogliate della mia carica, e già questa sarebbe una punizione, vi ho detto che sono disposto a spogliarmene di mia volontà e a sollevarvi da una responsabilità che mostrate di non gradire.»

«Ho apprezzato il vostro gesto, anche se mi sono permesso di fare dell'ironia sulla vostra nudità. Ma credo che abbiate trascurato un particolare importante di questa situazione. Voi avete parlato di insubordinazione e, dal punto di vista strettamente burocratico, questo reato merita una punizione che un Giudice della vostra esperienza può facilmente prevedere. Ma avete dimenticato che, nella mia veste di Kuropalata, io sono anche portavoce dell'Imperatore. E allora, se io parlo come semplice Kuropalata, la vostra insubordinazione merita una certa pena, ma se io parlo come portavoce dell'Imperatore il vostro delitto assume una diversa dimensione perché è l'Imperatore che offendete, e di conseguenza esige anche una diversa e ben più severa punizione.»

Il Kuropalata sapeva di dire cose che avrebbero colpito gravemente le orecchie del suo antagonista e perciò aveva cercato di usare parole non troppo pesanti e un tono di voce che non tradisse la minaccia del discorso.

Aveva messo sul tavolo i numeri vincenti e voleva assaporare lentamente la sua vittoria come si assapora a piccoli assaggi un cibo molto forte.

Alle parole inaspettate del Kuropalata l'Eparco sentì un tremito improvviso nelle viscere e per un momento la sua mente così lucida e pronta si trovò immersa nel buio. Ma a questo stato di profonda depressione seguì subito una eccitazione degli umori di tutto il corpo, le sue guance pallide e sudate si arrossarono e i suoi occhi brillarono di una improvvisa luce furente.

«Per parlare a nome dell'Imperatore dovete esibirne il mandato, anche se si tratta di vostro fratello. Non credo che possiate venir meno impunemente al Cerimoniale, e in quel caso correte qualche rischio anche voi. Nessuno è intangibile entro le mura dei Palazzi.»

«Vi siete fatto minaccioso. Non tenete conto che il segreto della formula del fuoco greco è di per sé di pertinenza imperiale da più di due secoli e, dal momento che ho avuto io l'incarico di chiarire l'incidente per espresso mandato dell'Imperatore, ogni mia decisione, ogni mia parola, deriva direttamente dalla sua Augusta Autorità. Non credo che servano altre spiegazioni.»

«Voi sapete che vi state giocando la mia vita su un sofisma. Ma la vera ragione di scandalo è che voi siete perfettamente consapevole che il fuoco greco è soltanto un pretesto per dare sfogo a non so quali segreti rancori contro la mia persona. Non so se volete mandarmi in esilio vestito da monaco, se volete umiliarmi sottoponendomi alla tortura o se volete la mia testa. Io non so quali diavoli meschini guidano le vostre intenzioni nei miei confronti e non riesco nemmeno a capire di quali peccati mi sono macchiato ai vostri occhi per meritare tanto odio e tanto disprezzo. Purtroppo il mio mestiere è di capire, di separare la verità dalla menzogna, di distinguere il comportamento onesto da quello disonesto, il giusto dall'ingiusto. Di fronte a voi oggi io sono disorientato, la mia mente si annebbia e la mia lingua si confonde. Vi ho confessato la mia debolezza e anche la mia paura, ma voi non mostrate di avere apprezzato la mia sincerità. Ditemi che cosa devo fare, ditemelo voi.»

«Non fate niente. Aspettate e vedrete che qualcosa succederà.»

L'Eparco uscì dagli uffici del Kuropalata con la testa china come un uomo sconfitto, ma dentro di sé mormorava che qualche volta una sconfitta può valere più di una vittoria. Si sentiva liberato da un peso, camminava spedito nel grande corridoio, finalmente calato nella felice condizione di chi non ha una meta di lavoro. Ora poteva contemplare i marmi che ornavano le pareti, quei rombi di porfido egiziano alternati al verde di Tessaglia e quelle righe intermedie di lapislazzuli nelle quali per la prima volta vedeva brillare le pagliuzze d'oro. Quanti piaceri gli erano sfuggiti in quegli anni passati a esaminare pratiche di delitti e di congiure e a trovare ogni volta i compromessi fra la giustizia naturale e quella spesso discordante dell'Impero. Lo studio e le chiose al *Corpus Juris* di Giustiniano avevano consumato la sua giovinezza, poi era venuto l'assillo della carriera, alcune abili sentenze, il salvataggio del giovane Stratega Giovanni Zimisce, protetto di Niceforo Foca, dalla accusa infamante di ubriachezza molesta, e finalmente il coronamento della sua intelligenza giuridica con la nomina a Eparco. E ora qualcuno si era mosso nell'ombra ed era caduto, proprio lui che si era sempre tenuto alla larga dai complotti, nella spira delle calunnie. Il Kuropalata tentava di eliminarlo dalla scena con una trappola infame dalla quale aveva qualche speranza di salvarsi soltanto rinunciando alla sua carica. Era quello che aveva fatto, ma il Kuropalata gli era sembrato uno sciacallo bramoso soltanto di gettarsi sul suo cadavere con una determinazione che gli era parsa del tutto sproporzionata a una semplice gelosia cortigiana. Dietro tutto questo furore doveva esserci qualche altra ragione, o un disegno più vasto per approntare il terreno a qualche alto complotto di cui gli sfuggiva l'obiettivo. E allora per conto di chi agiva il Kuropalata? Per conto del fratello Imperatore? Ma si diceva che i suoi rapporti con Niceforo non fossero così pacifici, anche se Niceforo aveva già sgombrato il campo dai suoi nemici subito dopo l'incoronazione. Chi poteva dunque avere interesse a eliminarlo? Quanti e quali atroci sentimenti correvano in quei corridoi ornati di marmi preziosi? In tanti anni non si era mai concesso una vacanza, ma si disse con amarezza che, per questa interruzione delle sue fatiche giudiziarie, il prezzo che avrebbe dovuto pagare era veramente troppo alto.

L'Eparco entrò finalmente nel suo piccolo quartiere, chiuse a chiave la porta, si distese sul pavimento nudo e fresco, e si addormentò di un sonno inquieto.

17

Uscito l'Eparco dal suo ufficio, Leone Kuropalata avrebbe voluto dare sfogo alla furia distruttiva che faticosamente aveva dominato durante il colloquio. Teneva ancora fra le mani la pergamena sigillata e proprio su quella per un attimo le sue mani si strinsero con violenza come artigli, ma subito lasciarono la preda. Come poteva succedere che il fratello dell'Imperatore, battezzato Leone e nominato Kuropalata, fosse in balia delle ombre, ridotto alla impotenza da uno sfuggente Eparco già vittima destinata agli abissi e all'oblio, e uscito proprio ora dal suo ufficio con la testa ben salda sulle spalle? Non era uomo da poco quell'Eparco, lo aveva dimostrato correndo sull'orlo dell'abisso senza precipitare e fermamente deciso, dopo questo primo gesto di sottomissione, a non ripetere il rischio. E lui si era lasciato sfuggire l'opportunità di eliminare non un rivale, perché tale non era, ma una testa pensante e autorevole, un maestro di giustizia e di saggezza dal quale si sentiva disprezzato, e che aveva costruito la sua fama e autorità come uomo superiore agli intrighi. Sapeva bene a quali altezze questa condotta avrebbe portato quell'uomo un giorno nemmeno tanto lontano, anche se intorno alle sue ambizioni e alle sue alleanze le voci erano state sempre assai discrete.

Il Kuropalata era certo che l'Eparco stava in agguato aspettando il giorno in cui l'Imperatore Niceforo Foca sarebbe caduto vittima di quella donna funesta di nome Teofane, che sedeva sul Trono accanto a lui senza condividerne il letto coniugale secondo la prescrizione di Polieuto. Teofane odiava Niceforo o, peggio ancora, lo disprezzava, e nessuno poteva convincere il Kuropalata che questo decreto del Patriarca non esaudisse un segreto desiderio dell'Imperatrice. Ma Teofane non era sufficientemente astuta per rendersi conto che, caduto Niceforo, probabilmente sarebbe caduta a sua volta lasciando libero il campo alle ambizioni segrete dell'Eparco.

Il Kuropalata voleva scacciare dalla sua mente questi pensieri che gli bruciavano dentro come un fuoco tormentoso. Si alzò dalla sua sedia scomoda e solenne come un trono, e cominciò a camminare in tondo lungo le pareti, come un prigioniero. Il caldo afoso entrava a flussi lenti dentro la stanza che qualche momento prima era stata percorsa dai venti furiosi della sua collera. Quell'aria calda e densa, carica di umidità marina, gli toglieva il respiro. Ansimante, Leone si appoggiò a un tavolo per reggersi come ogni volta che sentiva avvicinarsi quelle terribili crisi di soffocamento che nessun medico era riuscito a curare. Poi si mosse lentamente verso una credenza dove teneva delle foglie di eucaliptus che durante le crisi bruciava su un piattino aspirandone il fumo. Si accorse in quel momento che un gattino tigrato, arrivato non si sa da dove, si era accucciato sotto il mobile e muoveva la coda forse per attirare la sua attenzione.

Con un gesto improvviso il Kuropalata si chinò ad afferrare la bestiola e la fece volare fuori dalla finestra spalancata. Quando si affacciò vide laggiù in basso, in fondo al grande vuoto del cortile, una cosa scura e immobile schiacciata al suolo senza vita. Non era riuscito a togliere la vita all'Eparco e l'aveva tolta a un innocente e piccolo animale.

Un risarcimento? Una vendetta? Si vergognò di se stesso il Kuropalata, il fratello dell'Imperatore, l'uomo battezzato Leone, per avere ucciso un piccolo e innocuo animale. Ricordò che lo stesso medico che gli aveva ordinato i fumi di eucaliptus lo aveva anche consigliato di tenere lontano da sé i cani e i gatti che potevano avere un cattivo influsso sul respiro. Stava cercando dunque una giustificazione a un gesto di cui si vergognava di fronte a se stesso? Che male c'era in questo tentativo di giustificarsi? Dimostrava soltanto che la vita di Corte non aveva offuscato la sua coscienza. Non ricordava più dove lo aveva letto, ma qualche saggio antico consigliava di amare se stessi e, se questo era troppo, di avere almeno rispetto per la propria persona. Lui non era mai riuscito ad amarsi e, per la verità, nemmeno ad avere rispetto della propria persona. Se si guardava dal di fuori, e questo era un esercizio che aveva sempre cercato di evitare, l'unico sentimento che provava per se stesso era il disprezzo. Di se stesso disprezzava tutto: il cinismo, l'arroganza, l'astuzia, l'invidia, l'intrigo, l'avidità di potere e di denaro, e la crudeltà che lo aveva più di una volta spinto a eliminare con la forza della sua autorità non soltanto gli avversari ma anche coloro che giudicava superiori di fisico e di intelletto. Di quanti delitti si era macchiato nella sua lunga carriera? Meglio non fare i conti, meglio dimenticare, si diceva il Kuropalata. Ora aveva ucciso un gattino innocente e doveva confessare a se stesso di avere provato un piacere disumano a immaginare lo strazio di quella bestiola durante i pochi istanti in cui si era sentita precipitare nel vuoto prima di sfracellarsi al suolo. Alla perfezione del suo piacere mancava solo l'immagine ravvicinata di quel corpo schiacciato e sanguinante sul pavimento di pietra giù nel cortile. Ma era soltanto un desiderio astratto perché mai avrebbe voluto mostrarsi vicino al corpo inerte del gattino proprio come un assassino non vuole mostrarsi vicino al corpo della vittima. Il Kuropalata immaginò per un istante che laggiù nel cortile giacesse l'Eparco, schiacciato al suolo, sanguinante, con gli occhi ancora sbarrati per il terrore del vuoto. E invece l'Eparco era sfuggito alla sua trappola. Sfuggito? Non era stata detta ancora la parola definitiva.

Il Kuropalata lasciò i suoi pensieri di prudenza, si alzò di scatto e uscì dalla stanza correndo giù per le scale per raggiungere il cortile. Dal momento che aveva commesso un delitto con le sue mani, perché privarsi della inebriante sensazione dello strazio fisico e del sangue? Si era domandato più di una volta se questa attrazione del sangue fosse dettata da vizio o da pietà, da un piacere perverso o da umana commozione, ma non aveva mai dato una risposta a questo interrogativo.

Dopo le prime due rampe delle grandi scale di marmo, il Kuropalata si fermò per qualche istante, assalito da un improvviso senso di soffocamento e dagli stessi dubbi che da tempo lo perseguitavano. Quante volte aveva assistito alle torture eseguite sui corpi nudi dei condannati e quante volte si era sentito mancare il respiro, ma non era mai riuscito a districare, nel groviglio delle emozioni che lo prendevano alla gola, quale parte avesse la pietà per le vittime e quale parte il piacere dello spettacolo: carni dilaniate, occhi divelti dalle orbite, ferri roventi che penetravano sfrigolando nelle carni. C'era nei Palazzi un Siriano crudele che cavava gli occhi dalle orbite dei condannati con l'uso semplice delle dita, senza aiutarsi con il cucchiaio di ferro. Dopo un accecamento ben riuscito il Siriano si guardava intorno soddisfatto come se desiderasse i complimenti per la sua abilità. Che orrore e che delizia in quelle occasioni, quali sottili turbamenti.

Il Kuropalata, seguendo il filo dei suoi pensieri, senza quasi accorgersene si era trovato sotto il grande arco che si apriva sul cortile. Ancora qualche passo e sarebbe arrivato vicino al corpo lacerato del gattino. Si guardò intorno, il cortile era deserto e immerso nell'aria immobile e ottusa del gran caldo pomeridiano, si avvicinò al gattino e si chinò a raccoglierlo immergendo le mani in quella carne sanguinante. A quel punto Leone scoppiò in lacrime proprio come gli era successo altre volte dopo avere assistito alle torture. Ma in quei casi aveva sempre saputo frenare la propria debolezza fino al momento della solitudine, quando si ritirava nei suoi appartamenti lontano dagli sguardi dei perfidi burocrati che gli stavano intorno. Anche il pianto faceva parte dei suoi piaceri segreti, ne era anzi il momento più alto quando finalmente, chiudendo gli occhi, poteva figurarsi di subire nel proprio corpo tutte le meravigliose torture cui aveva assistito.

Ora si domandava però dove avrebbe potuto deporre il gattino morto che teneva stretto fra le mani tese in avanti per non macchiarsi di sangue. Si avviò verso uno dei sei cespugli di ricino rosso che crescevano lucenti e rigogliosi in mezzo al cortile. Con la scarpa scavò una piccola fossa nella terra morbida zappata da poco, vi depose quel corpo lacerato e lo ricoprì di terra. Il sangue è un ottimo concime, si disse il Kuropalata, e si avviò verso l'arco centrale del loggiato, si lavò le mani insanguinate a una fontanella, poi prese a salire le scale.

Come avrebbe dovuto prevedere, la pergamena sigillata con la formula segreta era scomparsa dal tavolo dove l'aveva lasciata. Il Kuropalata rimase immobile, con lo sguardo fisso al tavolo vuoto, si sentì ancora mancare il respiro e gli sembrò che tutto si sbiancasse sotto i suoi occhi come dentro una nebbia improvvisa. Dopo qualche istante di totale smarrimento il Kuropalata riacquistò di forza la sua lucida coscienza. Si disse che l'autore del furto poteva essere qualcuno in grado di riconoscere dai sigilli la pergamena, e al corrente della sua presenza in quel luogo. Solo due persone, oltre l'Imperatore, sapevano: l'Eparco e il Cancelliere. L'autore del furto poteva essere dunque soltanto l'Eparco o un suo emissario perché il Cancelliere era stato già rinchiuso in prigione. Il gesto portava il marchio della astuzia che Leone non esitava ad attribuire in larga misura all'Eparco e poteva avere due obiettivi: dimostrare anzitutto che, dopo il mancato interrogatorio, la pergamena portava ancora intatti i sigilli. In secondo luogo quel furto, una volta scoperto, avrebbe messo in grave difetto il derubato.

Il Kuropalata si domandò se gli conveniva denunciare come autore del furto il suo antagonista, il quale astutamente gli aveva restituito la pergamena intatta. Ma denunciarlo a chi? L'Eparco era ancora la massima autorità giudiziaria e ogni denuncia doveva arrivare sul suo tavolo. Dunque avrebbe dovuto rivolgersi all'Imperatore. Ma l'Eparco avrebbe negato fino alla morte, nessuna tortura avrebbe potuto cavargli una confessione del furto. E quale sarebbe stato l'atteggiamento di Niceforo nei confronti del fratello Kuropalata che, avuto in consegna il segreto più prezioso dell'Impero, se lo era lasciato sottrarre il giorno stesso in cui l'aveva ricevuto nelle sue mani? Ora il vero colpevole di fronte all'Imperatore era lui, suo fratello e fiduciario. E Niceforo Foca non era uomo da lasciarsi suggestionare dagli affetti. Se avesse ritenuto che il fratello Leone meritava la morte secondo la legge, non avrebbe avuto nessuna esitazione, lo avrebbe condannato come un suddito qualsiasi. Del resto, si ricordò il Kuropalata, durante il loro colloquio dopo l'uccisione del Maestro delle Polveri e il trafugamento della pergamena, l'Imperatore lo aveva messo in guardia: in caso di colpa la sua condizione di fratello non lo avrebbe salvato dalla condanna estrema.

Il Kuropalata non sapeva che fare. Raccontare tutto all'Imperatore? Come avrebbe potuto fargli credere la storia del gattino, così strana, e in fondo così vergognosa? Avere in mano un documento di quella importanza e segretezza e lasciarlo sul tavolo per andare a raccogliere un gattino morto in fondo al cortile era un fatto non soltanto difficile da credere, ma ancora più difficile da raccontare. Se l'Imperatore non avesse creduto al furto avrebbe potuto pensare che lui stesso si era impossessato della formula segreta. Sia in un caso come nell'altro sapeva che Niceforo non gli avrebbe perdonato.

I suoi rapporti con l'Eparco si erano capovolti. Fino a poco prima il suo antagonista era lì davanti a lui pallido e tremante, appena scampato alla condanna ma non alla vergogna. Adesso toccavano a lui giorni inquieti e notti insonni a causa di quella sua assurda libidine per il sangue. Con quali parole e con quale atteggiamento avrebbe ora potuto affrontare nuovamente l'Eparco? Ma era stato veramente lui a sottrargli la pergamena? Come poteva esserne certo? Gli sarebbe convenuto, incontrandolo di nuovo, rivelargli il furto o fingere indifferenza come se nulla fosse accaduto?

18

L'Eparco fu sinceramente e totalmente stupefatto quando il Primo Segretario di Camera gli annunciò la visita del Kuropalata. Lo accolse nel suo appartamento con la deferenza cui aveva diritto l'uomo che all'interno dei Palazzi era fra tutti il più vicino all'Imperatore. Fece un leggero inchino, poi lo invitò a prendere posto su un piccolo trono di fronte alla finestra aperta sul panorama del Bosforo. Era il posto d'onore riservato ai visitatori di rango, ma non pensava che il Kuropalata volesse accettare l'invito. Già la visita era sorprendente, ma sedersi nel suo appartamento sarebbe stato da parte sua un gesto di benevolenza in contrasto con una situazione precipitata in così bassi umori durante il loro dialogo precedente. Con grande sorpresa invece l'Eparco vide che il suo ospite andava a prendere posto sullo scranno ornato di borchie dorate e volgeva gli occhi verso lo splendido panorama.

«Ora capisco» disse il Kuropalata «perché avete scelto un appartamento meno grande di quello che vi era stato offerto. Questa è una delle più belle finestre del Palazzo Dafnè.»

«La riservo agli ospiti di alto rango che mi onorano di una visita. Ma quando sono solo mi siedo volentieri lì davanti per esaminare i documenti. Ogni tanto alzo gli occhi e la vista del mare mi conforta e mi distrae dalle miserie di cui devo occuparmi. Ho sempre attribuito all'acqua del mare, così mobile e priva di forma ma così luminosa e brillante vista da qui nell'ora del tramonto, la facoltà di distendere il mio animo senza comprometterlo in nessun modo. Ora, insieme al mio lavoro, al quale ho già rinunciato, dovrò privarmi anche di questo piacere, e me ne dispiace.»

«Forse dovrete rinunciare anche ad altre cose, oltre al lavoro e al piacere di questa finestra.»

L'Eparco rimase muto di fronte a questa minaccia che sembrava confermare la precarietà della sua situazione. Anche per questo l'Eparco non riusciva a capire perché, a così breve distanza di tempo, il Kuropalata avesse voluto incontrarlo di nuovo. Il dialogo che seguì si svolse su linee oblique tracciate dal Kuropalata. L'Eparco sembrava subire passivamente e con sincero stupore il nuovo e strano interrogatorio.

«Sono ritornato per parlare ancora di quella pergamena trafugata.»

«Ditemi pure senza esitazione che cosa avete deciso o che cosa intendete decidere. Sono ansioso di conoscere quale sarà la mia sorte.»

L'Eparco pensò, o finse di pensare, che il Kuropalata fosse venuto per definire la punizione che avrebbe voluto infliggergli o per informarlo nel caso che avesse già preso una decisione. Ma il suo ospite lo sorprese di nuovo con una richiesta che lo lasciò sgomento.

«La vostra sorte dipende non soltanto dalle vostre azioni, ma anche dalle vostre parole. E siete voi che dovete parlare a questo punto. Io parlerò dopo di voi, per il momento vorrei ascoltarvi. Che cosa avete di nuovo da dirmi?»

L'Eparco si domandò quale frode nascondesse una

richiesta così perentoria e così generica. Non si erano già detto tutto nel colloquio precedente? Se il Kuropalata intendeva riaprire il discorso, doveva essere lui a proporne i temi con chiarezza. Oppure il suo scopo era proprio quello di confonderlo? Certo, la formula segreta del fuoco greco era al centro dei loro difficili rapporti, o quanto meno era stata l'occasione per portarli allo scoperto, ma che altro c'era da dire sull'argomento? L'Eparco decise di rimanere sulla difensiva.

«Che cosa dovrei dirvi oltre a quello che vi ho già detto? Vi ho esposto i miei pensieri con sincerità, vi ho aperto il mio animo come a un amico pur sapendo che non lo siete, e mi sono perfino umiliato rinunciando volontariamente alla mia carica.»

«Vi siete umiliato, ma io non avevo chiesto la vostra umiliazione. Voi dite di avermi aperto il vostro animo, ma se ora vi chiedo di parlarmi ancora di quella pergamena è evidente che mi aspetto da voi qualcosa d'altro, diciamo qualcosa che non riguarda i vostri sentimenti privati, che poco mi interessano, ma una confessione di fatti attinenti a questa vicenda.»

Ancora una volta l'Eparco guardò interdetto il suo ospite che, dopo avere gettato sul tavolo la sua richiesta, aveva volto lo sguardo al panorama.

«Quali fatti dovrei confessare? Non capisco sinceramente che cosa vi aspettate da me. Se avete una vostra idea in mente vorrei pregarvi di mettermi sulla strada affinché io possa orientarmi e soddisfare, nei limiti del possibile, i vostri desideri.»

Il Kuropalata non voleva scoprirsi. Tuttavia lo scopo della sua visita era ben chiaro nella sua mente: sapere se era stato l'Eparco a sottrargli o a fargli sottrarre la pergamena durante la sua breve assenza per andare a raccogliere il cadavere del gattino, oppure se era veramente all'oscuro del furto, come appariva dalle sue prime parole. Ma doveva mettere in conto anche l'astuzia dell'Eparco e la sua capacità di fingere.

«Vi farò una domanda più precisa: che cosa avete fatto, e quali pensieri vi hanno accompagnato dopo il nostro colloquio?»

L'Eparco rimase ancora una volta in silenzio qualche istante per raccogliere le idee, ma soprattutto per cercare di capire che cosa si proponesse di ottenere il suo interlocutore con quella domanda.

«Le cose che ho pensato in questo breve tratto di tempo hanno attinenza soltanto con i miei sentimenti privati e penso perciò che non possano interessarvi. In quanto ai fatti, posso raccontarvi che sono rimasto nella mia stanza voltando le spalle alla finestra dalla quale state ora ammirando il panorama del Bosforo, ma temo che questo non sia sufficiente a soddisfare la vostra curiosità.»

«Siete sicuro di non nascondermi nulla?»

«Come amministratore della Giustizia sono abituato a tener conto sia dei fatti che delle intenzioni. Voi sapete che lo stesso fatto può essere giudicato in due modi diversi e qualche volta addirittura opposti se si tiene conto non soltanto delle circostanze obiettive ma anche dell'animus di chi agisce. In questa particolare situazione io mi trovo non più dalla parte di chi giudica ma dalla parte opposta, di chi viene giudicato. Io sono un uomo di legge con una lunga esperienza alle spalle, ma devo confessarvi che se mi trovassi dalla vostra parte sarei in difficoltà perché voi potete disporre per il vostro giudizio soltanto delle circostanze obiettive, che sono quelle create da voi nel momento in cui mi avete imposto di condurre personalmente l'interrogatorio di Nimio Niceta. Avete perciò di fronte a voi un soggetto totalmente passivo che ha semplicemente subito le vostre decisioni e che infine, dopo il fallimento dell'interrogatorio, ha rinunciato a tutte le sue prerogative e di conseguenza ha rinunciato anche ad agire.»

«Siete troppo sottile nei vostri sofismi per risultare convincente. Ma anche troppo ingenuo a spostare l'argomento sul nostro incontro precedente e sulla punizione che vi attende, quando io vi ho fatto una domanda precisa che riguarda l'intervallo di tempo fra il nostro incontro precedente e il momento in cui ci siamo trovati di nuovo insieme in questa stanza.»

«Non vedo perché dovrei tediarvi raccontandovi i pensieri di un uomo sconfitto che non sa ancora quali sciagure lo aspettano nel prossimo futuro. Per quanto vi abbia dato conto della mia debolezza e inettitudine posso assicurarvi che a questa incertezza preferirei una qualsiasi certezza, che può venire solo da voi. A che altro può pensare un uomo nella mia situazione? Il mio futuro, ammesso che ne abbia uno, è nelle vostre mani. Siete venuto nel mio appartamento, mi avete onorato di una vostra visita, e io ne sono lusingato, ma perché non parlate voi invece di pretendere che sia io a parlare? È questo che non capisco, c'è qualcosa che mi sfugge in questa situazione e questo qualcosa per me è tutto.»

Il Kuropalata rispose questa volta con un diverso tono di voce, più confidenziale e forse con un'ombra di complicità.

«Se vi dicessi che il vostro destino è nelle mie mani, ogni commento sarebbe inutile. Ma se vi confidassi che quella pergamena pesa anche sul mio destino, voi che cosa mi rispondereste?»

«Non ne avrete per caso aperto i sigilli?»

Il Kuropalata guardò negli occhi l'Eparco per tentare di capire se la sua era una finzione o se invece l'ignoranza dei fatti avesse guidato le sue parole. La disarmante ingenuità di quella domanda poteva essere un segno di sincerità, ma anche una trappola. Il Kuropalata era confuso di fronte a quella impenetrabile faccia di bronzo e decise per il momento di rinunciare a chiarire il mistero. Si alzò dalla poltrona quasi di scatto e con un breve cenno di saluto uscì in fretta dalla stanza.

Un breve capogiro lo mise in allarme. Fino a quel giorno non si era mai sottratto alle tentazioni che avevano assalito le sue segrete sensibilità. Cedere alle proprie debolezze, si era detto più di una volta, era un gran segno di forza e di sicurezza. Ma l'episodio del gattino, quel gesto così sventato e inutilmente rischioso, lo aveva fatto scivolare in una situazione difficile e, per quanto allenato alla finzione, ora si sentiva prigioniero delle proprie azioni e aggravato dal peso di non poter parlare apertamente nemmeno con il fratello Niceforo.

Fuori dell'appartamento lo aspettavano due uomini della sua guardia personale che lo accompagnarono in silenzio lungo il corridoio deserto fino al padiglione imperiale.

19

L'Imperatore Niceforo Foca era appena ritornato da una battuta di caccia all'onagro insieme al Vescovo Liutprando da Cremona, venuto a Bisanzio per una scabrosa missione diplomatica. Il tentativo di avviare una trattativa matrimoniale fra l'Imperatore del Sacro Romano Impero Ottone II e una Principessa Porfirogenita aveva indispettito Niceforo Foca che si riteneva unico titolare dell'Impero Romano sia di Oriente che di Occidente. In sua presenza non si doveva nemmeno nominare il Sacro Romano Impero perché l'unico Impero Sacro Romano e Cristiano era quello di Bisanzio. Il comportamento altero del Vescovo Liutprando aveva poi aggravato la sua irritazione provocando vari fastidiosi incidenti. Prima aveva osato lamentarsi dei cibi serviti nei banchetti imperiali cui era stato ammesso, un'altra volta aveva protestato pubblicamente perché la foresteria dove era alloggiato con il suo seguito era infestata dai topi e la riteneva indegna perfino di ospitare degli schiavi, e infine, durante la caccia all'onagro, si era rifiutato, con la scusa del sole cocente, di restare a capo scoperto in presenza dell'Imperatore come imponeva l'etichetta.

Da parte sua Niceforo non aveva perso occasione per umiliarlo. Lo aveva ricevuto nella Sala del Trono cercando di frastornarlo con gli uccelletti artificiali che, appollaiati su un albero d'oro, cinguettavano a un suo comando, e con due leoni di bronzo che, ai due lati del Trono, ruggivano e battevano la coda rumorosamente sul pavimento di marmo. Anziché stupirsi, il Vescovo longobardo aveva domandato all'Imperatore se si potevano evitare tutti quei rumori che disturbavano la conversazione. Non un cenno di meraviglia o una parola di lode per quei meccanismi strabilianti che erano costati al suo predecessore Romano II migliaia di nomismi d'oro e anni di lavoro agli Ingegneri di Corte.

Il Kuropalata si fece annunciare all'Imperatore, ma gli venne risposto di aspettare seduto, e questo significava che l'attesa poteva essere anche molto lunga, perché in quel momento era occupato. In realtà Niceforo, appena ritornato dalla caccia in onore di Liutprando, stava mettendo in ordine le scarpe della Imperatrice Teofane perché potesse scegliere il paio più adatto per presentarsi l'indomani nella Sala del Trono in presenza del Vescovo longobardo e dell'Ambasciatore bulgaro, un giovane barbaro alto e biondo che aveva gran fama presso le Dame della Corte bizantina.

«Questi Palazzi stanno diventando una locanda di lusso per viaggiatori stranieri in vacanza. Il Vescovo Liutprando, per quanto si lamenti della nostra cucina, è già qui da venti giorni e se non lo mettiamo in difficoltà con l'alloggio minaccia di restare a Corte per chissà quanto tempo ancora insieme alla sua masnada di servitori famelici. L'Ambasciatore dei Bulgari devo ancora capire che cosa è venuto a fare e che cosa vuole da noi oltre a farsi mantenere e a rimpinzarsi ai nostri banchetti, che sembra apprezzare con vero entusiasmo.»

«La nostra tavola e le nostre Dame di Corte mi sembra

che siano i suoi obiettivi preferiti» disse Teofane. «Se l'esercito bulgaro ottenesse in guerra le vittorie che il suo Ambasciatore ottiene con queste signore, sarebbe una rovina per l'Impero.»

«Sono dispiaciuto di vederti così spesso in compagnia di quelle Dame libertine e di quell'Ambasciatore barbaro.»

«Le mie attenzioni sono tutte per il Vescovo Liutprando. Nonostante l'età avanzata pare che sia un esperto intenditore della bellezza femminile.»

«Lo sai che ho avuto una giornata di grandi fatiche e irritazioni proprio per causa sua.»

«Chiami fatica la caccia all'onagro? Un tempo questo era per te un divertimento, come la caccia agli Arabi durante le campagne di guerra in Siria. Ma, se ho udito bene, il Vescovo si è rifiutato di levarsi il cappello in tua presenza.»

«Ha addotto come scusa la sua salute malferma e un dolore alla testa, ma in realtà intendeva mancarmi di rispetto. Alla fine gli ho consentito di tenere in testa un semplice fazzoletto annodato agli angoli come usano le lavandaie del Mar di Marmara.»

L'Imperatrice aveva posato lo sguardo su un paio di scarpe a forma di testa di serpente con quattro rubini che luccicavano come piccole braci al posto degli occhi. Le indicò con un gesto.

«Quelle.»

Niceforo prese le scarpe e le pose davanti a Teofane seduta, che vi infilò i piedi, poi si alzò e fece qualche passo avanti e indietro davanti a uno specchio.

«Sono proprio bella, a cominciare dai piedi fino in cima alla testa, ma il vero tesoro sta qui a metà.»

Teofane si toccò delicatamente il pube sporgente sotto la leggera tunica di seta e scoppiò in una secca risata.

«Stai offendendo Dio che ti ha donato queste grazie.»

«Dio è infinitamente buono, basta chiedergli perdono e l'offesa viene cancellata.»

«La bontà di Dio è infinita, ma la mia no.»

«Dio non ha bisogno del tuo consenso né della tua collaborazione.»

«Dio mi ha sempre aiutato quando mi sono trovato nella necessità di difendere la mia dignità.»

«Adesso ho capito perché lo preghi in ginocchio tutti i giorni.»

E qui Teofane fece un'altra risata voltando le spalle a Niceforo e ancheggiando sulle sue scarpette serpentine.

«Un tempo ho difeso i confini dell'Impero e sono riuscito a strappare nuove terre ai barbari. Da quando sono Imperatore riesco a difendermi dai cortigiani, dagli Ambasciatori impertinenti come questo Vescovo occidentale, ma provo molta pena a sopportare le beffe di cui sono oggetto quotidianamente da parte della mia consorte.»

«Tu non sei un Imperatore, sei un monaco che dorme su una pelle di asino selvatico avvolto in un vecchio saio. Come tale devi essere paziente, perdonare le offese, soffrire in silenzio, sacrificarti, rinunciare serenamente ai piaceri del letto e mortificare il tuo corpo già così mortificato nel suo aspetto sia per costituzione che per età. Quando siedi sul Trono forse puoi permetterti qualche arroganza, ma quando sei qui se ti chiedo di raccogliermi le scarpe e di mettermele ai piedi ti conviene assecondarmi graziosamente. Non devi dimenticare mai in nessun momento della tua giornata che sei riuscito a sederti sul Trono di Bisanzio solo perché io ti ho messo al corrente giorno per giorno dei piani di Giovanni Bringas, il più intelligente e il più astuto fra tutti i nemici che hai dovuto affrontare nella tua vita.»

La verità, si disse Niceforo prima di rispondere, ha

sempre due facce opposte. Aveva sentito dire da un vecchio sapiente del deserto che le facce della verità sono sette, ma la sua esperienza gli aveva insegnato che due sono sufficienti a chi sta dalla parte di Dio. Si rivolse a Teofane cercando di dominare la propria irritazione.

«Sai bene che Giovanni Bringas si sarebbe opposto ai tuoi disegni come si era opposto ai miei. Se lo hai tradito vuol dire che nemmeno tu lo consideravi un alleato.»

«Ti stai arrampicando sulle nuvole pur di non riconoscere i tuoi debiti verso di me. Ma dimentichi che io ero già dentro i Palazzi e vicina al Trono, mentre tu ne eri lontano, fuori dai Palazzi.»

«Avevo la tua alleanza, è vero, ma avevo dalla mia parte anche Dio, mentre tutti sanno che Bringas si raccomandava a Satana contravvenendo al primo dei nostri Comandamenti.»

«Bringas non aveva bisogno di raccomandarsi a nessuno, era un uomo intelligente e astuto. Non mi risulta che l'astuzia sia un peccato se molti sapienti la attribuiscono anche a Dio.»

«Non bestemmiare. Sono gli Arabi infedeli che annoverano fra gli attributi del loro Dio anche l'astuzia. Stai confondendo il Dio dei Mussulmani con il nostro.»

Teofane, in preda alle furie per il rimprovero, si levò una delle sue scarpette e la lanciò contro Niceforo, il quale fece in tempo a tirarsi da parte e a scansarla. Poi alzò le mani in segno di pace.

«Non vogliamo smettere queste inutili dispute sul passato? C'è qualcuno che mi aspetta e se proprio vuoi continuare questa sgradevole conversazione avremo tempo di riprenderla più tardi.»

Così dicendo Niceforo si avviò verso la porta per incontrare il fratello Kuropalata mentre Teofane prendeva a calci le scarpe allineate lungo la parete.

20

L'Imperatore accolse il fratello Leone con uno sguardo che esprimeva non più l'ira per il grave incidente della formula trafugata, ma una tristezza disarmante, un malumore profondo.

«Una seconda visita in così breve spazio di tempo mi fa pensare che ci siano delle novità» esordì Niceforo.

Il Kuropalata si accorse subito che era stato precipitoso e che meglio avrebbe fatto a prepararsi prima di affrontare il fratello.

«Ho pensato di tenervi al corrente di tutto quello che succede intorno al furto della pergamena. Credo che questo sia il mio dovere, ma non so se volete degnarvi di ascoltarmi o se preferite rimandare il colloquio a un altro momento. I fatti sono brevi e il tempo è per definizione infinito.»

«Non mi sembra il momento adatto per fare della sciocca filosofia. Il tempo è infinito, ma non quello che abbiamo a nostra disposizione, purtroppo. Solo Dio è padrone del tempo, ma ce lo elargisce con giusta parsimonia. Veniamo dunque ai fatti.»

«Come sapete è fallito l'interrogatorio che l'Eparco avrebbe dovuto fare a Nimio Niceta. È successo che il Cancelliere si è dato alla fuga quando si è trattato di leggere la pergamena, ed è noto che un interrogatorio che non avvenga in presenza di un Cancelliere che lo registra non è valido.»

«E allora?»

«Un secondo interrogatorio non ha potuto aver luogo perché questa volta è l'Eparco che si rifiuta di eseguirlo, sapendo quale sarebbe la sua fine se dovesse assistere alla lettura della formula segreta.»

«Ricorderete che da principio ho manifestato qualche dubbio sulla opportunità di eliminare sia l'Eparco Giorgio Mesarite che l'Eteriarca Niceta e che alla fine ho ceduto ai vostri suggerimenti più per stanchezza che per convinzione. Ma ora che il vostro progetto sembra fallito che cosa pensate di fare?»

«Niceta è in prigione, ma l'Eparco si aggira in libertà nei Palazzi e, dopo quell'episodio, raddoppierà le sue trame. Sono venuto apposta per chiedere il vostro augusto consiglio.»

Niceforo sembrava seguire altri pensieri.

«Dov'è la pergamena?»

«L'ho lasciata nei miei appartamenti.»

«È stata una grave imprudenza: voi sapete che i Palazzi nascondono traditori di ogni specie e che comunque l'occasione fa l'uomo traditore. Sapete anche che la vostra vita è legata a quella pergamena. Mi meraviglio che vi siate mosso nei corridoi dei Palazzi senza quel documento il cui possesso garantisce che la vostra testa rimanga attaccata al vostro collo.»

Le parole dell'Imperatore fecero sbiancare in volto il Kuropalata che non poteva confessare di essere stato derubato della pergamena, e che ora si trovava esposto a tutti i rischi a causa di quel furto. La durezza del rimprovero lo aveva gravemente preoccupato e se fino a qualche momento prima gli era parso del tutto improbabile che Niceforo fosse a conoscenza della scomparsa della pergamena, ora si trovava a dover rinnovare tutti i suoi pensieri. E prima di ogni altra cosa doveva riconoscere che le spie dentro i Palazzi avevano occhi e mani in ogni luogo: la verità è spesso banale, ma non per questo è meno vera. Dopo l'incontro con l'Eparco, che si era mostrato del tutto ignaro del furto, si vedeva costretto a fare l'ipotesi più grave: che fosse stato Niceforo stesso a fargli sottrarre la pergamena quando aveva avuto la leggerezza di scendere nel cortile a raccogliere il cadavere del gattino. Ma perché avrebbe dovuto farlo? Che Niceforo volesse disfarsi di lui? No, questo non aveva senso. Il Kuropalata passò rapidamente al vaglio della memoria i suoi rapporti con il fratello negli ultimi tempi, e nemmeno un sospetto affiorò dal ricordo, nessuno screzio che potesse giustificare qualche segreto disegno contro di lui.

«Se mi concedete la licenza di allontanarmi» disse il Kuropalata «ritornerò subito nei miei appartamenti per riprendere possesso della pergamena.»

«Mi sembra una idea sensata dopo questo colloquio insensato. Potete andare.»

Il Kuropalata fece al fratello Imperatore l'inchino rituale, arretrò di qualche passo, poi prese la porta e si allontanò in fretta verso le sue stanze.

21

Da qualche tempo si mormorava nei corridoi dei Palazzi che Teofane tramasse in gran segreto per disfarsi del rozzo e sgraziato Niceforo ora che aveva ottenuto con il matrimonio il titolo di Imperatrice. Ma chi avrebbe sostituito Niceforo? La domanda non aveva ancora trovato una risposta, o meglio ne aveva trovate fin troppe, così i sospetti interessati cadevano sull'uno o sull'altro presunto pretendente in un vortice di pettegolezzi.

Che lo stesso Niceforo sospettasse qualche trama ai suoi danni lo si capiva dalla vita ritirata e guardinga e dalle sortite ufficiali dai Palazzi, sempre più rare, sempre decise all'improvviso, ma anche dai suoi passaggi in incognito sotto i più stravaganti e umili travestimenti. In città c'era sempre qualcuno che giurava di averlo riconosciuto sotto i vestiti cenciosi di un mendicante aggirarsi di notte nelle stradine del porto, altri pretendevano di averlo visto con il volto imbrattato di morchia e la schiena curva scaricare le ceste di pesce salato dalle navi in arrivo da Cartagine o dai porti dell'Egeo.

Il Kuropalata sapeva di avere offeso in varie occasioni la vanità di Teofane e una volta addirittura davanti a tutta la Corte durante quel banchetto aristotelico. E lei si era sempre mostrata diffidente nei suoi riguardi, ne evitava la persona e quando questo non era possibile ne evitava lo sguardo. Non era gradita a Teofane la sua presenza nelle vicinanze del Trono e ancora meno quei suoi passaggi improvvisi nelle stanze di Niceforo, quei suoi dialoghi segreti con il fratello, quei suoi sguardi indagatori che la obbligavano a fastidiose prudenze nelle sue avventure di alcova e nelle sue trame senza fine. Teofane non poteva ignorare che Leone Kuropalata aveva l'appoggio della Burocrazia Palatina e delle truppe mercenarie da quando era stato imprigionato il loro Comandante Nimio Niceta senza che venisse nominato un successore. Una decisione questa che sicuramente l'aveva insospettita e allarmata.

Teofane disponeva di eunuchi fedelissimi e crudeli che facilmente potevano sorvegliare ogni mossa del Kuropalata e che probabilmente gli avevano sottratto la pergamena durante quella breve assenza. Egli sapeva da sempre che all'interno dei Palazzi tutti sospettavano di tutti e tutti sorvegliavano o facevano sorvegliare non soltanto gli avversari, ma anche e soprattutto gli alleati perché era proprio per mezzo delle finte alleanze che gli uomini più astuti ordivano le congiure o si preparavano la strada per l'occupazione delle stanze alte della Dafnè. In realtà il Kuropalata sapeva di poter contare sulla Burocrazia fintanto che il vento gli era favorevole, ma sapeva anche che al primo soffio contrario lo avrebbero tradito proprio i funzionari che lui aveva promosso. La gratitudine è un sentimento che umilia gli uomini mediocri. Se ti senti in pericolo, si diceva nei Palazzi, cerca fra quelli che hai beneficiato e troverai il traditore.

Il Kuropalata riprese a camminare verso il suo appartamento con una idea che gli turbinava nella mente ad ogni passo. Che Teofane intendesse servirsi addirittura di Niceforo suo fratello per mettere in atto il suo piano? Poteva apparire una idea folle e assurda, ma è sempre stato un gioco di estrema abilità cortigiana quello di nascondere la verità facendola coincidere con l'assurdo e l'inverosimile. Perché l'Imperatore Niceforo gli aveva chiesto dove aveva messo la pergamena? Perché aveva concentrato la sua attenzione sulla pergamena affidata al fratello e non su quella scomparsa dopo l'uccisione del Maestro delle Polveri? Lo strano atteggiamento di Niceforo aveva indotto il Kuropalata a pensare che tutto questo gli fosse suggerito da qualcuno. E da chi se non da Teofane?

Il Kuropalata prese una decisione che in quel momento gli sembrava l'unica che potesse creare una sosta negli avvenimenti e perciò la meno rischiosa: si sarebbe chiuso nei suoi appartamenti e non avrebbe fatto nulla, assolutamente nulla, aspettando gli eventi. Avrebbe agito soltanto se si fosse trovato nella necessità di agire, sarebbe uscito dagli appartamenti solo se si fosse trovato nella necessità di uscire e avrebbe parlato della pergamena o di altro solo se lo avessero costretto. Nella situazione in cui si era trovato a causa di quel furto l'unica cosa che poteva desiderare era di nascondersi, non vedere nessuno, non parlare con nessuno, e aspettare. Non sapeva nemmeno lui che cosa avrebbe dovuto aspettare e che cosa desiderare se non la dimenticanza di tutto. Chiamò il suo Primo Segretario di Camera e gli diede le sue disposizioni.

«Io sono assente per tutti e tu non saprai dare informazioni sul luogo dove mi trovo. Gli uffici dei Palazzi sono centinaia e io sarò in uno di questi uffici, tu non saprai in quale. Terrai chiusa a chiave la porta della mia stanza dove rimarrò per i giorni che riterrò necessari. Avrò comunicazione solo con te, per sapere chi mi ha cercato, che cosa succede nei Palazzi e che cosa succede fuori dai Palazzi. È un momento difficile per ragioni che non posso spiegarti ma che tu, con il fiuto che ti distingue, forse hai già capito.»

«La situazione non mi è proprio chiara, ma capisco che la scomparsa della pergamena deve avere creato qualche difficoltà nei vostri rapporti con l'Imperatore.»

«Tu non hai idea di chi può averla rubata?»

«Come vi ho detto nessuno è entrato dalla porta quando voi siete sceso nel cortile. Ma qualcuno potrebbe essere passato dalla finestra calandosi dalle terrazze. Mi avete sconsigliato di indagare e io non ho indagato, perciò la mia è soltanto una supposizione, però fra tutte è l'unica possibile.»

«È stata una mia leggerezza, ma la pergamena è come il fuoco e chi la possiede non può che rimanerne scottato. Vedremo dalle scottature chi me l'ha sottratta. Tu guardati intorno, ma senza chiedere nulla e senza rivelare a nessuno il furto. Nessuno ne è al corrente, nemmeno l'Imperatore, perciò se qualcuno mostra di esserne informato, quello è il ladro. Per ora ne sei informato solo tu.»

«Ma questo smentisce la vostra affermazione perché io non sono il ladro.»

«Mi rendo conto che questa malattia bizantina del ragionare per sofismi è diventata un contagio. Fino a poco fa credevo che almeno tu ne fossi indenne, e invece mi sbagliavo.»

«Era soltanto un modo per dirvi che non ho rubato quella pergamena.»

«Lo voglio sperare anch'io.»

«Ora posso andare?»

«Che premura hai di andartene?»

«Pensavo che la mia presenza non vi fosse utile.»

«C'è un'ultima cosa. Io prenderò i miei pasti qui in questa stanza e perciò provvederai tu stesso a portarmi il necessario che, come tu sai, è assai poca cosa. Ma oltre ai pasti vorrei tenere qui, per estrema cautela, venti semi di ricino. Li prenderai nel giardino, nella aiuola in mezzo al cortile dove ho seppellito il gattino. Coglierai i più maturi che potrai riconoscere dai baccelli aperti.»

«Voi sapete che quei semi sono velenosissimi e che ne bastano dieci per procurare la morte a una persona?»

«Lo so bene ed è proprio per questo che prudentemente vorrei averli a mia disposizione.»

«Se insistete nel vostro proposito provvederò subito.»

«Ogni volta che esci dovrai chiudermi in questa stanza. E conserverai con cura le due chiavi delle due serrature in modo che nessun altro al di fuori di te possa entrare.»

Il Primo Segretario di Camera fece un cenno affermativo e uscì chiudendo la porta con le due serrature.

Il Kuropalata lasciò che il Primo Segretario si allontanasse, contò i suoi passi che risuonavano nel corridoio, contò mentalmente i sessantaquattro gradini delle due rampe di scale e poi si avvicinò alla finestra e guardò verso il basso sporgendosi solo quel tanto che gli consentiva di vedere senza essere visto. Il Primo Segretario comparve puntuale nel cortile e il Kuropalata lo osservò con attenzione mentre si avviava senza esitazione verso l'aiuola dove era sepolto il corpo del gattino. Come mai tanta sicurezza? Eppure le aiuole al centro del cortile erano sei, tutte uguali. Il Segretario raccolse le capsule contenenti i semi di ricino e poi si avviò verso l'arco delle scale.

Che cosa significava tutto questo? Il Kuropalata si disse che probabilmente il Primo Segretario aveva assistito alla sepoltura del gattino per essere così sicuro. E da dove poteva aver assistito a quella penosa operazione se non dalla finestra della sua stanza che guardava nel cortile? Questo voleva dire che mentre il Kuropalata seppelliva quella povera bestiola il Primo Segretario era entrato lì dove lui sbadatamente aveva lasciato la pergamena sigillata.

Questo semplice ragionamento era bastato per gettare nello sgomento il Kuropalata. Dunque i nemici stavano lì vicino a lui, dentro il suo stesso appartamento, godevano della sua totale fiducia, possedevano le chiavi della sua stanza, potevano entrare e uscire a loro piacimento, disponevano in una parola della sua vita.

Quando sentì la prima chiave girare dentro la serratura, il Kuropalata si allontanò dalla finestra e andò a sedersi su una seggiola in un angolo della stanza. Gli tremavano le mani e le ginocchia. Con la manica della tunica si asciugò il sudore freddo che gli scendeva dalla fronte.

22

Quando nei Palazzi si sparse la notizia che il Kuropalata era precipitato dall'alto del suo appartamento ed era morto sfracellato sul selciato del cortile, fu il Protovestiario del Gineceo che si prese l'incarico, prima ancora di scendere nel cortile, di informare Teofane. Nella sua qualità di eunuco aveva accesso anche alle stanze private della Imperatrice.

«Sono portatore di una truce notizia, mia Sovrana. Mi dicono che Leone Foca Kuropalata è precipitato nel cortile e ha reso l'anima a Dio. Non si sa se è stato precipitato o se si è precipitato lui stesso, ma la sostanza dei fatti non cambia.»

«La notizia non mi sorprende» disse Teofane. «Già ero stata informata dal suo Primo Segretario di Camera che il Kuropalata Leone aveva chiesto venti semi di ricino, sicuramente con l'intenzione di togliersi la vita. Che abbia preferito precipitarsi dalla finestra è una scelta personale sulla quale ogni commento è superfluo. Occupatevi ora di recuperare la pergamena con la formula segreta del fuoco greco che gli era stata consegnata dall'Eparco.»

«Avrò cura di prendere con me due testimoni autorevoli affinché non si dica che ho preso visione della formula segreta nel caso che manchino i sigilli.»

«Vedo che l'astuzia non vi manca. È una qualità che apprezzo negli amici e che temo nei nemici.»

«Mi auguro che Vostra Altezza voglia benevolmente considerarmi nel numero degli amici.»

«Se non avessi fiducia in voi non vi avrei incaricato di recuperare la pergamena. Dovrebbe essere un segno sufficiente della mia benevolenza nei vostri confronti.»

«Salute e gloria per cento anni a Vostra Altezza Imperiale.»

Il Protovestiario pronunciò il suo saluto con trepidazione, cercando di mettere nelle parole tutto il sentimento di devozione che sperava potesse arrivare all'animo di ghiaccio della temibile Teofane. La quale rimase impassibile e lo congedò con un gesto leggero della mano.

Le Guardie che raccolsero e ricomposero pietosamente il corpo lacerato giù nel cortile si resero conto subito che non si trattava del Kuropalata, come era stato annunciato frettolosamente lungo tutti i corridoi dei Palazzi, ma di quello del suo Primo Segretario di Camera. Le due guardie che avevano visto un uomo precipitare dalla finestra dell'appartamento del Kuropalata avevano pensato subito che si trattasse di lui. Del resto chi poteva lanciarsi dal suo appartamento se non lui stesso? Così era corsa subito la voce e il Protovestiario del Gineceo si era affrettato a dare la notizia a Teofane. La quale l'aveva accolta con naturalezza, come se fosse prevista e quasi attesa.

Il Kuropalata, dopo il fatto, era rimasto chiuso a chiave nella sua stanza e si era rifiutato di ricevere visite. Chi aveva bussato alla sua porta aveva ricevuto un secco rifiuto. Il Protovestiario del Gineceo, dopo la prima informazione sbagliata, aveva raccolto altre notizie dai suoi informatori, i quali avevano riferito che probabilmente c'era stata una colluttazione fra il Primo Segretario di Camera e il Kuropalata e che quest'ultimo era riuscito a difendersi e a passare da defenestrato a defenestratore.

Quando Teofane venne a sapere da uno dei suoi eunuchi che non si trattava del Kuropalata ma del suo Primo Segretario, non seppe trattenere la sua irritazione. Aveva subito chiamato il Protovestiario del Gineceo per avere la conferma dei fatti.

«Mi avete dato una notizia falsa. Dunque che cosa avete da dirmi sulla morte del Primo Segretario al posto del Kuropalata? Quali sono le vostre spiegazioni?»

«Un accidente imprevedibile che si direbbe architettato dagli spiriti maligni, mia Signora e Imperatrice. Non sappiamo esattamente che cosa sia successo dentro la camera del Kuropalata e costui si rifiuta di aprire la porta e di parlare con chicchessia. I servitori che gli portano il cibo dicono che quasi non si nutre e che si trova in uno stato di prostrazione tale che quasi non è in grado di esprimersi.»

«Tutto questo può essere falso come era falsa l'informazione che mi avete dato in precedenza. Lasciate perdere gli spiriti maligni che evocate ogni volta che vi trovate in difficoltà e ditemi perché dovrei dare credito alle vostre parole, che del resto non rispondono alla mia richiesta di spiegazioni.»

«Nel rivolgermi a Vostra Altezza Imperiale nella mia qualità di umile servitore, ho sempre preferito il criterio della parola a quello della reticenza. Nei Palazzi soggiornano numerosi Silenziari, ma io non sono di quelli. Io vi propongo spesso delle incertezze, delle voci raccolte nei corridoi, delle supposizioni. Ci può essere nelle mie parole una parte di vero e una parte di falso, ma io confido nell'alto discernimento della Vostra Augusta Maestà.»

«Non avete ancora risposto alla mia domanda. Sono curiosa di sapere che cosa è successo dentro gli appartamenti del Kuropalata e se qualcuno lo ha aiutato nella sua impresa. Le altre chiacchiere in questo momento sono del tutto inopportune.»

«Non mi risulta che ci fossero altre persone nella stanza. Si suppone che il Primo Segretario abbia tentato di spingere fuori dalla finestra il Kuropalata, e questo» aggiunse con malizia il Protovestiario «è quanto ci si doveva aspettare conoscendo le persone e le loro intenzioni come le conosciamo noi. Pare che non si siano sentiti rumori di lotta o grida dalla stanza, con il risultato sorprendente che dalla finestra è volato giù il Primo Segretario di Camera e non il Kuropalata.»

«Non è strano tutto questo?»

«È assai strano, soprattutto se si tiene conto che il Kuropalata è un uomo fragile fisicamente, anche se è assai energico di animo e di volontà, e il Primo Segretario era fiacco di animo ma energico di fisico. Evidentemente qualche volta la volontà prevale sulla forza fisica, non saprei dare altra spiegazione.»

«Più che energico di animo il Kuropalata mi sembra un uomo infido e arrogante, ma non importa se le vostre opinioni non concordano con le mie. È successo qualcosa che mi ha molto sorpresa e contrariata e ora vorrei sapere quali voci avete raccolto su questo fatto.»

«Nessuno piange, mia Augusta Signora.»

«Che altro?»

Il Protovestiario si sentì di nuovo investito del suo ruolo di informatore.

«Qualcuno mormora che il Primo Segretario di Camera, prima di entrare negli appartamenti del Kuropalata Leone, abbia fatto visita proprio alla vostra Augusta Persona.»

«Chi racconta questa infamia?»

«Mi avete dispensato una volta per sempre dal riferire la fonte delle dicerie che circolano nei Palazzi. Spesso sono delle semplici guardie, altre volte sono Servitori di Camera, altre ancora sono le Dame di Corte o addirittura i severi Silenziari e in qualche caso ho avuto informazioni involontarie da illustri ospiti stranieri. Se mi costringete a fare i nomi dei miei informatori non avrete più notizie per molto tempo, non per mia cattiva disposizione ma per inaridimento delle fonti come è successo l'unica volta che ho avuto il torto di infrangere il segreto. Ricordo che un giorno ebbi la debolezza di rivelare il nome di un monaco che mi aveva raccontato con eccesso di particolari, probabilmente falsi, una vostra partita di caccia in compagnia dell'Ambasciatore bulgaro che ha una gran fama di seduttore. Ebbene, dopo breve tempo il monaco scomparve per sempre, colpito dalla mano terribile di Dio che punisce i calunniatori. Non vorrei ora che la stessa mano colpisse altri miei informatori, mia Augusta Signora e Padrona.»

Teofane rimase muta per lunghi istanti. Finalmente parlò facendo sibilare la lingua come una frusta.

«Voi smentirete con tutte le vostre arti di persuasione la diceria che il Primo Segretario del Kuropalata mi abbia fatto visita prima di entrare nell'appartamento del suo Signore per uscirne poco dopo a testa in giù dalla finestra. L'interessato non potrà contraddirvi dalla tomba.»

«Cercherò di smentire quelle voci maligne.»

«Cercherete di smentire? No, smentirete!»

«Smentirò senz'altro quelle voci, mia Augusta Padrona.»

Il Protovestiario fece un inchino e fuggì letteralmente dalla stanza della Imperatrice Teofane.

23

Il Kuropalata Leone Foca venne svegliato nel mezzo della notte da un rumore improvviso nella stanza accanto alla sua. Si alzò in piedi di scatto appoggiandosi con le mani ai braccioli della poltrona dove si era addormentato la sera precedente, e rimase immobile in ascolto. Non si sentiva più nessun rumore, tutto sembrava tranquillo, ma tranquillo non era il suo animo. Si lasciò scivolare di nuovo sulla poltrona davanti alla finestra e rimase immobile, con gli occhi aperti, per capire se il rumore che aveva sentito era reale o faceva parte del sogno che aveva turbato il sonno di quella notte. Quel sogno angoscioso non si era dissolto nel risveglio ma gli era rimasto nella memoria con insolita chiarezza: l'Imperatrice Teofane gli era apparsa seduta sul Trono tutta avvolta in un vestito di squame argentate, con la testa piatta e terribile di serpente. Invano il Kuropalata si era sforzato di interpretare i sibili di Teofane che si agitava irata sul Trono rivolgendosi a lui prosternato ai suoi piedi e immobilizzato dalla paura.

Un risveglio improvviso lo aveva liberato dall'incubo, ma non era riuscito ancora a riprendere coscienza del presente, quando la porta si spalancò di colpo. Entrarono due gendarmi armati che lo afferrarono per le braccia, gli ficcarono in bocca uno straccio imbevuto di una sostanza soporifera e lo portarono di peso fuori dalla stanza.

Il Kuropalata si era risvegliato in un locale sconosciuto, senza finestre e con i muri muffiti per l'umidità. Era una delle tante celle dislocate nei sotterranei dei Palazzi dove venivano condotti i prigionieri per le torture o addirittura quelli destinati a morte. Si trovò seduto su una panca, legato per i polsi, mentre due eunuchi, di cui scorgeva appena i volti nella penombra, gli finivano la tonsura con le forbici e il rasoio. I suoi ignoti nemici lo avevano dunque destinato a qualche lontano monastero. Provò a fare qualche domanda ai due eunuchi, ma questi mossero le labbra, poi aprirono ambedue la bocca per mostrare un informe mozzicone che era rimasto al posto della lingua. Erano due Lingue Tagliate come c'era da aspettarsi. Uno dei due fece un segno con la mano per indicare un luogo molto lontano e poi un altro segno per indicare le onde del mare. Lo avrebbero dunque spedito su un'isola, una delle tante isole del Mediterraneo dove i monasteri, vere e proprie fortezze che dominavano vasti tratti di mare, fungevano da avamposti dell'Impero, oppure nel Delta alessandrino dove il monastero della Metanoia era sempre disposto ad accogliere i puniti di alto rango. Il Kuropalata elencava nella sua mente un rosario di nomi di luoghi lontani, severi e solitari, dove il ronzio delle preghiere e il rumore delle onde marine erano l'unica compagnia nelle lunghe notti fino a quando i gridi rauchi dei gabbiani annunciavano l'alba, e dove le giornate si allungavano all'infinito perché nulla mai accadeva sotto il sole. Là, in quei fabbricati solitari e austeri che da giovane aveva visitato a uno a uno in qualità di messo imperiale incaricato di riscuotere i balzelli che i pescatori pagavano ai monaci per attraccare le loro imbarcazioni negli angusti porticcioli, avrebbe dunque passato la rimanente vita umiliato dal saio e dalla tonsura.

Il ricordo di quel lontano viaggio era ancora ben presente nella memoria del Kuropalata: le povere mense con pesce salato e pane secco da ammorbidire nell'acqua, i letti con le lenzuola di canapa grezza, le lunghe ore di preghiera alle quali non poteva sottrarsi, le visite ai reliquiari e poi quelle assai meno deprimenti alle cantine, all'orto, al giardino dei fiori, alla biblioteca dove lavoravano i copisti. E infine le ore serali passate negli uffici del Casisticario a conteggiare le somme da riscuotere, un esercizio che aveva come scopo la sua preparazione agli Uffici Amministrativi cui lo destinavano il censo e il nome. Ma quei viaggi di penitenza avevano sortito come risultato una penosa insofferenza per la contabilità e una nuova e acuta percezione delle miserie prodotte dalla solitudine. Negli interminabili giorni che dedicava alla ispezione di ogni monastero si era abituato a riconoscere attraverso segni sottili, un gesto un ammiccamento una parola, sia le tensioni segrete che i segreti furori, ma anche gli amori proibiti che si consumavano tra quegli uomini reclusi, perché i monaci erano pur sempre degli uomini anche se la vita nella comunità ne stravolgeva il carattere e i sentimenti. Pregare e tremare sembrava la parola d'ordine in un monastero situato sulle pendici del Monte Olimpo dove si era fermato una settimana, e dove giorno per giorno era stato avvicinato confidenzialmente dai monaci che gli esponevano i loro turbamenti, la loro dissimulata ansia di primeggiare, le ingiustizie che dovevano subire, i propositi velati di vendetta e sempre, ossessivo, il desiderio di fuggire. Si era accorto che tutti sognavano la fuga da quei luoghi come se fossero gli avamposti dell'inferno. In qualunque terra di sofferenza si sarebbero rifugiati quei monaci, pur di allontanarsi da quella reclusione disperata, pur di non vedere mai più davanti agli occhi le facce dei loro compagni. E ogni volta che un monaco moriva era una gioia comune, trattenuta a stento fino a quando trovava sfogo nei canti altissimi della cerimonia funebre e delle preghiere. Poi l'arrivo del sostituto, guardato con speranza e con diffidenza, con gelosie immediate o con il cieco furore contro tutti che viene dalla lunga solitudine. Solo una volta Leone aveva avuto l'opportunità di incontrare un ex Domestico delle Scolae al quale erano stati imposti per punizione il saio e la tonsura. I monaci avevano raccontato al giovane Leone Foca che l'ex Domestico era stato punito per aver applicato troppo alla lettera l'etichetta imperiale che imponeva ai cortigiani di non toccare mai l'Imperatore con le mani. Quando Romano II Lecapeno, durante una battuta di caccia al cinghiale sui Monti Rodopi in Tracia, era caduto da cavallo ed era finito dentro una pozza di fango, il Domestico non lo aveva aiutato a sollevarsi per non toccarlo con le mani. Così l'Imperatore, infangato e dolorante, si era dibattuto a lungo dentro quella pozza senza riuscire a rimettersi in piedi, fino a quando era intervenuto a sollevarlo un altro compagno di caccia. Quel povero monaco portava in volto tutti i segni dello sconforto, accentuati dal lungo soggiorno in quel luogo di pena che gli aveva sì risparmiato una condanna all'accecamento, ma lo aveva destinato a una inerte sopravvivenza per tutto il resto dei suoi giorni. A che gli era valso sfuggire alla cecità se quell'esilio era assai peggio del buio degli occhi? Sciagurata la vita di quei monaci, qualunque fossero le loro mansioni e il loro grado, vittime di una condanna o, peggio ancora, di una lontana e spesso incerta vocazione, e ora inariditi nei sentimenti, ridotti a spremere bacche per ricavarne liquori e medicinali o a conteggiare i tributi riscossi per conto dell'Imperatore lontano e invisibile. Smettono di litigare solo per cominciare a bere e smettono di bere solo per riprendere a litigare, aveva detto di loro il Santo Cosma che conosceva per esperienza tutti i segreti della vita monastica.

Al suo ritorno nella Capitale, Leone aveva giurato in cuor suo di non avvicinarsi mai più a quei luoghi disperati, di rifugiarsi per sempre nei Palazzi Imperiali e di cercarsi una occupazione che non lo obbligasse a quelle visite e a quei soggiorni conturbanti. Da allora non aveva più avuto rapporti con i lontani monasteri e aveva perfino evitato, per quanto gli era stato possibile, di incontrare i monaci che venivano a Costantinopoli per fare i rapporti annuali al Sacellario e per riferire sulle situazioni di confine.

E ora stava per diventare uno di loro. Quando i due eunuchi ebbero finito la tonsura, presero da una cassetta una pesante tonaca di panno scuro e cominciarono a spogliarlo con mano lesta e leggera della sua tunica di Kuropalata e, quando fu completamente nudo, gli infilarono dalla testa l'abito monacale. Si domandò in quella occasione il Kuropalata se i monaci, quelli che avevano fatto la loro scelta nel nome di Dio e dei Santi, fossero tutti nudi sotto le tonache. La sua esperienza giovanile di messo imperiale non gli diceva nulla in proposito, ma sapeva che tutto era possibile in quelle zone lontane di turbamenti e calori mediterranei.

Quando si trovò in viaggio al buio su un carro tirato da una coppia di buoi, seduto di fronte a due monaci di poche parole, il Kuropalata, nominato per ora come monaco Leone ma già rassegnato a cambiare quel nome troppo fiero, si domandò se la decisione di mandarlo in esilio fosse dovuta soltanto a Teofane, se l'Imperatore suo fratello l'avesse subita passivamente o se invece l'iniziativa fosse partita proprio da lui. Con certezza sapeva che da quel momento le comunicazioni con la Capitale e con l'Imperatore sarebbero diventate molto difficili qualunque fosse il monastero cui lo avevano destinato, e si domandò se quel lento veicolo di terra non significasse che la meta era collocata piuttosto nei deserti della Siria o della Pannonia invece che su un'isola come gli aveva comunicato a gesti uno dei due tonsori. Si disse che preferiva il deserto al mare. Non aveva mai amato il mare e ogni volta che aveva dovuto viaggiare su una nave si era sentito in balia di pericoli ignoti dai quali non riusciva a immaginare nessuna possibilità di difesa, lui che non aveva mai imparato a nuotare nemmeno nelle piscine dei Palazzi.

Il tendone a botte che ricopriva il carro sbatteva rumorosamente. La campagna intorno alla Capitale era percorsa da quei venti misteriosi che i Greci chiamavano Venti Assassini perché la loro furia improvvisa aveva più di una volta scoperchiato le case e divelto gli alberi, e si raccontava che durante una guerra contro i Bulgari avesse mutato al peggio la sorte di una battaglia spaventando i cavalli, gettando polvere negli occhi dei soldati bizantini e rovesciando i loro carriaggi carichi di vettovaglie. Preoccupato domandò al monaco se per caso fosse in arrivo una bufera.

Il monaco più anziano guardò Leone con sospetto come se avesse detto qualcosa di blasfemo.

«Dio è Onnipotente» disse.

«Questo lo so, ma io ho domandato se per caso sta arrivando una bufera. Queste ventate improvvise e le folgori che solcano il cielo minacciano il nostro viaggio e forse ne allontanano la meta. Non siete preoccupati?»

«Ho già detto, fratello, che Dio è Onnipotente.»

Il monaco abbassò lo sguardo manifestando chiaramente che non intendeva proseguire la conversazione profana.

Dopo qualche ora di viaggio Leone Foca aveva sete e fame, oltre che paura della bufera in arrivo, ma non osava manifestare i suoi desideri materiali a quei due monaci così severi e perduti nella loro ipocrisia metafisica. Lo sapeva anche lui che Dio è Onnipotente, ma se avesse deciso di scatenare una bufera e rovesciare il loro carro? E se avesse voluto manifestare la sua Onnipotenza mandando una folgore per bruciarli insieme al carro e ai buoi? Non gli bastava ricordare l'Onnipotenza di Dio, avrebbe preferito avere qualche ragguaglio sulle sue intenzioni. Naturalmente sapeva che non avrebbe ottenuto una sola parola di conforto dai suoi due compagni di viaggio e dovette rassegnarsi a meditare per conto proprio, nel segreto dell'animo, sulle intenzioni di Dio, le prospettive del Cielo, gli accidenti della terra e le precarie condizioni di quel carro sbattuto dai venti.

«La vita monastica dovrebbe essere una scelta e non una punizione» azzardò improvvisamente per saggiare l'umore dei due monaci di fronte a una provocazione diretta.

«Qualche volta è una scelta e qualche volta è un premio, quando si offre a un peccatore la possibilità di redimersi.»

«E se il peccatore presunto non ha coscienza del proprio peccato? Come può redimersi da un peccato che non conosce e che non sa nemmeno di avere commesso?»

«Ciò che conta è la redenzione, non il peccato.»

«Ma la redenzione presume un peccato, o una colpa.»

«È una giusta presunzione. Chi è senza peccati? Chi è senza colpe?»

«Già, lo dice anche San Paolo che tutto è peccato. È peccato mangiare, bere, dormire, amare una donna o un uomo, è peccato sbadigliare, tutto è peccato. Perciò tutti gli uomini hanno necessità di redimersi e di conseguenza tutti dovrebbero farsi monaci.»

Il monaco anziano guardò stupito Leone Foca socchiudendo gli occhi per capire meglio che cosa intendesse con questo sillogismo sulla prospettiva di un monachesimo universale. Ma Leone non volle affrontare il suo sguardo e scostò il lembo di tela del finestrino per guardare fuori la campagna arida e ancora battuta dal vento che sollevava, con folate improvvise, palle di sterpi secchi che correvano nella notte come branchi di animali selvaggi.

24

Quando l'Eparco Giorgio Mesarite venne a sapere che al Kuropalata era stato imposto il saio monacale ed era stato spedito in esilio in un lontano monastero della Siria, pensò che Dio e tutti i Santi del Paradiso erano venuti in suo soccorso. Il più accanito artefice delle sue disgrazie era dunque caduto in disgrazia a sua volta ed estromesso dalla Corte senza che il fratello Niceforo intervenisse a salvarlo. Per quanto questi avvenimenti risultassero del tutto incomprensibili alla sua mente, avevano procurato all'Eparco un notevole sollievo. Quando poi il Maestro delle Cerimonie, qualche giorno dopo l'estromissione del Kuropalata, venne a bussare al suo appartamento per portargli l'invito alla festa dei Brumali che si teneva a Corte ogni anno con grande sfarzo, l'Eparco pensò che la sua situazione si era misteriosamente capovolta e che poteva per l'occasione indossare la toga di lino e la spada dell'uniforme, cui aveva volontariamente rinunciato per sfuggire alla trappola che gli aveva teso il Kuropalata per mezzo di quella maledetta pergamena del fuoco greco.

La sera l'Eparco si recò con qualche trepidazione nella Sala del Triconco, prima di entrare accese il cero che gli aveva messo in mano il Ministro del Sakellion, e fino a tarda notte ballò reggendo il cero acceso in mezzo agli altri Dignitari che come lui si esibivano nel ballo rituale secondo una antica tradizione pagana in onore di Dioniso, sopravvissuta nella nuova Capitale del Cristianesimo. La festa dei Brumali si celebrava non soltanto all'interno dei Palazzi Imperiali ma anche in tutte le strade della Capitale con grandi schiamazzi, canti profani e pazze ubriacature.

L'Eparco era stanco e affaticato nelle gambe, ma ballò fino a tarda notte per non mostrare l'imbarazzo della disavventura che gli era capitata nei giorni precedenti e che sicuramente si era risaputa a Corte. Dovette notare tuttavia con sgomento che, a differenza degli altri anni, per tutta la sera l'Imperatore e l'Imperatrice mai avevano diretto lo sguardo alla sua persona. L'Eparco notò che anche gli altri Dignitari evitavano di guardarlo e in qualche caso fingevano addirittura di non vederlo come se fosse trasparente.

Quando era rientrato nel suo appartamento gli era parso che il suo corpo non gli appartenesse più, si toccò le gambe e il volto, si tolse la toga di lino e gli parve che i leoncini ricamati sul petto avessero più vita delle sue membra affaticate. Dopo quella serata si sentiva ridotto allo stato di fantasma e continuò a toccarsi fino a quando gli si chiusero gli occhi per il sonno.

La mattina dopo si presentò a lui il Protovestiario del Gineceo, un eunuco che aveva fama di eccezionale crudeltà ma che all'apparenza era di una gentilezza addirittura melliflua, e gli disse che l'Imperatrice Teofane gli concedeva una udienza nella piccola sala annessa a quella del Trono, adibita di solito ai colloqui riservati con Ambasciatori e Alti Dignitari della Corte. Era la prima volta che l'Imperatrice chiedeva di parlare con lui in privato e la cosa lo lusingava e lo impensieriva. Aveva provato uno strano piacere qualche giorno prima nel ritrovarsi, di fronte al Kuropalata, completamente spogliato di ogni autorità e di ogni prestigio dopo una vita spesa tutta ad accrescere la dignità connessa all'esercizio della sua carica. E ora il suo persecutore era passato nei ruoli dei perseguitati senza che lui riuscisse a rendersi conto quale fosse il disegno che sovrintendeva a questi strani maneggi e quale direzione avesse preso il suo personale destino. Evidentemente nei Palazzi si stava combattendo una battaglia segreta e feroce nella quale si era trovato coinvolto suo malgrado senza nemmeno capire chi fosse a guidarne le mosse.

L'atteggiamento dei due Sovrani e l'ambiguo comportamento dei Dignitari nei suoi confronti durante la festa dei Brumali trovarono la loro giustificazione proprio nella stanza dove i due Peceneghi al servizio del Protovestiario lo fecero entrare richiudendo da fuori la pesante porta di bronzo. Su un basso sgabello al centro della stanza l'Eparco vide subito la ormai nota pergamena aperta vistosamente sulla formula dove erano specificate le quantità di olio nero, di pece greca, di zolfo, salnitro, glicerina e polvere di carbone necessari a confezionare quelle micidiali palle infuocate che avevano permesso alla flotta bizantina di vincere tante battaglie.

L'Eparco gettò uno sguardo alla pergamena e si rese conto subito che non avrebbe potuto in nessun modo sfuggire a quella trappola. A nulla serviva ormai non leggere la formula perché il solo dubbio sarebbe stato sufficiente alla sua condanna. Dopo che si era sottratto una prima volta alla lettura e si era rifiutato una seconda volta di procedere all'interrogatorio di Nimio Niceta, ecco che il fuoco greco lo perseguitava ancora con le sue fiamme qui nella stanza delle udienze riservate.

Quando sentì aprire la porta di bronzo e vide entrare

Teofane, fece un inchino come imponeva il cerimoniale e rimase in silenzio. Teofane si avvicinò alla pergamena, vi gettò appena uno sguardo e poi la arrotolò sotto gli occhi dell'Eparco.

«Dunque siete stato sorpreso a leggere la formula del fuoco greco che è stata trafugata dalla Officina delle Polveri. Lo sapete pure che si tratta di un segreto di Stato.»

«Io non ho letto quella formula, ma so bene che solo il fatto di trovarmi in questa stanza con la pergamena aperta è una ragione sufficiente per sospettarmi. La vostra intenzione di liberarvi di me è chiara ma, prima di subire la condanna che fatalmente cadrà sulla mia testa, vorrei esprimere il desiderio di conoscere la vera ragione che vi ha spinto a questo e perché mai avete scelto un così tortuoso pretesto.»

«Siete troppo intelligente» rispose l'Imperatrice «per non capire che qualsiasi altro pretesto non avrebbe avuto l'efficacia di quello che ho deciso di adottare. Siete un uomo astuto e sfuggente come avete dimostrato in molte occasioni e perciò non sarebbe stato facile trovare un modo per mettervi in difetto. E, una volta trovato, avreste escogitato infiniti cavilli per ritardare la condanna o per mettere in dubbio i fondamenti di una sentenza. La conoscenza della formula del fuoco greco è una ragione semplice, rapida e inappellabile.»

L'Eparco non seppe che cosa replicare a tanto cinismo. Si rese conto che in questa circostanza della sua vita gli strumenti della retorica sui quali aveva costruito la sua fortuna erano del tutto inservibili. Nessun argomento poteva essergli utile, le parole stesse gli apparivano ormai vuote di ogni efficacia. Ma non seppe trattenersi e parlò ancora.

«Ciò che rimane oscuro» disse dopo qualche istante «è la ragione per cui sono stato scelto come vittima. Una condanna ha sempre una ragione, palese o occulta, ma una ragione deve esserci.»

«Siete venuto a conoscenza della formula segreta del fuoco greco. Non credete che sia una ragione sufficiente?»

L'Eparco si rese conto che ogni altra discussione sarebbe stata vana e del resto l'Imperatrice aveva già arrotolato la pergamena e si apprestava ad uscire.

«Un'ultima curiosità, che a questo punto non avrete difficoltà a soddisfare. Ho notato dai sigilli che questa pergamena non è la stessa che avrei dovuto aprire nella cella di Nimio Niceta. Devo dunque pensare che sia quella trafugata nella Officina delle Polveri?»

«Siete astuto, ma la vostra astuzia ormai non potrà più esservi utile in nessun modo.»

Entrarono i due giganti Peceneghi che già avevano ricevuto le istruzioni su ciò che dovevano fare. L'Eparco appariva tranquillo e quasi sollevato di por fine non soltanto ai suoi impegni di lavoro ma anche alla sua vita. Meglio morire che vivere in disgrazia alla Corte di Bisanzio. Venne sollevato di peso e portato nel mattatoio dove venne decapitato senza subire, secondo la sua richiesta, la finzione di un processo e l'umiliazione di una condanna.

Tutto avvenne in gran segreto per timore che l'alta considerazione di cui l'Eparco godeva presso la popolazione della Capitale potesse dar luogo a qualche disordine.

25

Dopo un lungo percorso tortuoso nelle campagne intorno a Costantinopoli, il carro con i due monaci e Leone Foca prese una direzione che sembrava riportarlo indietro verso la Capitale. Non più illuminata dalle folgori, la notte si era chiusa in un buio impenetrabile e invano Leone guardò fuori dallo spioncino che si apriva sul fianco del telone di copertura.

«Non capisco più in quale direzione stiamo camminando,» disse ai monaci «questo percorso mi ha confuso le idee e mi ha fatto perdere l'orientamento. Che cosa vi impedisce di dirmi quale è la destinazione del nostro viaggio e in quale monastero sarò costretto a finire i miei giorni?»

«Il luogo al quale siete destinato potremo rivelarlo soltanto quando il nostro carro si fermerà sotto le sue mura e non prima. Possiamo dirvi soltanto che non avete nulla da temere. La pace sia con voi.»

Allora, si disse Leone Foca, non sarà un luogo di mare e forse nemmeno tanto lontano se i due monaci pensano di arrivarci con il carro tirato dai buoi.

«Insomma non volete dirmi in quale direzione stiamo camminando.»

«Potremo dirvelo solo quando saremo arrivati.»

«Ma quando saremo arrivati potrete risparmiarvi la fatica perché la vostra risposta non mi interesserà più.»

I due monaci chinarono gli occhi e rimasero in silenzio. Dopo qualche istante il monaco più anziano alzò appena lo sguardo e mormorò quasi a se stesso:

«Dio è Onnipotente.»

Leone Foca si affacciò ancora allo spioncino del telone per guardare fuori, ma si ritrasse subito come se quel poco che aveva visto nel buio gli avesse ancora più confuso la mente.

«Che questo carro sia tirato da due buoi invece che da due cavalli» disse «mi fa pensare che il viaggio non sia tanto lungo come vorreste farmi credere.»

«Non vogliamo farvi credere nulla» disse il monaco più giovane.

«Avete parlato di un luogo circondato da mura, proprio come i monasteri ai confini dell'Impero che sono allo stesso tempo degli avamposti di difesa contro i barbari. E allora perché fate trainare il nostro carro da due lentissimi buoi?»

«Ci sono mura più o meno lontane, più o meno vicine» rispose il monaco anziano.

«Dunque i vostri buoi non mi porteranno ai confini dell'Impero. Da quanto mi è parso di vedere al buio, direi che ci siamo allontanati ben poco dalla Capitale.»

«Il poco o il molto sono misure insignificanti se paragonate alla grandezza infinita di Dio Onnipotente» disse il monaco anziano.

«Per Dio Onnipotente sono certo insignificanti, ma per un povero cristiano prigioniero come sono io le distanze contano. E allora mi domando se quella siepe di mirto cosparsa di piccoli fiori bianchi che mi è parso di vedere dallo spioncino del carro è la stessa che ho visto dalla parte opposta della strada poco dopo la nostra partenza da Costantinopoli. O devo pensare che Dio Onnipotente ha sparso lungo la strada tante siepi di mirto per confondere le idee a un povero mortale già abbastanza confuso e frastornato?»

Di nuovo i due monaci abbassarono gli occhi senza rispondere.

«I vostri silenzi mi preoccupano. Se il viaggio è lungo diventerà lunghissimo per causa loro, e questo non porterà vantaggio né a me né a voi. Se invece questo viaggio nasconde un inganno, come comincio a pensare, il vostro silenzio potrebbe essere interpretato come un segno di prudenza, che però sta ottenendo l'effetto contrario di mettermi in sospetto. In ogni caso state sbagliando.»

Il monaco anziano lo guardò impassibile.

«Anche i monaci sono uomini, e gli uomini sono soggetti all'errore.»

Caduta nel vuoto la sua provocazione, Leone tacque per un po'.

Il carro percorse ancora un lungo tratto al buio sobbalzando sui lastroni di pietra della strada. Leone Foca sapeva che le strade erano lastricate solo nei dintorni della Capitale, ma non disse nulla. I monaci continuarono a tenere gli occhi bassi come se volessero fargli intendere che non desideravano conversare. Finalmente il carro si arrestò e il monaco anziano mise l'occhio allo spioncino per guardare fuori.

«Siamo arrivati, con l'aiuto di Dio Onnipotente.»

Leone Foca guardò con stupore il monaco e per un momento temette di essere caduto in un agguato.

«Arrivati dove?»

«Più o meno nello stesso luogo da dove siamo partiti.»

«Siamo partiti da Costantinopoli» disse Leone Foca che continuava a non capire.

«È proprio questo che devo dirvi. Siamo arrivati sotto

le mura della Capitale in un luogo dove tutto è stato predisposto per farvi rientrare segretamente. La nostra missione aveva soltanto lo scopo di sottrarvi, per un ordine personale dell'Imperatore, a una ingiusta condanna, e per questo era necessario far credere nei Palazzi che eravate partito per un monastero lontano e impreciato in modo che nessuno potesse più pensare di togliervi la vita prima del giorno fissato da Dio Onnipotente.»

«Ma la mia vestizione è avvenuta in segreto per opera di due Lingue Tagliate. Nessuno saprà che sono partito.»

«Sono soprattutto le cose segrete che immediatamente si vengono a sapere e fanno correre le voci nei Palazzi. Quelle due Lingue Tagliate non sanno parlare ma sono molto loquaci con la scrittura.»

«Ditemi ancora: è l'Imperatrice Teofane che voleva liberarsi della mia presenza?»

«Le cose che dobbiamo dirvi sono poche. Che abbiamo agito per incarico dell'Imperatore e che qui sotto le mura occidentali della città troverete un eunuco fedele che guiderà il rientro nei Palazzi in modo che nessuno si accorga della vostra presenza.»

«Avete detto un eunuco fedele, ma fedele a chi?»

«All'Imperatore e perciò anche a voi. Lo stesso eunuco continuerà ad essere al vostro servizio e a tenervi in comunicazione con l'Augusto fratello vostro.»

Leone Foca apparve sollevato, ma ancora non convinto del tutto che il piano non nascondesse qualche inganno.

«E dove andrò ad abitare, o meglio a nascondermi?»

«L'eunuco avrà cura di condurvi in un luogo sicuro e tranquillo.»

Il monaco anziano aprì il tendone del carro e nel buio Leone intravide la figura sottile e il volto pallido dell'eunuco Lippas che per l'occasione aveva indossato anche lui l'abito monacale. Prima di scendere Leone Foca volle levarsi un'ultima curiosità.

«Ma voi» disse ai due monaci che erano rimasti sul carro «siete veramente monaci, oppure anche il vostro abito fa parte della finzione?»

«Dio è Onnipotente» rispose il monaco anziano e richiuse il tendone mentre il carro si rimetteva in moto e si allontanava sobbalzando con rumore sul selciato della strada.

26

L'eunuco Lippas, aiutante del Protovestiario di Niceforo, teneva al suo servizio una schiera di ricamatrici, infilatrici di perle, sarti tintori tappezzieri orlatrici tessitori calzolai pellicciai e orefici che lavoravano nel Magazzino del Vestiario alla confezione e manutenzione dei costumi imperiali e degli addobbi per le cerimonie. Lippas si serviva anche nelle botteghe della Mese per rifornirsi dei materiali necessari e il più delle volte Leone lo vedeva soltanto la sera al ritorno dai suoi giri presso gli artigiani e i mercanti della Capitale. Era lo stesso Lippas che preparava nella piccola cucina dell'appartamento annesso al Magazzino del Vestiario una minestra di fave o di ceci per ambedue, e che si recava nelle cucine della Calcè dove aveva diritto a prelevare una sua razione di carne arrostita e di vino. Da quando ospitava Leone Foca doveva stare attento a non richiedere quantità maggiori del solito per non insospettire i cuochi. Così Leone prendeva un solo pasto la sera in compagnia dell'eunuco e passava il resto della giornata davanti a una scacchiera di Firdusi a giocare accanitamente contro se stesso.

Dopo la parca cena Leone riprendeva a giocare le sue partite solitarie studiando a lungo le mosse mentre Lippas si sedeva al suo tavolo e riempiva con la sua scrittura minuta interi fogli di costosa pergamena.

Leone era molto discreto con il suo ospite e si era ormai abituato al silenzio durante le lunghe giornate di reclusione, ma una sera non aveva resistito alla tentazione di fargli qualche domanda.

«Che cosa scrivete?»

«Scrivo questa storia.»

Leone non capiva.

«Quale storia?»

«Quella che stiamo vivendo oggi, che abbiamo vissuto ieri e che vivremo domani.»

«Ma non è ancora una storia,» aveva obiettato Leone «sono soltanto dei fatti che succedono giorno per giorno, uno dopo l'altro, spesso casualmente o per volontà di persone di cui sapete ben poco. Come si può scrivere una storia in queste condizioni?»

«I fatti che succedono sono soltanto un pretesto per la scrittura perché non sono veri» aveva risposto l'eunuco. «La verità sta nella mia penna e nelle parole che io scrivo su questi fogli di pergamena.»

«Quella che scrivete è la vostra verità, appartiene solo a voi.»

«Appartiene a tutti quelli che vi stanno dentro, appartiene anche a voi perché ci siete anche voi in queste pagine.»

«Ma non mi conoscete abbastanza, non sapete che cosa penso e che cosa farò domani o fra un mese.»

«Su questi fogli voi pensate quello che vi faccio pensare io e fate quello che io vi faccio fare.»

Leone Foca non desiderava essere un personaggio della storia che stava scrivendo Lippas, temeva che l'eunuco volesse condizionare la sua vita per farla coincidere con le sue pagine.

«Anche se la mia situazione non è invidiabile, preferisco la mia vita a quella che state scrivendo voi.»

«Il vero Leone Foca è quello che sta scritto su questa pergamena. Voi siete soltanto il suo simulacro, la sua ombra.»

Leone Foca guardò con sospetto il suo custode. Non era per niente tranquillo di essere stato affidato a questo eunuco letterato stravagante. Aveva sempre sospettato in cuor suo che la cultura conduca direttamente alla arroganza e all'eresia e ora gli sembrava di avere sotto gli occhi la conferma di questo suo sospetto.

«Avete studiato nella Scuola della Magnaura sicuramente,» disse Leone «gli scrittori greci della antichità sono maestri di stranezze senza fine.»

«Non ho studiato in nessuna scuola,» disse l'eunuco «ho soltanto ingoiato un pezzo di pergamena che mi è stato offerto da un Angelo, quindi posso correre il rischio della arroganza ma non quello dell'eresia.»

Leone Foca rimase sconcertato a queste parole. Lippas aveva nominato l'arroganza e l'eresia alle quali Leone Foca aveva pensato, ma senza farne parola.

«Per caso siete anche indovino?»

«Io sono un uomo umile e devoto perché la mia cultura viene dal Cielo degli Angeli e non dagli scrittori antichi.»

L'eunuco si chinò di nuovo sulla sua pergamena e riprese a scrivere in quei suoi caratteri minuti che forse, pensò Leone Foca, nessuno avrebbe mai letto.

Di nuovo l'eunuco interruppe la scrittura per rispondere al pensiero del suo ospite.

«Qualcuno leggerà questa storia, non importa quando. Le storie scritte, a differenza dei fatti della vita che voi chiamate realtà, sopravvivono a tutte le intemperie senza spegnersi mai, possono fronteggiare senza danno anche il Vento Assassino che vi ha fatto tremare durante il vostro viaggio verso un monastero inesistente. Le storie scritte possono venire rubate, trafugate, corrotte, riraccontate o riscritte con altre parole e in altre lingue superando il corso dei secoli, mentre i fatti della vita si consumano e scompaiono per sempre dopo che sono avvenuti.»

«Questo significa che voi scrivete per i posteri. Anche gli scrittori antichi che voi mostrate di disprezzare tanto scrivevano per i posteri. Siete uno scrittore, e io non so se uno scrittore è anche un uomo.»

«Quello che intendevo dire è che una storia, dal momento che è stata scritta, esiste. Non importa quante persone la leggeranno, non importa se le sue parole verranno dimenticate, a me basta un solo lettore che ne assorba il senso e che lo trasmetta ad altri. Quel lettore posso essere io stesso che l'ho scritta. Non occorre che lavorino schiere di copisti e di traduttori, le storie scritte continuano a viaggiare per il mondo e nella mente degli uomini che si fanno loro messaggeri senza saperlo.»

«Conoscete già il finale della vostra storia?»

«So soltanto che finirà quando io deciderò di finirla e che si concluderà nel modo che vorrò io. In questa storia sono io che comando. Io sono un umile eunuco, ma quando scrivo ho più potere dell'Imperatore vostro fratello. Io posso far morire una persona con una sola parola mentre l'Imperatore deve dare ordini, pronunciare sentenze, porre firme, deve servirsi di giudici, inquisitori, eparchi, cancellieri, carnefici. Io mi servo soltanto della mia penna, di una ampolla di inchiostro e di un foglio di pergamena.»

Leone Foca pensò che quell'eunuco peccava di presunzione.

«Io non pecco di presunzione,» disse Lippas rispondendo ancora una volta al pensiero di Leone «tanto è vero che non ho messo il mio nome in testa a questi fogli e non ho dato un titolo a questa mia opera scritta. Come vedete preferisco nascondermi dentro le pagine piuttosto che mettermi in mostra come scrittore.»

«Ma a me risulta dal lavoro che svolgete nel Magazzino del Vestiario, e dai vostri comportamenti, che credete anche nelle cose che fate e non solo in quelle che scrivete. Spero di non sbagliarmi.»

«Non dovete temere se io credo più in quelle che vengono nominate come finzioni letterarie che nei fatti che vengono nominati come reali. È la finzione che ci guida e ci sorregge, a Costantinopoli e altrove. Anche voi siete stato salvato da una finzione. Che altro è questo saio che indossate e la tonsura monacale che vi ha privato della vostra capigliatura? Sono soltanto poche righe della mia storia, ma a queste poche righe voi dovete la vostra vita.»

«Potrei essere d'accordo con voi, ma allora mi dite perché ho corso il rischio di morire?»

«Per un'altra finzione scritta. Che altro è quella pergamena che sta mietendo vittime a Corte? I proiettili del fuoco greco distruggono le navi dei nostri nemici e hanno ridotto in cenere un uomo potente come Bringas, ma tutto ha avuto origine da un pezzo di pergamena, da un piccolo numero di parole e di cifre. Queste parole e queste cifre hanno un potere distruttivo incalcolabile e voi stesso avete corso il rischio di morire per causa loro.»

«Voi non tenete conto delle persone e delle loro intenzioni, ma conoscete le ragioni concrete per cui mi trovo recluso nelle vostre stanze, non tenete conto dei fatti, ma sapete che la mia vita è ancora in pericolo. Tutto questo non ha importanza per voi?»

«Sono contingenze che posso ignorare senza rischio.»

«Sono io che corro rischi, non voi» disse Leone sempre più preoccupato.

«L'uomo vive a rischio in ogni momento della sua

vita,» rispose Lippas «ma io non posso tener conto di tutto in tutte le occasioni. Perciò scrivo una storia frammentaria ma veritiera, mentre tutte le nostre azioni sono contingenti e superflue. L'unica cosa che vi può salvare sono queste pagine alle quali, se volete, potete collaborare.»

Lippas fece appena il gesto di porgere la penna a Leone che lo guardò sconcertato, senza capire che cosa veramente intendesse con quelle parole e quel gesto. L'eunuco si chinò di nuovo sul foglio e riprese la sua scrittura minuta. Da allora Leone non ebbe più l'animo di interromperlo.

27

Un giovane e esile siriano dai lunghi capelli biondi e gli occhi neri come carbone, di nome Constantin Siriatos, era stato arruolato dall'Eteriarca Nimio Niceta nel corpo delle Guardie Palatine come semplice gregario. Era arrivato nella Capitale dopo alcuni mesi di servizio nell'Esercito in Cilicia durante i quali si era abituato alla compagnia di soldati di ogni razza e provenienza, che parlavano lingue strane e per lui incomprensibili e che più di una volta avevano approfittato della sua timida bellezza. Ben presto la vita militare in Cilicia, che per altri era considerata un privilegio redditizio, era diventata un inferno per Constantin Siriatos che aveva cercato di ingraziarsi il Comandante per avere la sua protezione. Una sera Nimio Niceta aveva condotto il giovinetto nella sua tenda, lo aveva interrogato a lungo e aveva preteso che gli raccontasse ogni cosa, come i soldati avevano abusato di lui, se aveva provato piacere, se considerava questi rapporti come incidenti passeggeri o se la sua natura lo inducesse a ripeterli quando gli si fosse presentata l'occasione.

Il giovane Constantin aveva le idee molto confuse. Raccontava di essere stato indotto a quei rapporti con la violenza, ma doveva ammettere che dopo tutto non era stata un'esperienza così spiacevole. Confessò tuttavia che il suo naturale desiderio gli faceva sognare piuttosto le forme dolci e morbide del corpo femminile anche se non aveva possibilità di confronto perché non aveva mai avuto una ragazza.

«Hai visto mai una ragazza nuda?»

«Mai» dovette ammettere Constantin.

«E che cosa ti fa pensare che preferisci una ragazza a un uomo?»

Constantin non sapeva proprio che cosa rispondere. Poi cercò sulla lingua le parole che potessero dare a Nimio Niceta un'idea dei suoi incerti desideri e sentimenti.

«Quando vedo una ragazza mi vengono in mente tante cose,» disse Constantin «mi viene voglia di andarle dietro, di toccarla, insomma tante cose.»

«Quali cose?» insisteva il Comandante.

«Guardarla e toccarla sotto i vestiti.»

«Solo questo?»

Il ragazzo si fermò qualche istante a pensare.

«Fare quello che i soldati hanno fatto a me.»

Il Comandante lo guardò stupito.

«Più o meno» si corresse Constantin.

«Allora quello che ti hanno fatto i soldati ti è piaciuto.»

«Forse sì.»

«E allora perché quando vedi un soldato non ti viene voglia di guardarlo e toccarlo sotto i vestiti?»

Il ragazzo si mise a ridere.

«Non lo so.»

«Io adesso mi tolgo i vestiti e tu mi dirai se la cosa ti dispiace, se ti fa piacere o se ti lascia indifferente.»

Il ragazzo diventò rosso in viso e diede una rapida occhiata intorno a sé per vedere se la porta della tenda gli offriva la possibilità di una rapida fuga. Ma Nimio Niceta lo prevenne.

«Non scappare, ragazzo. Sono un soldato anch'io e so essere violento quando la situazione lo richiede.»

Constantin lo guardò spaventato. Nimio Niceta accennò una carezza sul viso sfiorandolo appena con la punta delle dita.

«In guerra la violenza è una virtù e qualche volta me ne servo per ottenere la disciplina delle truppe, ma nel nostro caso non farò nulla che possa dispiacerti. Hai la mia parola di Comandante.»

Il vento impetuoso che soffiava nella steppa fra il mare e le montagne si insinuò improvvisamente nella tenda e spense la debole fiamma della candela sospesa dentro una nera conca di ferro. Era un vento forte e amico, era lo stesso vento della canzone che cantavano i soldati durante le loro marce estenuanti: "Vieni in aiuto alle mie gambe stanche, vento della Cilicia, vieni a spegnere il lume la sera dentro la mia tenda, aiutami a chiudere gli occhi nel sonno".

Constantin si era acquietato alle parole del suo Comandante e quella notte, e molte notti dopo quella, divise con lui il suo duro giaciglio fino al giorno in cui lo seguì a Costantinopoli dove Nimio Niceta era stato richiamato per la nomina a Eteriarca.

Durante le cerimonie ufficiali e in occasione delle parate in onore di Re e Ambasciatori stranieri, Nimio Niceta sceglieva con occhio esperto i più giovani e i più belli fra i suoi soldati e naturalmente il giovane Constantin Siriatos compariva ogni volta in prima fila. L'Eteriarca aveva un gusto particolare per la simmetria e soleva disporre nelle file un giovane biondo alternato a uno bruno e aveva fatto correggere i tacchi degli stivali perché tutti apparissero della stessa altezza.

Constantin Siriatos venne notato una prima volta dall'Imperatrice Teofane durante una parata militare nel giardino delle Scuderie. Una seconda volta lo vide durante la cerimonia di vestizione di dodici giovinetti che avevano preso gli abiti monacali per desiderio delle loro famiglie. Quel giorno, passando davanti alla schiera delle Guardie, Teofane gli fece un gesto con la mano, un gesto impreciso e appena accennato, ma che fu notato anche dagli altri soldati senza tuttavia che nessuno di loro riuscisse a dargli un senso. L'unica cosa certa era che il gesto era stato indirizzato proprio a Constantin Siriatos.

Che cosa significasse quel gesto che l'Imperatrice aveva indirizzato al ventenne Constantin se ne accorse ben presto lui stesso quando si trovò letteralmente rapito dalle braccia dei due soliti giganti Peceneghi i quali lo andarono a deporre tutto stordito sul letto di Teofane.

L'Imperatrice incominciò a carezzarlo senza dire una parola e, sempre muta e muto lui che non riusciva a rendersi conto di ciò che gli stava accadendo, si spogliò dei suoi manti regali e si distese nuda sulla coperta di seta. Il ragazzo sentì dentro tutto il corpo un improvviso risveglio dei sensi. Si accorse che, di fronte a quella donna nuda, la sua attrazione era finalmente senza riserve, senza le incertezze e le paure che aveva provato durante i contatti con i soldati e nella consuetudine con Nimio Niceta, che era continuata in segreto anche dopo la nomina a Eteriarca e il trasferimento nei Palazzi Imperiali.

Constantin esitò per qualche istante, poi si spogliò in silenzio obbedendo a un gesto di Teofane e si inginocchiò goffamente, nudo, ai piedi del letto. Lamentandosi e mormorando parole incomprensibili a fior di labbra, Teofane lo trasse a sé prendendolo per i capelli come la vittima di un sacrificio. Constantin si riprese dallo smarrimento, baciò a lungo quel corpo nudo che sussultava sotto le sue labbra e accolse finalmente l'invito ormai inevitabile. Fu così che per la prima volta Constantin Siriatos venne a conoscere che cosa era l'amore con una donna e, se avesse saputo trovare la parola, avrebbe detto che ora conosceva anche l'estasi, quello stato sublime e terrificante in cui la coscienza si sperde nel nulla.

Solo più tardi, quando si trovò sotto le ruvide coperte della sua branda a pensare a quanto gli era successo, Constantin comprese quale strabiliante avventura gli avesse riservato la sorte: aveva avuto un incontro d'amore con la prima donna della sua vita e questa donna era Teofane Imperatrice di Bisanzio.

L'immaginazione di Constantin Siriatos, dopo quel primo incontro con Teofane, non ebbe più freni. Nella sua mente ancora infantile si componevano le immagini di un altro Constantin che di quello vero conservava soltanto la figura fisica, ma lo sopravanzava come coraggio, disinvoltura e intraprendenza. E quelle sue immaginazioni d'amore gli apparivano come in uno specchio che dilatava una realtà già di per sé incredibile. Constantin cominciava con una immaginazione, si confondeva, la riprendeva da capo, si sperdeva in cento digressioni e si esaltava fino a renderla inverosimile e più falsa di una favola raccontata da una voce maldestra. Immaginò di sedere sul Trono, vestito di porpora e con la Corona d'oro e diamanti sul capo, di passare in rivista i soldatini bruni e biondi della Guardia Palatina fra i quali si era trovato tante volte impettito e immobile al passaggio dell'Imperatore e della Imperatrice. Cavalcò insieme a Teofane nei boschi della Cappadocia alla caccia dell'onagro e alla fine di lunghe galoppate sotto il sole trovava refrigerio all'ombra di una antica quercia e qui sull'erba tenera replicava le sensazioni indicibili del primo incontro sul letto imperiale, ma con più foga, con violenza, con una partecipazione dei sensi così intensa che ogni volta la sua mente si perdeva in un mare di confusione e di piacere. Navigò insieme a Teofane su una barca da pesca in mezzo al Mar di Marmara, lontano dalla vista di ogni essere vivente, loro due soli, vestiti di rozzi mantelli di canapa e bagnati dagli spruzzi dell'acqua salsa del mare in tempesta. I sogni di Constantin lo portavano lontano, nelle steppe della Cilicia o sulle rive del Danubio, al riparo di una tenda militare o ospiti di sfarzose dimore principesche, sotto il sole cocente o sotto la pioggia, sempre stretti l'uno all'altro in un amplesso senza fine.

Nella realtà i loro convegni amorosi avvenivano nel segreto delle ore notturne, quando le luci dei Palazzi venivano abbassate e lungo i corridoi in penombra si muovevano caute figure di Dame con il volto nascosto da veli per non essere riconosciute o avventurosi Cavalieri che tessevano ardite tresche amorose o faticosi intrighi burocratici. Un eunuco gentile era incaricato di portare i messaggi a Constantin e di accompagnarlo attraverso i lunghi e tortuosi percorsi dei Palazzi fino alle stanze che l'Imperatrice sceglieva di volta in volta per nascondere i loro incontri.

L'Imperatore Niceforo Foca spartiva le sue giornate fra i Comandanti delle legioni di confine che gli riferivano gli esiti delle battaglie contro gli Sciti e i Bulgari, e le missioni diplomatiche dei barbari che arrivavano in continuazione per esigere i tributi in oro a compenso delle loro alleanze ricattatorie. Le regioni confinanti erano tante che lo stesso Niceforo non riusciva a tenerne il conto, e qualche volta si addormentava durante le riunioni, spossato dalle preghiere notturne e dai digiuni.

Certamente non si sarebbe mai accorto della tresca di Teofane, o forse preferiva ottusamente non sapere e non vedere. Intanto nei Palazzi si cominciò a mormorare. Il giovane Constantin veniva osservato con curiosità e con invidia dagli altri soldati, ma senza che nessuno mai si azzardasse a fargli qualche domanda.

Man mano che gli incontri di Constantin e Teofane si facevano più frequenti, la confidenza li aveva spinti a tali eccessi che il ragazzo era precipitato in un abisso di dipendenza amorosa, totalmente soggiogato dal desiderio che sembrava crescere quanto più cercava di soddisfarlo. Il vizio di Teofane non aveva limiti e il povero ragazzo obbediva ai suoi ordini avventurandosi in sempre più rischiose intimità, in carezze e penetrazioni che facevano urlare Teofane di piacere e di dolore. Travolto dalla libidine, Constantin accompagnava gli urli della sua amante con sevizie sempre nuove come lei richiedeva e quando si alzavano dal letto dove si svolgeva questo teatro selvaggio, guardava con orgoglio le lenzuola di seta macchiate di sangue. La sera quando ritornava nella sua brandina militare lo tormentava il pensiero che forse non meritava piaceri così alti e strani, e veniva preso dal desiderio di essere chiamato a qualche sacrificio o pericolo per bilanciare i troppi favori avuti dalla sorte. Se l'Imperatore fosse venuto a conoscenza della sua relazione con Teofane e lo avesse destinato a una condanna, lui si sarebbe sacrificato con animo sereno.

Teofane continuava ad amare Constantin con passione e con furia senza nulla chiedergli se non altrettanta passione. Ma qualunque cosa gli avesse chiesto, le aveva detto più di una volta il ragazzo, per lei si sarebbe gettato nel fuoco.

«E perché dovresti gettarti nel fuoco?» gli aveva risposto Teofane. «Io ti voglio vivo, non ridotto in cenere.»

Ma un giorno, anzi una notte, Teofane gli chiese qualcosa che lo riempì di gioia e di paura. Era una missione veramente strana e pericolosa, ma non era il pericolo che preoccupava il giovane Constantin, era semmai il rischio di non riuscire, e di decadere agli occhi della bella Imperatrice. Strana idea, si era detto, quella di rubare la formula del fuoco greco dal momento che le uniche due persone che ne erano in possesso erano proprio l'Imperatore e l'Imperatrice.

La richiesta di entrare con l'inganno nella Officina delle Polveri e di uccidere il Maestro Leonzio Manuele non gli procurò nessuna esitazione. Prima di tutto Leonzio Manuele, come del resto i suoi operai, era entrato nella Officina in seguito alla commutazione di una condanna a morte. In secondo luogo l'ordine veniva dalla Imperatrice che aveva diritto di vita e di morte sui suoi sudditi. In terzo luogo lui era un soldato e come soldato era pronto a uccidere, anche se non aveva mai ucciso nessuno fino a quel giorno. Dopo l'emozione che aveva provato quando Teofane gli aveva fatto quella richiesta, sopravvenne uno stato di eccitazione così intensa che temette di non riuscire nell'impresa. Si disse che forse era troppo fragile e impreparato per affrontare l'uccisione di un uomo, e lui stesso si stupiva di avere accettato con tanta leggerezza e addirittura con piacere l'idea di compiere quel delitto. Constantin si accorse di avere una coscienza e che questa coscienza si ribellava a quel gesto che aveva ormai deciso di compiere non soltanto per devozione e per complicità, ma soprattutto per amore. Constantin mise a tacere la coscienza.

Lo stesso eunuco che aveva guidato i suoi appuntamenti con Teofane gli spiegò con dovizia di particolari tutto il concerto dell'azione, e finalmente gli consegnò il sigillo imperiale che avrebbe dovuto mostrare al Maestro delle Polveri perché gli aprisse il portello dell'Officina dove si introducevano i materiali. Il piano, preparato con cura e intelligenza, doveva riuscire per forza. E Constantin non mostrò all'eunuco segni di debolezza e nascose perfettamente le trepidazioni dell'animo al punto che lui stesso si convinse di avere raggiunto la freddezza necessaria per agire.

Tutto era stato predisposto: le sentinelle sarebbero state distratte al momento opportuno, le torce esterne dell'Officina le avrebbe trovate spente, la ronda dei cortili sarebbe stata deviata da un piccolo incendio provocato di proposito nei giardini.

L'eunuco dimostrò a Constantin che nessun particolare era stato trascurato. Tutto sarebbe andato per il meglio, nello stesso modo in cui nessun imprevisto aveva mai turbato i difficili appuntamenti segreti con l'Imperatrice. La vanità dell'eunuco corrispondeva ai desideri di Constantin, il quale non ebbe difficoltà a concedergli la sua fiducia, e la sua obbedienza.

Tutto si svolse nei modi e nei tempi previsti. Quando si trovò faccia a faccia con il Maestro Leonzio Manuele, Constantin non ebbe nemmeno un istante di incertezza. Estrasse il corto pugnale che gli aveva consegnato l'eunuco e lo affondò nella gola dell'uomo che cadde a terra prima ancora di potersi stupire per quanto gli stava accadendo.

A Constantin tutto era sembrato così facile: agiva sotto un impulso ricevuto dall'esterno esattamente come quei leoni di bronzo che una notte gli aveva mostrato Teofane sedendosi sul Trono nuda per celebrare con lui in quel luogo solenne i suoi fantastici riti amorosi. Ma quando si guardò le mani insanguinate ebbe un momento di vuoto e di smarrimento. Non era l'orrore del sangue che lo aveva turbato, era il timore di macchiare la pergamena da consegnare a Teofane. Si pulì le mani sulla tunica del Maestro delle Polveri, ormai immobile sul pavimento di pietra, prese dallo stipo la preziosa pergamena e si introdusse di nuovo nel pertugio che comunicava con l'esterno per il rifornimento dei materiali.

Le sei sentinelle continuarono a camminare al buio lungo il muro dell'Officina senza fare una mossa verso il giovane che si allontanava veloce.

28

Dopo ogni combattimento le acque del Danubio si tingevano di rosso. Le chiatte sulle quali gli Sciti tentavano di attraversare il fiume erano un bersaglio fin troppo facile per gli arcieri a cavallo bizantini comandati dal giovane armeno Giovanni Zimisce, nipote dell'Imperatore e da poco nominato Stratega del Tema Balcanico. Il suo modo di affrontare il combattimento stupiva ogni volta i suoi soldati e seminava il panico tra i nemici venuti dalle gelide e sterminate terre del Nord. Zimisce arrivava improvviso e leggero come portato dal vento, colpiva e ripartiva al galoppo, si allontanava e ricompariva di sorpresa gettandosi nella mischia o colpendo con le frecce il nemico nel momento in cui tentava di mettere il piede a terra. Ripartiva di nuovo e ricompariva veloce come il fulmine. I suoi soldati dicevano che, prima di salire a cavallo, Zimisce beveva un liquore portato dalla Capitale, secondo alcuni un estratto di prugne fermentate, secondo altri una semplice coppa di vino greco. Altri sostenevano che alternava a seconda dei casi i due liquori e giuravano perfino di poter distinguere dal modo di combattere se la sua eccitazione era dovuta all'una o all'altra bevanda.

Si avvicinava ormai la stagione delle piogge e la situazione militare dell'Esercito bizantino si era fatta precaria.

Dopo avere respinto un assalto poderoso degli Sciti durante il quale le perdite da parte bizantina erano state tali da gettare nello sconforto i sopravvissuti, Zimisce assisteva muto e impotente ai preparativi dei nemici che, sulla riva opposta, stavano riorganizzandosi per ritentare il passaggio del fiume. Le perdite umane non intimidivano gli Sciti che potevano contare su un esercito numericamente quasi inesauribile, male armato ma agguerrito non meno della sparuta cavalleria bizantina. Il tempo lavorava a favore degli Sciti e consumava giorno dopo giorno le rimanenti energie bizantine, produceva stanchezza e sfiducia tra i soldati che cominciavano a dubitare perfino del loro Comandante.

Dopo l'ultima battaglia Zimisce aveva tracciato una lunga strada dietro i folti cespugli di salice selvatico che crescevano sulla riva, in modo da poter spostare velocemente le truppe a cavallo là dove i nemici avessero cercato di approdare. Ma sarebbe bastata una pioggia per trasformare quella strada di terra battuta in un pantano impraticabile dalla cavalleria.

Mentre gli Sciti cantavano le loro ruvide canzoni, sulla riva bizantina nessuno più osava sorridere, i soldati guardavano con sgomento i preparativi dei nemici, Zimisce taceva pensieroso. Le richieste di aiuti erano arrivate a Costantinopoli proprio quando le difficoltà finanziarie avevano ridotto la consistenza delle truppe di riserva e le scorte di viveri e di armi. E sempre più spesso le donne scendevano nelle strade per protestare contro le imposte e l'aumento dei prezzi. Fu così che l'Imperatore Niceforo, dopo la fortunata esperienza dell'Ippodromo, decise di usare contro gli Sciti i sifoni del fuoco greco che fino a quel giorno erano stati impiegati solo nelle battaglie di mare. Montati su carri e coperti da grandi teloni per occultarne la vista e evitare che le spie informassero il nemico dell'arrivo di quell'arma micidiale, i sifoni vennero spediti sulle rive del Danubio.

L'Imperatore aveva deciso di recarsi sul luogo per dirigere personalmente l'azione di guerra. E aveva portato con sé Teofane forse sperando che, vedendolo nelle vesti di guerriero, riacquistasse per lui se non l'amore che gli aveva dimostrato la notte dopo il suo arrivo, la stima e il rispetto che pensava di meritare.

La vita nell'accampamento militare sul Danubio che la giovane Imperatrice aveva immaginato come un diversivo alle cerimonie di Corte, si prospettò subito come una esperienza assai disagevole. Non si poteva camminare allo scoperto a causa delle grosse pietre lanciate in continuazione dalle catapulte degli Sciti sull'accampamento bizantino e Teofane dovette rifugiarsi nella tenda dell'Imperatore, installata su una collinetta fuori tiro. Qui Niceforo preparava il piano di difesa che avrebbe dovuto scattare come una trappola mortale per gli attaccanti grazie all'arrivo in gran segreto dei sifoni del fuoco greco. Tutto questo a Teofane interessava ben poco e quel soggiorno, che aveva immaginato come una avventura eccitante, stava diventando altrettanto noioso dei banchetti ufficiali e delle interminabili discussioni cui doveva assistere ogni volta che arrivavano alla Corte di Bisanzio gli Ambasciatori dei paesi di confine. Parole, solo parole, alle quali non riusciva a dare un senso. Ma il secondo giorno i suoi occhi si posarono stupefatti sul giovane Stratega Zimisce, capelli biondi e occhi neri proprio come Constantin Siriatos, e tutto il suo corpo si animò di ribollenti energie. Diversamente da Constantin, Zimisce aveva intorno a sé un alone di leggenda per le sue azioni temerarie che avevano permesso alle truppe bizantine di tenere testa all'imponente schieramento degli Sciti e ai loro assalti disordinati. Teofane aveva subito individuato in lui quelle prerogative di forza, salute e bellezza che lo collocavano fra gli eletti dalla fortuna. Così si erano accesi i suoi desideri sotto gli occhi ignari di Niceforo.

Due notti dopo l'arrivo dell'Imperatore, gli Sciti avevano tentato di attraversare il fiume con il favore dell'oscurità sperando di poter sfuggire almeno in parte alle frecce della cavalleria bizantina. Dopo aver tinto di nero le lance e le armature perché si confondessero con il buio, si erano imbarcati sulle chiatte una decina di stadi a monte e avevano cominciato la traversata silenziosa del fiume lasciandosi portare dalla corrente e avvicinandosi lentamente alla riva nemica con leggeri colpi di remi. Ma non avevano fatto i conti con i sifoni installati sui carri dietro i folti cespugli di salice: nonostante tutte le preoccupazioni, le sentinelle bizantine avevano dato l'allarme in tempo per dirigere il fuoco contro le chiatte prima dello sbarco.

Anche in quella occasione il fuoco greco dimostrò di essere un'arma di rovinosa potenza. Le palle di fuoco uscivano una dopo l'altra dai sifoni e solcavano l'oscurità correndo sull'acqua del fiume fino a quando esplodevano sulle imbarcazioni degli Sciti trasformandole in roghi galleggianti. Teofane assisteva allo spettacolo dall'alto della collina vicino alla tenda imperiale e sentiva arrivare fino lassù l'odore di carne bruciata che veniva dal fiume. I pochi Sciti che riuscivano a mettere piede sulla riva bizantina venivano trafitti e gettati in acqua dagli arcieri agli ordini di Zimisce che correva a cavallo incoraggiando i suoi soldati e impegnandosi lui stesso in aspri duelli con il nemico.

Per tutta la notte Teofane aveva assistito allo spettacolo apocalittico di quella battaglia e aveva seguito trepidante le azioni del giovane Stratega. A un tratto, incurante del rischio che correva, era scesa fino alla linea di difesa per vedere da vicino il combattimento, attratta dall'odore acre dei nemici carbonizzati e dal sangue di quelli uccisi sulla riva del fiume. Ma poi non aveva retto all'emozione, era svenuta e caduta a terra rischiando di venire travolta dai carri e dai cavalli bizantini. Zimisce, benché ferito a una spalla, l'aveva raccolta da terra e portata sulla propria cavalcatura fino alla sua tenda, poco lontana da quella di Niceforo e nascosta da grandi cespugli di salice. E così quando aveva riaperto gli occhi, Teofane si era trovato davanti quel volto superbo, quegli occhi neri e quei capelli lunghi e dorati che l'avevano incantata già sotto la tenda imperiale. Aveva allungato la mano per una carezza, ma poi non aveva saputo resistere al desiderio, lo aveva attirato a sé per unire le sue labbra a quelle del giovane, e gli aveva sussurrato che voleva commettere con lui tutti i peccati del mondo. Zimisce era rimasto stupito e spaventato da quell'ardore improvviso e aveva preferito rimandare quei peccati a un altro momento e a un altro luogo più propizio, infiammando ancora di più, con quel rinvio, i desideri di Teofane.

Prima dell'alba gli Sciti superstiti erano stati respinti di là dal fiume, le loro imbarcazioni annientate, i loro accampamenti bruciati dal fuoco greco. Niceforo Foca, inebriato per la vittoria, aveva deciso di rimanere ancora sulle rive del Danubio e, con il pretesto che era ferito, aveva deciso di rispedire Zimisce a Costantinopoli, forse temendo che gli venisse attribuito il merito del successo militare. E Teofane aveva voluto approfittare dell'occasione per rientrare nella Capitale con il corteo militare del giovane Stratega. Zimisce le aveva salvato la vita quella notte durante la battaglia e ora lei si affidava alla sua protezione per il lungo viaggio di ritorno. A Niceforo, impegnato a riorganizzare le difese lungo la riva del Danubio, aveva detto con ipocrisia interessata:

«Nessuno meglio di te può difendere l'Impero che ti appartiene. Il Cielo ti è favorevole ma io sono una donna terrestre e non voglio esserti di impedimento. Ritorno alla vita di Corte con animo sereno e occhi attenti agli interessi del Trono.»

«Spero che il Cielo ci conservi i suoi favori.»

Niceforo le sfiorò appena i capelli con la mano in segno di saluto e si consolò pensando che almeno per qualche tempo avrebbe evitato gli specchi dei Palazzi che riflettevano senza pietà il suo volto stanco, la sua barba grigia, i suoi occhi arrossati dalle preghiere e dalle amarezze coniugali. Una brezza improvvisa scompigliò i capelli di Teofane.

«Il vento mi è favorevole» disse Teofane avviandosi verso il corteo.

29

Il piccolo corteo composto dalla carrozza di Teofane, dal carro militare di Zimisce, da due carri di viveri e vestiario e da una scorta di venti cursori a cavallo, partì alle prime luci del mattino dall'accampamento sulle rive del Danubio per affrontare il lungo viaggio verso Costantinopoli. Invece di prendere le strade ripide e disagevoli che attraversavano le sassose montagne della Tracia Settentrionale, la guida militare aveva proposto a Zimisce la più lunga ma più comoda strada che attraversava la regione dei Bulgari lungo la valle del fiume Vardar e arrivava a Tessalonica, la seconda capitale dell'Impero, porto felice di ricchi traffici con l'Occidente. Da qui il corteo sarebbe ripartito sulla via di Costantinopoli che correva nella parte bassa e verde della Macedonia e della Tracia Meridionale.

Dopo un breve tratto, con il fragile pretesto che gli avrebbe curato la ferita alla spalla, Teofane si era trasferita sul carro di Zimisce. Così il grande e pesante veicolo attrezzato per il trasporto dello Stratega ferito era diventato da quel momento una camera da letto dove Teofane non ebbe difficoltà a sedurre l'uomo dei suoi desideri. Lì sotto il tendone di tela catramata, ormai lontani dalle atrocità della guerra e dimentichi di tutte le vanità del protocollo imperiale, Teofane e Zimisce si unirono con passione e consumarono i loro sentimenti improvvisati senza curarsi dei soldati che sentivano, sopra il rumore delle ruote, i loro dialoghi appassionati, le loro promesse, i loro spasimi impudichi.

Il carro di Teofane rimase vuoto per tutta la durata del viaggio. Qualche volta, durante le fermate alle torri di posta dove si ristoravano gli uomini e i cavalli, Teofane scendeva dal carro di Zimisce con il lungo mantello aperto che lasciava scorgere la sua evidente nudità, i capelli sciolti sulle spalle come usavano a Costantinopoli le donne del porto, e il viso stravolto sul quale era facile leggere i segni della libidine che la divorava. I soldati del corteo non potevano credere che quella fosse l'Imperatrice di Bisanzio.

Quando il corteo si rimetteva in moto, il carro di Zimisce procedeva a sobbalzi, e non si capiva quanto fossero dovuti al fondo dissestato della strada o quanto invece alle tempestose effusioni dei due amanti. I conducenti, che avevano udito provenire dall'interno grida soffocate come da una stanza di tortura, si erano rivolti con preoccupazione al medico del corteo che però aveva preferito tenersi prudentemente in disparte.

Quando il corteo arrivò a Tessalonica, un soldato che faceva le veci del Prefetto della Mensa fece rifornimento di viveri freschi, carne e legumi, fece riempire gli otri di vino e di acqua e provvide anche al ricambio delle biancherie. Poi si procurò una buona quantità di miele bulgaro e di pistacchio di cui Teofane era ghiotta e al quale attribuiva qualità afrodisiache. Durante la sosta che durò una intera giornata, lo Stratega del Tema di Tessalonica venne a far visita a Zimisce senza sapere della presenza dell'Imperatrice. Zimisce non volle farlo entrare nel suo carro, dove stava nascosta Teofane, e preferì scendere a terra per incontrare l'autorità militare del luogo. Il gesto venne interpretato come una cortesia fuori del comune e lo Stratega di Tessalonica ne menò vanto in tutta la città.

Quando i carri si rimisero in cammino attraverso la penisola Calcidica e le verdi colline della bassa Macedonia, Teofane e Zimisce erano ormai stremati dalle lunghe fatiche amorose e si concessero alcuni giorni di riposo. Ma ormai la loro avventura era così palese che continuò ad alimentare le chiacchiere dei soldati, che avevano trovato un diversivo alla monotonia del lungo viaggio.

Arrivati nella Capitale, Teofane avrebbe voluto che Zimisce venisse ad abitare dentro i Palazzi, come era suo diritto. Ma il giovane Stratega diede prova di maggiore prudenza della sua amante.

«Andrò ad abitare nella mia casa di Calcedonia, al di là del Bosforo. Non dobbiamo esporci al rischio di uno scandalo. Io temo i cortigiani più degli Sciti e preferisco affrontare la spada di un nemico piuttosto che la lingua di un eunuco.»

«Gli eunuchi al mio servizio hanno la lingua tagliata proprio per evitare i pettegolezzi» disse Teofane.

«I tuoi eunuchi dovrebbero essere non soltanto muti ma anche ciechi e sordi per farmi stare tranquillo.»

Teofane gli si aggrappò al collo, lo baciò a lungo e avrebbe voluto piangere se questa facoltà gli fosse stata concessa dal Cielo. Disse che voleva vederlo sempre, tutti i giorni e tutte le notti, perché senza di lui la sua vita avrebbe perduto ogni senso e valore.

«Dobbiamo essere prudenti» le aveva ripetuto Zimisce «perché la Corte è un nido di vipere e Niceforo sta per ritornare a Costantinopoli. Abbiamo già commesso troppe imprudenze durante il viaggio di ritorno. Spero soltanto che i premi che ho distribuito ai soldati del corteo li indurranno a tenere la bocca chiusa. Ho sperimentato che in molti casi è meglio premiare gli uomini fintanto che sono innocenti piuttosto che punirli quando hanno commesso una colpa. Con i miei soldati so come devo agire, ma con i cortigiani, soprattutto con gli eunuchi, posso commettere degli errori.»

«Io sono abituata ai loro intrighi e alle loro chiacchiere velenose. Ma so anche come possiamo difenderci sia dagli uni che dalle altre.»

«Troverò un luogo dove potremo incontrarci lontano dagli sguardi indiscreti» disse Zimisce. «La fortuna finora mi è sempre stata favorevole, con la mia collaborazione. Essere sfortunati l'ho sempre considerata una colpa.»

«Dove e quando potremo vederci se abiterai a Calcedonia? Sta per arrivare la stagione fredda» aggiunse Teofane, ma non volle proseguire il pensiero per dire che anche loro, come gli uccelli, avevano bisogno di un nido comodo e caldo. Teofane sapeva che certe parole non corrispondevano alla sua persona e che sarebbero risultate false se avesse deciso di pronunciarle. Zimisce cercò di rassicurarla.

«Ho provveduto a riparare dal freddo migliaia di soldati in zone impervie e ostili. Pensi che non sia in grado di provvedere a noi due?»

Constantin Siriatos aveva aspettato con trepidazione il ritorno di Teofane. Confidarsi con qualcuno dei suoi amici siriani sarebbe stato un sollievo perché desiderava parlare di lei, semplicemente parlare, per chiarire a se stesso i propri sentimenti, desideri timori incertezze. Ma il silenzio era stato il primo suggerimento dell'eunuco che lo guidava agli incontri con Teofane, e Constantin sapeva bene che quel suggerimento era un ordine. Poi si era saputo che l'Imperatrice era ritornata dalla zona di guerra sul Danubio e che Niceforo invece era rimasto laggiù dopo avere spedito in patria Giovanni Zimisce. Fra i soldati molto si era mormorato su questo viaggio di ritorno di Zimisce e Teofane dentro lo stesso carro, ma Constantin aveva colto solo mezze parole e fugaci allusioni. I compagni lo avevano escluso dai pettegolezzi e questo aumentava la sua ansia e i suoi sospetti. Dopo una giornata di esercitazioni in palestra o nei cortili, quando i compagni cedevano alla stanchezza e al sonno, Constantin rimaneva a lungo nella sua branda con gli occhi aperti senza addormentarsi. E intanto la visita dell'eunuco con l'annuncio di un nuovo convegno amoroso si faceva aspettare.

Era ormai passata una settimana dal ritorno di Teofane quando finalmente l'eunuco, con circospezione ancora maggiore del solito, venne a prelevarlo per condurlo nella Stanza dei Cigni dove i due amanti si erano già incontrati più volte.

Constantin aveva notato qualcosa di strano nell'atteggiamento dell'eunuco. Non soltanto una maggiore circospezione quando gli aveva portato il messaggio del convegno, ma anche una fretta insolita e la mancanza di quella sottile complicità che lo aveva messo a suo agio le volte precedenti e che li aveva uniti dopo l'uccisione del Maestro delle Polveri. Forse anche una maggiore freddezza, e questo lo aveva preoccupato non poco quando era rimasto solo ad aspettare Teofane nella piccola stanza senza finestre. Si mise a camminare avanti e indietro fermandosi ogni tanto a fissare i cigni dipinti sulle pareti e sul soffitto. Era la prima volta che li osservava con attenzione e si accorse che quelle teste, per una malizia del pittore, somigliavano stranamente a teste di serpente. Scacciò il pensiero per guardarsi nello specchio appeso alla parete e si pettinò con le dita della mano i lunghi capelli biondi che Teofane si divertiva a scompigliare durante i loro amplessi.

Finalmente Constantin sentì dei passi che si avvicinavano nel corridoio, passi pesanti che non potevano essere quelli di Teofane e dell'eunuco, sempre così svelti e leggeri. Quei passi si fermarono davanti alla porta, e Constantin rimase immobile ad aspettare mentre la chiave girava dentro la serratura. Quando la porta si spalancò Constantin Siriatos si trovò di fronte i due giganti Peceneghi che lo afferrarono subito per le braccia e gli ficcarono in bocca uno straccio intriso di una sostanza sconosciuta prima ancora che avesse il tempo di protestare. Poi lo sollevarono di peso e lo infilarono dentro un sacco di canapa.

Da quel giorno di Constantin Siriatos non si seppe più nulla. Dopo un mese dalla scomparsa, il nuovo Comandante che aveva sostituito l'Eteriarca Nimio Niceta, cancellò il suo nome dall'elenco dei soldati in servizio presso la Guardia Palatina.

30

Un vecchio barcone da pesca era ancorato al largo del Porto di Bucoleon, e sebbene la stagione fosse favorevole e la richiesta di pesce fresco e salato esaurisse ogni giorno il carico dei pescherecci che arrivavano in porto, quel barcone rimaneva lì immobile, giorno e notte. Nel porto qualcuno aveva messo in giro la voce che c'era a bordo un appestato e così gli altri pescatori si tenevano alla larga per paura del contagio. Solo due uomini si muovevano sul ponte e ogni giorno una piccola barca veniva a terra per fare rifornimento di acqua e vivande ma, qualcuno diceva, anche di profumi e vini pregiati. Un pescatore che un giorno era passato vicino al barcone giurava di avere visto appeso sul ponte un drappo di porpora. Tutti sapevano che la porpora era riservata con rigore esclusivo alla Famiglia Imperiale, ma si sapeva anche che un traffico clandestino fioriva per opera dei mercanti veneziani e genovesi. Forse quel barcone era un punto d'appoggio per questi commerci segreti? Quel drappo di porpora aveva acceso la curiosità della gente che si era messa a imbastire trame avventurose che sfioravano alti personaggi della Corte coinvolti in delitti e congiure, e a mormorare favole di fantastici amori segreti. Ma c'era un nome che ricorreva più frequente degli altri sulla lingua del popolo, un nome che nessuno osava pronunciare ad alta voce non per rispetto ma per paura.

Era una notte freddissima e il Mar di Marmara era increspato dal vento. Una barca a remi con due persone a bordo si staccò al buio da una banchina secondaria del Porto di Bucoleon e raggiunse faticosamente il barcone dal quale pendeva una scala di corda. Una figura femminile avvolta in un manto scuro come la notte si arrampicò su per la scaletta mentre il rematore si allontanava riportando la barca nel porto.

Arrivata sul barcone, la figura femminile venne accolta da un uomo vestito da pescatore che la accompagnò lungo la scaletta che scendeva sottocoperta senza dire una parola. Del resto quella figura di donna non induceva alla confidenza con quel suo passo altero, quella sua rigidità sotto il manto che la copriva tutta lasciando scoperti solo gli occhi da uccello notturno. Arrivati in fondo alla scaletta, l'uomo si fece da parte e la introdusse in un piccolo ambiente luminoso. Appena l'uomo ebbe richiusa la porticina, la donna si tolse il mantello con il cappuccio che le copriva anche il volto. Questa donna era Teofane e ad accoglierla c'era Zimisce che la prese fra le sue braccia e le coprì il volto di baci e di piccoli morsi.

All'esterno, sul ponte, erano ammucchiate in disordine vecchie reti da pesca, sartiame e ceste per il pesce, mentre la cabina sottocoperta appariva di un lusso fastoso. Sete preziose tappezzavano le pareti dell'alcova, lampade dorate la illuminavano e bracieri di bronzo riscaldavano il piccolo ambiente. Il pavimento di palissandro era cosparso di tappeti orientali con disegni di pavoni sfolgoranti di colori, e al centro della camera c'era un letto di bronzo dorato con lenzuola e cuscini di seta e coperte di broccato. Una alcova minuscola, ma arredata con gusto prezioso e raffinato.

Per raggiungere il barcone Zimisce attraversava il Bosforo partendo dalla costa di Calcedonia dove aveva fissato la sua dimora, mentre Teofane si imbarcava insieme a un suo fedele eunuco ai margini del Porto di Bucoleon dove arrivava attraverso un passaggio segreto del Palazzo Dafnè. Era stata lei a far diffondere la voce che sul barcone c'era un appestato, per tenere lontano i curiosi.

Dopo aver gettato a terra il suo manto scuro, Teofane apparve a Zimisce in una luminosa tunica di seta. Lentamente le mani di Zimisce cominciarono a slacciare le piccole fibbie d'oro. Quando la strinse a sé trascinandola sul letto, Teofane cominciò a dimenarsi con balzi improvvisi come una tigre presa al laccio. L'amore fra Zimisce e Teofane fu quasi una lotta di due fiere che si aggredivano a morsi e a graffi emettendo mugolii selvaggi. Dopo l'amplesso i due amanti continuarono a cercarsi, a frugare ogni luogo segreto dei loro corpi, a intrecciare le loro membra, a simulare nuovi laboriosi giochi d'amore fino a quando, esausti, restarono distesi sul letto e cominciarono a confidarsi le loro ambizioni e i timori incombenti.

«Dopo il rientro di Niceforo a Costantinopoli» disse Teofane «ho ripreso a passare le mie notti in quel funebre letto a baldacchino della camera imperiale, con quel cinghiale sdraiato sul pavimento. Si avvoltola in un sudicio mantello appartenuto a Michele Maleinos, uno zio monaco morto quasi in santità, e si sdraia su una ispida pelliccia di asino selvatico che verrebbe stimata indecorosa perfino da un mercante cipriota. Questo è Niceforo, il Sovrano del più grande Impero della terra, e purtroppo anche il marito che gli eventi politici mi hanno assegnato. E di notte russa così forte che spesso mi sveglio e non riesco più a prendere sonno. Ora mi tengo vicino al letto un cesto di mele e quando mi sveglia lo colpisco alla testa finché non smette di russare.»

«Niceforo è un uomo astuto e intelligente, gli sono stato vicino per lunghi mesi durante le campagne di Cilicia e di Siria e lo conosco bene, conosco le sue pazienze e le sue impazienze, le sue calme e le sue furie improvvise. Non dovresti provocarlo, è un gioco pericoloso risvegliarlo dalle sue mistiche sonnolenze.»

«Hai detto astuto e intelligente, ma hai dimenticato di dire crudele e vendicativo. Lo conosco bene anch'io. Per lui il mondo si divide in alleati e nemici, e i nemici li ha sempre uccisi senza pietà. Nonostante la Corona che porta in testa e le sue fissazioni religiose è rimasto un soldato e per lui la vita di un uomo conta come quella di una zanzara.»

«È per questo che ti raccomando la massima prudenza.»

«Non sono i miei piccoli gesti di ostilità che lo preoccupano. Possono essere anzi un diversivo. Io temo invece che venga a sapere di noi due, e forse qualche spia zelante lo avrà informato. In questo caso siamo già passati nel numero dei suoi nemici e alla prima occasione ci ucciderà senza pietà.»

«Semmai ucciderà me,» disse Zimisce «non credo che avrà mai l'animo di alzare la spada su di te. Sa che la sua popolarità è in declino e anche a lui conviene la prudenza.»

«Per me è la stessa cosa: se uccide te, che ragione avrei più di vivere? Non ho nessuna vocazione per il suicidio, ma basta che muova un dito e trovo cento persone disposte a uccidermi. L'unico lusso che vorrei concedermi nel caso che resti sola, è di farmi uccidere da un altro per non sporcarmi le mani con il mio sangue.» Teofane guardò Zimisce negli occhi: «Hai ascoltato che cosa ti ho detto?».

Zimisce la baciò ancora a lungo, poi l'accarezzò sul volto.

«Forse stiamo drammatizzando troppo la situazione e ci comportiamo come dei perseguitati, o addirittura come dei condannati a morte, quando sarebbe sufficiente tenere gli occhi aperti e le orecchie tese.»

Teofane ebbe uno scatto.

«Non sono d'accordo. Io credo che dovremo fare qualcosa se vogliamo salvarci, non possiamo aspettare di cadere nella trappola come due topi. Tu sei uno Stratega esperto e dovresti sapere che conviene attaccare quando si corre il rischio di venire attaccati. Non è così?»

«Fintanto che il pericolo non è imminente a noi conviene lo stato di pace. Devi capirmi, ho passato tutta la vita in guerra e ora che posso stare con te voglio godermi ogni istante d'amore, voglio accarezzarti, voglio sognare, voglio pensare solo a te e guardarti per conservare la tua immagine davanti agli occhi anche quando ti sono lontano e mi agito nel mio letto senza riuscire a prendere sonno. Tu sei la mia vittoria più sfolgorante, nessuna battaglia vinta vale per me uno solo dei tuoi capelli.»

Teofane sorrise appena e per un attimo apparve disarmata di fronte alle parole di Zimisce, ma subito dopo i suoi occhi lampeggiarono di una strana luce fredda e le sue labbra si tesero per pronunciare parole taglienti e scandite come colpi di spada.

«Io sento il pericolo che ci sovrasta in ogni istante, io vivo dentro il Palazzo a fianco di Niceforo e so che su di noi si sta scatenando la tempesta. In guerra tu sai capire che cosa intende fare il nemico, ma nella Corte di Bisanzio credo che la mia sensibilità sia più esercitata della tua.»

Zimisce la guardò sorpreso e preoccupato.

«Dimmi tu che cosa dobbiamo fare.»

«Te l'ho detto, secondo me conviene attaccare quando si è sul punto di venire attaccati. Niceforo sta preparando qualcosa contro di noi.»

«Ma Niceforo è l'Imperatore, non si può attaccare impunemente, come un nemico qualsiasi.»

«Hai ragione, non si può attaccare impunemente,» Teofane fece una breve pausa «per eliminare il pericolo possiamo soltanto eliminare lui.»

Zimisce restò senza fiato. L'idea di uccidere Niceforo lo aveva colto di sorpresa e gli era parsa subito come una grave follia, una mostruosità gratuita e insensata. Ma Teofane, che aveva colto il suo smarrimento, volle insistere.

«Forse hai dimenticato che dopo Niceforo il secondo uomo dell'Impero sei tu.»

«Che cosa vuoi dire?»

«Che l'Esercito ti acclamerebbe Imperatore con entusiasmo e la popolazione sarebbe tutta dalla tua parte. Niceforo non è più amato dal popolo a causa delle guerre continue e dei tributi sempre più gravosi che impone ai mercanti e agli artigiani per pagare queste guerre. Durante gli ultimi giochi all'Ippodromo ci hanno tirato le sassate sulla tribuna imperiale e ci hanno insultati brutalmente. Da quel giorno Niceforo non osa più presentarsi in pubblico e coglie ogni occasione per allontanarsi da Costantinopoli.»

Zimisce chiuse gli occhi per figurarsi il momento in cui si sarebbe seduto sul Trono a fianco di Teofane. Ma questa immagine gloriosa si presentò ai suoi occhi lordata da rivoli di sangue che scendevano dal Trono e scorrevano sui lucidi pavimenti di marmo invadendo ogni luogo dei Palazzi, dei cortili, dei giardini. Si riscosse con improvvisa determinazione.

«No, non potrò mai uccidere Niceforo. Io devo tutto a lui, ai suoi insegnamenti, alla sua protezione e anche al suo affetto.»

«Ma ti ha scacciato dalle rive del Danubio dove hai rischiato la vita ogni giorno contro quei barbari, per prendersi tutto il merito della vittoria. E credo proprio che venga da lui la diceria che ti ubriachi per darti il coraggio di combattere. Niceforo sapeva che con il fuoco greco gli Sciti sarebbero stati sconfitti, per questo ha affrontato un lungo viaggio e ha voluto essere presente lui solo nel momento della vittoria. Nonostante questo è tornato dal fronte danubiano quasi di nascosto con un piccolo corteo, ed è entrato in Costantinopoli prima dell'alba quando la gente non era ancora scesa nelle strade, poi si è rinchiuso nei suoi appartamenti senza mostrarsi in pubblico. Un tempo quando ritornava dopo una vittoria la folla lo portava in trionfo e lo applaudiva. Adesso deve evitare gli insulti e le sassate. Niceforo è diventato sospettoso di tutti, vede nemici da ogni parte e di notte chiude a chiave la porta e spranga le finestre della nostra camera dove sto rinchiusa anch'io come una prigioniera. Non tocca cibo o bevanda se prima non li ha fatti provare a un assaggiatore, fa perquisire chiunque chieda un colloquio con lui mettendo se stesso in ridicolo e in grave imbarazzo le delegazioni diplomatiche e i Governatori delle province che vengono a riferire sulle situazioni di confine, e pretende che vengano perquisiti perfino i monaci che arrivano a Costantinopoli dopo lunghe settimane di viaggio per sottoporgli i loro problemi. Con questo stato d'animo come pensi che possa accogliere la notizia che noi due ci vediamo in segreto?»

«Quale notizia?» domandò Zimisce allarmato. «Credi veramente che lo abbiano informato? Chi può sapere di noi?»

«Non illudiamoci perché a Corte si sa tutto di tutti e quello che non si sa si inventa. Da qualche giorno Niceforo è di umore nero e quasi non mi rivolge più la parola.»

«Forse hai ragione, ma tutta la mia persona si ribella all'idea di ucciderlo. E se anche mi convincessi a farlo, dovremo mettere in conto che dentro ai Palazzi ha ancora dalla sua parte tutta l'Alta Burocrazia per mezzo del fratello Kuropalata.»

«Dal Kuropalata non avremo più nulla da temere. Avevo dei conti da regolare con lui, ma finalmente sono riuscita a imporgli il saio e a spedirlo in un lontano monastero dal quale non gli sarà facile uscire con le sue gambe. L'Eteriarca Nimio Niceta e l'Eparco sono stati eliminati con il consenso di Niceforo. Nimio Niceta è stato accecato e l'Eparco, che segretamente mirava al Trono, è stato trovato in possesso della pergamena con la formula segreta sottratta nella Officina delle Polveri e punito come stabilisce la legge.»

«Ma Niceforo non ha protetto il fratello Kuropalata?»

«Per fortuna non si amavano affatto. Negli ultimi tempi Niceforo si lamentava spesso con me del fratello che non si era mai adattato ad accettarne l'autorità e a inginocchiarsi davanti al Trono. Anche se dominavano i loro sentimenti, segretamente si odiavano e Niceforo non ha mosso un dito in suo favore e anzi mi ha favorito quando ho preteso che scontasse una offesa che mi aveva rivolto in pubblico durante un banchetto.»

Zimisce si alzò dal letto e incominciò a vestirsi.

«Non posso decidere subito. Devo pensarci, ma la mia testa è confusa e anche dalle sponde di Calcedonia sento soffiare sui Palazzi quei Venti Assassini che ci hanno fatto perdere delle importanti battaglie riempiendo di polvere gli occhi dei nostri soldati. Vorrei essere sicuro prima di agire, e in questo momento non lo sono, né posso usare le mie mani quando non riesco nemmeno a distinguere la destra dalla sinistra, e i miei occhi sono pieni di polvere. Come vedi ti confesso le mie debolezze senza vergogna, ma se riesco a superarle non soffrirò di rimorsi o di pentimenti, di questo puoi stare certa.»

Teofane gli si aggrappò al collo e lo morse ancora sulle labbra, poi indossò la sua veste di seta e il rustico mantello con il quale era arrivata.

Sotto il barcone stava aspettando l'eunuco, intirizzito dal freddo, con la piccola barca a remi che l'avrebbe riportata al passaggio segreto del Palazzo Dafnè.

31

Dopo una settimana di attesa ingannata da prolisse partite solitarie al gioco di Firdusi, finalmente Leone Foca ottenne, tramite l'eunuco Lippas, una udienza segreta presso il fratello Imperatore.

Leone percorse i corridoi che separavano la sua dimora dagli appartamenti imperiali indossando lo stesso saio della finta partenza per l'esilio. Non più Kuropalata, e ormai quasi monaco a causa di quella tonaca e di quella tonsura, Leone camminava a testa bassa, e con una mano teneva davanti al volto un lembo del bruno tessuto di lana per evitare che qualcuno lo potesse riconoscere.

La camera dove Niceforo accolse Leone era appena rischiarata dalle fiammelle delle candele che ardevano sull'altarino davanti al quale l'Imperatore passava in preghiera molte ore della sua giornata e dove il fratello lo trovò inginocchiato al momento del suo ingresso. Finalmente Niceforo si alzò per andarsi a sedere in un angolo della stanza e con un cenno invitò il fratello a sedersi vicino a lui.

«Mi dispiace di avervi distolto dalla preghiera,» esordì Leone Foca «ma forse il Cielo può attendere mentre qui sulla terra si preparano eventi che la vostra benevolenza mi permetterà di giudicare assai gravi.»

«Che ne sappiamo noi se il Cielo può attendere? Quale

presunzione vi induce a un pensiero tanto offensivo per la Divina Autorità che governa anche noi governanti?»

«Voi avete la mente occupata da pensieri sublimi e dalle urgenti preoccupazioni di un Impero circondato da popolazioni barbare e avide delle nostre ricchezze. Tutto questo va a vostro merito, ma io sono vissuto finora e vivo ancora per grazia vostra nei luoghi dei Palazzi dove le avidità e le invidie non sono inferiori a quelle dei barbari che premono ai confini dell'Impero. Dal momento che mi avete salvato da un ingiusto esilio, ritengo che sia mio dovere parlarvi delle voci che corrono sul futuro del Trono di Bisanzio.»

Niceforo ebbe un moto di fastidio.

«Conosco le voci che corrono in tutte le direzioni lungo i corridoi dei Palazzi fin dal giorno in cui sono salito sul Trono. Queste voci mi vengono riferite puntualmente ogni giorno dai miei informatori, ma ormai ho rinunciato a distinguere le verità dalle menzogne perché una simile impresa mi terrebbe occupato per tutta la giornata e per una buona parte della notte. Se avessi prestato fede alle dicerie sulle congiure e gli intrighi che secondo alcuni si ordivano ai miei danni, non sarei riuscito a occupare le città della Cilicia, né avrei potuto sconfiggere gli Sciti sul Danubio. Recentemente il Kalifa El Muizz ha conquistato Alessandria e ha fondato una nuova capitale islamica in Egitto e l'ha chiamata El Kahira, che significa la città della vittoria. Lasceremo impuniti i feroci e tracotanti Egiziani per occuparci delle fantasie che percorrono in lungo e in largo i nostri Palazzi? Vi ho esposto con confidenza fraterna soltanto uno dei gravi problemi che travagliano il Trono di Bisanzio in modo che voi stesso possiate giudicare quale spazio possono avere nella mia mente le voci di corridoio di cui ora vi siete fatto ambasciatore. O non sarà piuttosto qualche preoccupazione sulla vostra persona che vi spinge a estendere artificiosamente il pericolo anche alla mia per avere una maggiore protezione?»

Leone ebbe un attimo di sgomento. Come avrebbe potuto affrontare lo spinoso argomento di Teofane e Zimisce dopo una premessa così perentoria e umiliante? Pensò che per un momento la sua vita era stata nelle mani della perfida Teofane e solo l'intervento del fratello e di Dio Onnipotente gliela avevano restituita. Ma a quali condizioni e con quali rischi? Non solo aveva rinunciato al manto dorato di Kuropalata e aveva indossato il saio monacale per mettersi in salvo, ma aveva dovuto accettare una vita di recluso con il rischio che i segugi dell'Imperatrice lo scovassero nel suo nascondiglio. Gli conveniva dunque gettare sul tavolo tutto ciò che era venuto a sapere di Teofane e Zimisce a rischio di irritare il fratello.

«Mi avete detto che conoscete già le voci che corrono nei corridoi dei Palazzi, ma io temo che le cose vi vengano riferite con molta confusione e timidezza eccessiva in modo che non possiate discernere il vero dal falso. Io non voglio attribuirmi il merito di essere depositario della verità, ma sono certo che un pericolo imminente minaccia, per opera di due persone che vi sono molto vicine, la vostra persona e il Trono dal quale governate.»

Sulle labbra di Niceforo affiorò appena un sorriso di compatimento.

«Dovete sapere, fratello, che da quando siedo sul Trono ho preso l'abitudine di uscire qualche volta di notte e in gran segreto travestito da mercante, da operaio, da scaricatore del porto e anche da mendicante. Non è soltanto un modo di sfuggire per qualche ora al pesante Cerimoniale che mi impone la veste imperiale, ma piuttosto il desiderio di sentirmi un uomo fra gli uomini, in umiltà e in penitenza, e di capire dalla esperienza diretta come vivono i miei sudditi meno fortunati. Mi sono accorto durante queste brevi avventure notturne che fra il popolo si parla spesso dell'Imperatore, se ne parla con simpatia ma anche con rancore, si dicono cose giuste e ingiuste, circolano informazioni false e veritiere. Ho imparato a discernere la chiacchiera maliziosa dai giusti timori dei poveri, ho imparato a capire la mia gente e qualche volta riesco perfino ad avere per questa via delle informazioni che i cortigiani non vogliono o non possono darmi. L'altra notte sono uscito coperto di stracci e stendevo la mano ai passanti per avere qualche moneta o qualche pezzo di pane. No so se fosse mancanza di carità o la povertà diffusa, o la diffidenza che istintivamente la gente del popolo prova per un falso mendicante, il fatto è che ho raccolto ben poche e povere monete, fino a quando mi si è avvicinato un monaco anziano, mi ha messo in mano un pezzetto di pergamena e poi si è allontanato velocemente. Avrei forse dovuto richiamarlo dopo aver letto quel messaggio, ma non potevo inseguirlo per timore che qualcuno, oltre a lui, mi riconoscesse. Dunque quel biglietto pretendeva di mettermi in guardia dal generale Zimisce e da Teofane, i quali avrebbero fatto un accordo per depormi dal Trono. Che il generale Zimisce pretenda di occupare il mio posto sul Trono mi sembra un'infamia, e ho cercato subito di dimenticarla se non foste arrivato voi a farmela ritornare alla mente.»

«Mi dispiace deludervi, ma credo che tutta Costantinopoli sia al corrente dei vostri travestimenti e delle vostre sortite notturne. Più di una volta io stesso vi ho seguito mentre andavate in giro per il porto vestito da pescatore e altre volte vi ho fatto sorvegliare da due guardie anch'esse travestite da pescatori affinché la vostra persona non corresse pericolo. Non dovete dunque stupirvi se quel monaco vi ha consegnato quel messaggio. E sono pronto a scommettere che, come voi non eravate un mendicante vero, nemmeno quel monaco era un vero monaco.»

Niceforo lo guardò con sospetto.

«Da quello che mi dite, se quell'individuo non fosse stato così alto e così magro potrei pensare che c'eravate voi sotto la sua tonaca.»

«Il messaggio che vi porto oggi effettivamente coincide con quello del monaco che avete incontrato l'altra notte. Le notizie che ho io sono le stesse contenute in quel pezzo di pergamena anche se non sono state le mie mani a consegnarvelo. Ma in più posso dirvi con certezza che nell'Esercito alcuni Comandanti, nonostante i favori di cui li avete colmati a spese dei mercanti e degli artigiani, hanno fatto un accordo con Zimisce e hanno messo a sua disposizione i loro soldati per sopprimere chiunque tenti di opporsi alla sua ascesa al Trono.»

«Che follia mi volete far credere? È vero che in questi ultimi mesi mi sono trovato nella necessità di opprimere i mercanti con nuove imposte per far fronte alle spese di guerra, e questo non ha favorito la mia popolarità, ma tra il malcontento dei mercanti e una congiura di Zimisce e dei militari per depormi dal Trono ci corre una differenza non da poco.»

«Zimisce non vuole soltanto deporvi dal Trono, Zimisce vuole uccidervi.»

Niceforo guardò il fratello con sorpresa poi si arrossò in viso per un impeto di collera improvvisa.

«E Teofane?»

Leone chiuse gli occhi e rimase in silenzio.

«Non volete rispondere?»

«A me risulta che Teofane è d'accordo con Zimisce.»

Niceforo parve non reagire. Rimase in silenzio per qualche istante, fece una smorfia di dolore e poi disse quasi sottovoce:

«Non posso crederlo. Crolleranno i Palazzi Imperiali prima che io possa dare credito a una simile infamia.»

«Si dice che sia nata una intensa affezione tra loro durante il viaggio di ritorno dal Danubio e che questa si sia ancora rinsaldata nella Capitale.»

«Zimisce non abita nella Capitale.»

«Calcedonia è vicina e la casa paterna dove è andato a abitare è proprio sul Mar di Marmara.»

«E con questo?»

«Qualcuno dice che gli incontri avvengono in mare. Zimisce è stato visto più di una volta allontanarsi di notte su una barca.»

Niceforo rimase in silenzio tormentandosi la barba. Poi sembrò riprendere il controllo dei propri pensieri.

«Ho imparato a non dare credito nemmeno alle voci che mi prospettano situazioni possibili e verosimili. Il possibile e il verosimile non sono sufficienti a imprimere alle cose il sigillo della verità. Ma quale pazzia insolente e peccaminosa dovrebbe indurre Teofane a tramare contro di me dopo avere contrastato con tutte le sue arti l'essere più astuto e perfido che mai sia dimorato sotto i tetti di questi Palazzi come l'eunuco Bringas con lo scopo di avermi finalmente al suo fianco? Tanto più che da qualche tempo ho deciso di assecondarla in tutto e di non ribellarmi nemmeno alle sue piccole angherie coniugali che considero una penitenza da offrire a Dio per scontare i miei peccati.»

«Bringas le aveva sottratto ogni potere e presto sarebbe riuscito ad allontanarla anche dalla Capitale e perciò il coraggio di quei giorni dipendeva soltanto da una necessità urgente. In questo momento credo che la spinga ad agire non soltanto l'insofferenza verso la vostra Persona, ma anche l'affezione maligna nei confronti di Zimisce che l'ha sedotta.»

Niceforo chiuse gli occhi come se sperasse di cancellare le parole del fratello. Poi riprese a parlare con voce lenta e disperata.

«Il tradimento di Zimisce porta avvilimento e confusione nei miei pensieri. Vorrei dimenticare subito tutto quello che ho udito dalle vostre labbra, ma sarà impossibile perché a Zimisce ho dedicato per anni tutte le mie attenzioni, gli ho insegnato il coraggio in battaglia e la lealtà in tempo di pace, l'ho tenuto al mio fianco durante le campagne della Cilicia e della Siria, abbiamo condiviso i rischi e l'umiliazione durante la sfortunata impresa di Cipro e infine l'ho nominato Stratega d'Oriente durante la campagna contro gli Sciti sul Danubio. Veramente cattivo maestro devo essere stato se l'ho reso, come sembra, nemico della verità, figlio del Demonio e servitore dell'Anticristo.»

«Spesso le persone meschine considerano la riconoscenza un sentimento umiliante.»

«Può essere vero. Ma Teofane perché dovrebbe desiderare la mia morte?»

«Credo che desideri sopra ogni altra cosa il trionfo di Zimisce e il proprio, ma sa che per ottenerlo occorre cancellare la vostra presenza sul Trono. Dovete tener conto che le donne sono facili prede delle suggestioni passionali e di desideri smodati e spesso assurdi. La nostra religione condanna la menzogna e il tradimento, ma è raro che una donna abbia un sentimento sincero e profondo dei doveri verso il prossimo, verso Dio e verso lo Stato. Io credo che sia vostro obbligo di Imperatore avere cura della vostra Augusta Persona chiunque sia che ne minacci l'incolumità: se voi siete in pericolo è in pericolo la sicurezza dell'Impero non soltanto come estensione territoriale, ma come comunità di persone unite dalle stesse idealità religiose e civili. L'unione della religione e dello Stato, realizzata nel corso dei secoli da Bisanzio, è frutto di grande sapienza ma anche di lotte sanguinose, e io so quanto sia arduo il vostro impegno per difendere questo risultato contro i nemici esterni e contro quelli che si annidano dentro i Palazzi. Il pericolo che correte in questi giorni rischia di rendere vano tutto ciò che avete fatto fino a oggi se non dedicherete uguale impegno alla difesa della vostra Persona. Vi supplico, mio Imperatore e fratello, di tenere conto del mio allarme per il bene vostro e di tutti.»

Niceforo guardò Leone negli occhi e si persuase che la sua preoccupazione era sincera. Poi volse lo sguardo all'altarino davanti al quale ardevano due ceri.

«La mia vita è nelle mani di Dio. Pregherò Dio Padre affinché preservi dai pericoli la nostra persona e protegga la nostra opera.»

L'Imperatore si alzò per congedare il fratello, ma aggiunse a sua volta una raccomandazione.

«E voi provvedete a proteggere voi stesso, seguite con fiducia tutte le istruzioni di Lippas, non vi muovete dal vostro domicilio segreto e, se vi riesce, pregate Dio Onnipotente perché avete bisogno anche voi della sua mano misericordiosa. In quanto a quei due farò fare le mie indagini, ma voi tenetevi alla larga perché sono pericolosi per la vostra salute più che per la mia.»

Leone Foca fece un inchino e uscì dalla stanza coprendosi il volto con un lembo del saio. Nell'atrio lo attendeva l'eunuco Lippas e insieme percorsero con passo veloce i corridoi e le scale che portavano al suo appartamento.

Durante il tragitto Leone Foca non disse nulla ma pregò in cuor suo che il fratello Niceforo si rendesse consapevole del pericolo che lo minacciava. Perfino Dio Onnipotente porge orecchio alle suppliche dei fedeli. Perché Niceforo non avrebbe dovuto ascoltare le parole del fratello?

32

La porta dell'appartamento che Leone Foca aveva occupato in precedenza, quando ancora era investito della carica di Kuropalata, venne aperta da ignoti durante la notte dopo l'udienza segreta con Niceforo. Lippas lo informò che qualcuno, senza forzare i ferri delle serrature, era entrato e aveva messo le mani su un pacco di vecchi documenti senza valore: domande di famiglie benestanti che chiedevano titoli di nobiltà dietro pagamento per essere ammesse a Corte, richieste di promozione da parte di Funzionari dei Palazzi, suppliche di condannati che chiedevano la grazia, istanze di licenze commerciali, documenti che dormivano da mesi in uno stipo dal quale il Kuropalata negli anni del suo incarico estraeva qualcuno a caso ogni tanto, svogliatamente, ben sapendo che maggiore rispetto e attenzione avrebbe ottenuto da chi aspettava un favore piuttosto che da chi lo aveva già ottenuto.

Quando l'eunuco lo informò che i ladri erano penetrati nel suo appartamento di Kuropalata, non furono necessari i commenti. Non di ladri in cerca di tesori si trattava, ma di emissari che cercavano la pergamena del fuoco greco. Ma chi dava la caccia a quel prezioso documento? Non era già arrivato, attraverso il suo Primo Segretario di Camera, nelle mani di Teofane? Leone capì da quella effrazione che le trame si moltiplicavano e che gli conveniva per il momento rimanere rinchiuso nell'appartamento di Lippas. Le prospettive non erano favorevoli e forse il corso dei nuovi eventi lo avrebbe costretto a fuggire veramente da Costantinopoli e a rifugiarsi in un esilio volontario se voleva avere salva la vita. I segnali che arrivavano per mezzo di Lippas erano ancora negativi e Niceforo, dopo quell'incontro, sembrava ostinato a rendersi cieco e sordo di sua volontà.

Dall'appartamento dell'eunuco un giorno Leone vide passare giù nel cortile Niceforo a fianco di Teofane, seguiti dai Dignitari della Corona, uniti ancora nelle cerimonie quotidiane, pericolosamente e forzatamente affiancati nelle imperiali e cristiane incombenze del Trono. Un incontro dei due Sovrani con il Patriarca, una lunga giornata di colloqui sui quali si era tenuto il più rigoroso segreto, fece pensare a Leone Foca che era in corso da parte del fratello un tentativo di ammansire Teofane con l'aiuto della Autorità religiosa. Somma ingenuità, pensò Leone con amarezza, se l'Imperatore sperava veramente di ammansire quella belva con le lusinghe del Cielo. E intanto si rendeva ogni giorno più impopolare con scriteriate e costosissime imprese militari che avevano svuotato le casse dello Stato e lo avevano indotto a caricare di nuove imposte la popolazione. Un rumoroso sintomo di malcontento si era avuto quando le donne erano scese nelle strade di Costantinopoli con pagnotte dipinte di nero infilate su lunghe pertiche per protestare contro i fornai che mescolavano cenere alla farina, e ora il malcontento si era esteso ai bottegai e ai proprietari delle case per l'imposta sull'aria che colpiva tutte le sporgenze sulle strade cittadine come panchine di pietra, balconi grondaie insegne e perfino le canne per stendere i panni.

Mai Leone aveva desiderato con tanto ardore di stare a fianco del fratello. La segregazione rappresentava pur sempre la salvezza dagli impulsi sanguinari di Teofane, ma perché Niceforo non comunicava con lui proprio nel momento in cui la presenza di un consigliere fidato gli sarebbe stata di aiuto e sollievo? Che Teofane avesse indotto l'Imperatore a simili eccessi di prudenza lo rattristava e preoccupava. Un giorno Niceforo gli aveva confidato che si massaggiava le gambe e il petto da se stesso, un esercizio penoso per non esporre i suoi segreti malanni, contratti negli anni di vita militare, alla ciarliera genìa degli eunuchi massaggiatori e alle beffe della consorte. Ma perché, se era tanto prudente nei confronti dei cortigiani, si esponeva al disfavore della popolazione? Perché non poneva freno alle spese e non tentava di recuperare almeno in parte la popolarità perduta che gli sarebbe stata preziosa in un momento così incerto? La sua dipendenza da Teofane doveva avere toccato il fondo della abiezione se era costretto a ricorrere a così laboriosi sotterfugi per salvare la vita del fratello. Si erano dunque assopite in lui le antiche virtù che lo avevano portato al trionfo militare e al Trono?

Il furto della pergamena dalla sua stanza era forse un segno di insicurezza di Teofane che era ricorsa a questo mezzo estremo per poterlo accusare di essersi impossessato della formula del fuoco greco. Chi poteva avere ordito senza correre rischi una simile messa in scena se non Teofane? Solo Teofane poteva avere ordinato quel furto. I furti dentro i Palazzi erano rarissimi per la difficoltà di fare uscire la refurtiva o di conservarla impunemente, soprattutto nel caso di un oggetto scottante come la formula del fuoco greco. Con questi argomenti Leone avrebbe voluto chiedere una nuova udienza all'Imperatore, ma poi vi aveva rinunciato per non dover confessare la scomparsa della pergamena dalla sua stanza. Meglio per il momento rimanere nascosto sotto la protezione del fedele Lippas, e lasciare credere a tutti di essere stato rinchiuso in un monastero lontano.

Così Leone aveva accettato quella vita di talpa cieca e silenziosa in attesa di qualcosa che di volta in volta immaginava con i colori brillanti della speranza e del desiderio o con quelli cupi della catastrofe che sentiva incombere sulla propria persona e su quella del fratello Niceforo.

Sbrigate le quotidiane incombenze ufficiali, Niceforo e Teofane si ritrovavano uno di fronte all'altro nell'ora dei pasti. L'apparecchiatura d'oro che un tempo serviva per la mensa imperiale era stata fusa per ordine di Niceforo e data in pagamento agli Sciti in cambio di due anni di pace. I piatti, le zuppiere, le coppe, le posate e i candelieri erano stati riprodotti identici, ma in bronzo dorato, dagli orafi di Corte. Le stoviglie erano uguali per Niceforo e Teofane, ma i cibi erano differenti. Niceforo mangiava carne solo nei pranzi ufficiali ma in privato preferiva cibarsi di legumi, ceci fagioli lenticchie o fave secondo la stagione, e poi verdure crude che condiva con olio di oliva greco, e accompagnava il pasto con un bicchiere di vino bianco resinoso di Cipro allungato con acqua nella stagione calda, e con un bicchiere di vino rosso puro nella stagione fredda. Teofane preferiva a tutto la cacciagione condita con pepe nero e altre spezie forti d'Oriente.

Nonostante l'ostilità con cui Teofane lo aveva accolto al suo ritorno dalla guerra danubiana, Niceforo si era mostrato paziente con lei e aveva esibito pateticamente le sue affettuosità nel tentativo di ottenere qualche conforto in quel momento di grave solitudine. Ma Teofane non aveva fatto nessuna concessione ai suoi sentimenti, continuava a essergli lontana con i pensieri e soprattutto con i suoi desideri. Non aveva mostrato mai, da quando si erano trovati insieme sul Trono, qualche momento di affetto o di comprensione. La vicinanza di Niceforo irrigidito nel suo dolore le procurava soltanto fastidio e noia, né si era mai curata di nascondere questi suoi sentimenti. Le evidenti sofferenze di Niceforo parevano anzi eccitare la sua perfidia.

Dopo aver ricevuto dal monaco quel messaggio che gli annunciava un prossimo attentato, Niceforo volle parlarne con Teofane.

«Sicuramente si tratta di una beffa,» disse l'Imperatrice «e tu sei caduto nella trappola mettendoti in ridicolo con quelle assurde perquisizioni a Corte. Chi può avere interesse a togliere la vita a un fantoccio che della Corona conserva solo l'apparenza, ma ha perduto ogni autorità?»

Lo scopo di Teofane era quello di avvilire Niceforo e di metterlo in condizione di non reagire alle notizie allarmanti che sicuramente gli erano già arrivate dai suoi informatori.

«Una parte della popolazione mi è ostile, e a Corte questa ostilità mi fa apparire vulnerabile. Ma ciò non significa che lo sia veramente.»

Teofane lo guardò distrattamente continuando a mangiare una pernice farcita con olive e sedano.

«La cosa che mi pesa di più» continuò Niceforo «è che anche tu mi sei ostile. Sei una donna molto strana e difficile, e questo mi dispiace e mi umilia.»

Teofane fece un gesto con la mano come se volesse allontanare le malinconie di Niceforo e riportare il discorso alla reale consistenza dei fatti.

«Non riuscirai a commuovermi con i tuoi lamenti. Per colpa tua mi sono presa gli insulti e le sassate sulla tribuna dell'Ippodromo, per colpa tua non oso più uscire dai Palazzi. Sono vittima anch'io delle tue follie militari e sono costretta a mangiare in piatti di bronzo dorato mentre i barbari si arricchiscono con il nostro oro. Non sei riuscito a essere veramente un Imperatore anche se stai seduto sul Trono e fai dimenare la coda a quei tuoi ridicoli leoni. Sei sempre rimasto un militare, per di più ossessionato dalla religione. Quale peggiore combinazione si potrebbe immaginare?»

«Dio da una parte e la spada dall'altra. A me sembra che sia una combinazione rispettabile, e anche temibile.»

Con una mossa rapida e improvvisa Niceforo afferrò la spada appesa alla parete dietro l'altarino e con un sibilo tagliò netta in due una tenda della finestra.

Teofane lo guardò muta e spaventata. Ma si riprese subito e disse con voce tranquilla:

«Dovrò far chiamare i tappezzieri per rifare la tenda.»

33

Nevicava sul Bosforo quella notte di dicembre. La neve scendeva fitta e lenta sciogliendosi sull'acqua. Una barca a remi si stava avvicinando nel buio al Porto di Bucoleon ondeggiando a ogni colpo di remi. A bordo c'erano quattro uomini che procedevano con sicurezza verso il molo e ogni loro movimento, ogni loro gesto sembrava calcolato da una intesa comune e silenziosa. Tra questi c'era Zimisce che indossava come gli altri un semplice scaramangio di lana. Finalmente la barca si accostò al molo in un punto deserto sotto le mura del Palazzo Dafnè. Fu Zimisce il primo a scendere e appena mise piede sulla banchina, dall'alto delle terrazze venne calata lungo le mura una scala di corda. Zimisce si avvicinò mentre i due rematori tenevano dal basso la scala, e cominciò a salire insieme a uno degli uomini lungo il muraglione scomparendo in alto nel buio.

Nella sua camera da letto Niceforo era già sdraiato sulla pelle di onagro stesa sul pavimento. Tutto avvolto nel vecchio mantello monacale avuto in eredità da uno zio votato alla perfezione religiosa, l'Imperatore stava per addormentarsi dopo un'altra giornata di inutili discussioni con Liutprando da Cremona, il quale si ostinava a rimanere a Costantinopoli nonostante il fallimento della sua missione, e a provocare continui incidenti sperando forse di ottenere con la sua presenza ingombrante ciò che non aveva ottenuto con le arti della diplomazia. Quel giorno, durante un banchetto, il Vescovo longobardo aveva minacciato di alzarsi dalla tavola già imbandita se non gli veniva data la precedenza sull'Ambasciatore bulgaro che si era presentato nella Sala del Triclinio cinto alla vita da una catena di bronzo e con i capelli unti alla maniera balcanica. Sulle pretese imperiali degli Ottoni Niceforo era stato inflessibile, ma sulla precedenza aveva dovuto mostrarsi comprensivo e aveva ordinato al Prefetto della Tavola del Basileus di modificare la disposizione dei posti per non provocare un incidente clamoroso che avrebbe rotto definitivamente i già difficili rapporti con l'Italia.

Quando Teofane entrò nella camera da letto si diresse subito alla finestra, sganciò il chiavistello e la aprì sul buio. Niceforo se ne accorse e protestò debolmente.

«Prenderai freddo, Teofane, la stagione è inclemente e l'umidità della notte entrerà nella stanza.»

«Ti preoccupi per la mia salute o per la tua? Oppure pensi che guardare la neve sia un lusso inutile e peccaminoso?»

Con uno scatto di irritazione Teofane riaccostò la finestra, ma senza chiudere il chiavistello. Fece qualche passo per la stanza e poi si avvicinò alla porta per uscire.

«Dove vuoi andare a quest'ora?»

«Non ho sonno. Andrò a fare visita alla Principessa armena che è nostra ospite, ma solo per breve tempo. Ho dimenticato di consegnarle un profumo che le avevo promesso.»

Teofane mostrò a Niceforo una piccola ampolla d'argento con il profumo, poi aprì i tre pesanti catenacci della porta.

«Non chiudere i catenacci» disse a Niceforo «perché se ti addormenti dovrò chiamare il Protovestiario per entrare.»

Niceforo si sollevò con il busto e fece l'atto di alzarsi in piedi.

«Starò sveglio per aspettare il tuo ritorno.»

«Non occorre. Mi fermerò da lei solo il tempo di consegnarle il profumo e di scambiare quattro parole.»

Niceforo si rimise sdraiato sulla pelle di onagro, ma le palpebre gli si chiudevano. Fece uno sforzo per rimanere sveglio, ma dopo qualche istante cadde in un sonno profondo.

Arrivati sulla terrazza del Palazzo Dafnè, Zimisce e il suo compagno si unirono ai due complici che li aspettavano e si scambiarono solo un cenno d'intesa perché il piano era stato concordato anche nei minuti particolari. Spostarono la scala di corda fin sopra la finestra della camera di Niceforo e la legarono saldamente a uno degli arpioni di ferro che servivano a sostenere i festoni delle fazioni concorrenti durante le corse dei cavalli nell'Ippodromo.

La neve continuava a scendere fitta e sottile e copriva di silenzio ogni mossa dei congiurati e chiudeva la vista sul Porto di Bucoleon.

Zimisce e il compagno arrivato con lui sulla terrazza si assestarono ai fianchi le corte spade militari e si strinsero i lacci alle caviglie preparandosi a scendere lungo la scala di corda. Il compagno di Zimisce era un acrobata del circo e aveva il compito di aprire il passaggio ai congiurati, ma era anche lui pronto a intervenire con la spada. All'acrobata e a Zimisce si unì uno dei due uomini che aspettavano sulla terrazza, un Siriano violento reclutato fra le Guardie dei Palazzi dopo l'arresto e la reclusione dell'Eteriarca Nimio Niceta. Il quarto congiurato rimase sulla terrazza per ritirare la scala di corda appena gli altri fossero entrati nella camera di Niceforo.

Arrivato davanti alla finestra, l'acrobata la spalancò con un calcio e balzò dentro con la spada sguainata. Dietro di lui entrarono Zimisce e il Siriano, e anche loro sguainarono le loro spade nella penombra della stanza appena rischiarata da due candele accese davanti alla immagine di Cristo sull'altarino.

Niceforo si svegliò di soprassalto e balzò in piedi senza capire che cosa stava succedendo, ma istintivamente allungò la mano per afferrare la spada che teneva appesa alla parete. L'acrobata gli si avventò contro e lo fece cadere a terra. Fu allora che Zimisce alzò la spada e lo colpì sulla testa aprendogli uno squarcio profondo fino all'occhio sinistro. Niceforo a questo punto sentì che le forze lo stavano abbandonando, ma riuscì ancora a sbarrare gli occhi su Zimisce che lo colpiva a calci sul petto e sul volto ormai coperto di sangue. Quando crollò sul pavimento, Zimisce si chinò e lo afferrò per la barba trascinandolo al centro della camera. Niceforo chiuse gli occhi per non vedere il volto di Zimisce, senza capire la ragione di tanta ferocia. Per un istante riuscì a raccogliere le forze per dirgli qualcosa: forse qualche estremo pensiero di delusione, di tristezza o di rabbia passò nella sua mente, ma le sue labbra non riuscirono a comporre nemmeno una parola. Ricadde sul pavimento con la testa abbandonata e le membra ormai inerti mentre tutto si faceva buio intorno a lui e sfumava anche il dolore nel vuoto e nel silenzio della morte.

Nei Palazzi Imperiali si sparse immediatamente la voce dell'attentato e della morte di Niceforo Foca. Il nuovo

Eteriarca che aveva sostituito Nimio Niceta non esitò a radunare le Guardie Palatine e a schierarsi dalla parte di Zimisce come era stato convenuto in segreto con i congiurati. I corridoi dei Palazzi erano deserti perché gli Alti Burocrati e i loro dipendenti, come succedeva sempre nei casi di emergenze improvvise, si erano rinchiusi nei rispettivi uffici in attesa di schierarsi dalla parte vincente. I Comandanti dell'Esercito non si pronunciarono temendo che i soldati fossero ancora favorevoli a Niceforo dal quale avevano avuto denaro e privilegi. Sbigottita e incredula la popolazione era scesa nelle strade della Capitale e gran parte dei soldati di stanza a Costantinopoli si radunarono nell'Ippodromo e reclamarono a gran voce una apparizione di Niceforo sulla Loggia del Palazzo Dafnè.

Teofane, dopo la visita notturna alla Principessa armena si era rifugiata nel suo appartamento del Gineceo, aveva chiamato i parrucchieri per farsi rifare la pettinatura, poi aveva indossato un sontuoso manto di seta bianca come se avesse dovuto presentarsi a una cerimonia ufficiale. Le Dame del Gineceo l'avevano trovata sicura di sé e serena come se si fosse liberata da un peso divenuto ormai insopportabile.

Dopo l'attentato un eunuco alle dipendenze di Teofane aveva frugato fra le carte di Niceforo e aveva trovato la pergamena ancora sigillata con la formula del fuoco greco: era stata sottratta dalla camera del Kuropalata per ordine dell'Imperatore, il quale era riuscito in questo modo a scongiurare il rischio che il fratello venisse denunciato come traditore. Il Primo Segretario di Camera, che agiva segretamente per conto di Niceforo, era stato defenestrato dal Kuropalata che lo aveva ritenuto un agente di Teofane.

Nella tarda mattina sulla Loggia Cathisma che si affacciava sull'Ippodromo affollato, comparvero due Guardie in uniforme da cerimonia e un Trombettiere che suonò lo stesso annuncio solenne con il quale si faceva precedere l'arrivo dell'Imperatore. Giù nell'Ippodromo ci fu un momento di esultanza, ma i Comandanti ordinarono il silenzio. L'Esercito tacque in attesa che comparisse Niceforo. Ma improvvisamente avanzò sulla Loggia lo Stratega Giovanni Zimisce con lo scaramangio macchiato di sangue reggendo per i capelli la testa ancora sanguinante di Niceforo Foca. Dal basso si levarono urla di raccapriccio e di minaccia per i congiurati. Ma a un tratto si levò alta una voce tra i soldati:

«Viva Zimisce Imperatore!»

Ci fu un momento di silenzio e di sconcerto, un vociare confuso tra i soldati, poi una acclamazione generale che nella consuetudine bizantina equivaleva alla proclamazione per voce di popolo di un nuovo Imperatore.

«Lunga vita a Zimisce Imperatore!»

Zimisce salutò con un gesto i soldati, poi si ritirò dalla Loggia e abbracciò Teofane che era accorsa presso il vincitore senza preoccuparsi di nascondere la sua partecipazione al complotto. Quell'abbraccio lasciò sul suo candido manto rosse macchie di sangue.

34

Il Patriarca Polieuto si rifiutò di incoronare Zimisce e di dare il suggello ufficiale alla sua nomina a Imperatore se non avesse acconsentito di allontanare Teofane, che tutti ormai riconoscevano come l'ispiratrice della congiura nella quale Niceforo aveva perso la vita, e di un'altra serie di delitti commessi con il pretesto di una pergamena contenente la formula del fuoco greco, che lei stessa aveva fatto circolare ad arte. Il trafugamento dell'originale e l'uccisione di Leonzio Manuele dovevano rendere credibile la presenza della pergamena nei luoghi e presso le persone che voleva togliere di mezzo con una condanna inappellabile.

Quando Zimisce e Teofane si presentarono nella Cattedrale di Santa Sofia, fu il Patriarca Polieuto in persona a impedire il loro ingresso facendosi avanti con le mani alzate verso il Cielo, la voce tempestosa e lo sguardo che esprimeva tutta la sua indignazione.

«Non posso ammettere nella Chiesa di Cristo due persone che hanno ancora le mani insanguinate da un delitto che ci ha procurato orrore e vergogna, e che assecondano il Demonio per creare disordine nell'Universo.»

Zimisce si inginocchiò sul lastricato in segno di umiltà. Teofane rimase in piedi guardando con odio il Patriarca.

«Il popolo mi ha acclamato Imperatore» disse Zimisce

«e se sono venuto a chiedere il suggello della Autorità religiosa è perché le mie mani sono innocenti e io sono uomo di fede.»

«Una professione di fede in questa circostanza» disse il Patriarca «non è soltanto sospetta, è addirittura blasfema. Il Cielo ci guarda e punisce i colpevoli che sono tra noi.»

«Sono pronto a riconoscere i miei errori purché non mi vengano mosse accuse ingiuste. Il Cielo perdona gli errori di chi è pentito e spero che voi non vorrete essere più severo del Cielo.»

«Un delitto non è soltanto un errore, è una offesa a Dio e agli uomini» disse il Patriarca con severità.

«Chiedo umilmente di essere ammesso a un colloquio perché sia cancellata ogni ombra dalla mia persona nel momento in cui, per volere del popolo, e spero con la benedizione del Santo Patriarca, ho assunto il gravoso incarico di rappresentare l'Impero Romano e Cristiano di Bisanzio.»

Il Patriarca Polieuto ammise al colloquio Zimisce, ma non volle che fosse accompagnato da Teofane, che rimase fuori dalla Cattedrale ad aspettare l'esito dell'incontro.

Seduto sullo scranno patriarcale al centro della Cattedrale deserta, Polieuto aspettò che Zimisce si inginocchiasse di nuovo e per tutto il colloquio lo lasciò in ginocchio.

Da fuori le Guardie della scorta vigilarono l'attesa di Teofane che si era rifugiata nella carrozza imperiale, furente per non essere stata ammessa al colloquio, incapace di reprimere i fremiti d'ira per l'umiliazione subita e impaziente di sapere l'esito dell'incontro di Zimisce con il Patriarca.

L'attesa fu lunga e agitata. Dopo la freddezza crudele con cui aveva voluta e preparata l'uccisione di Niceforo, ora Teofane sembrava cedere a una sorta di estatica confusione, interrotta da sussulti improvvisi come se temesse una aggressione dei tristi fantasmi che l'avevano guidata nei suoi intrighi delittuosi.

«Non potrò accogliere le vostre parole sotto il segreto della confessione» disse subito il Patriarca a Zimisce. «Le gravi circostanze che vi hanno condotto nella sede di questa Santa Cattedrale rendono difficile l'esercizio delle mie funzioni e non poserò la Corona sul vostro capo se non quando sarò certo che quel sacro simbolo non lo avete conquistato con un delitto che ha macchiato di sangue anche le Sacre Immagini davanti alle quali un Imperatore devoto diceva le sue preghiere.»

«Tutti conoscono da lunghi anni» disse Zimisce «la mia devozione per l'Imperatore Niceforo. È stato mio maestro durante gli anni di guerra, e recentemente mi aveva richiamato nella Capitale per avermi vicino in un momento difficile che aveva visto declinare la sua popolarità e intorbidarsi la sua relazione con l'Imperatrice Teofane.»

«Una donna infida e arrogante che non conosce né la dignità imperiale né quella che dovrebbe essere ornamento di una donna di qualsiasi condizione.»

«Avete pronunciato una giusta sentenza che approvo con tutto il mio animo. Se oggi sono qui in ginocchio a supplicarvi di perdonare le mie debolezze è proprio a causa di quella donna. È stata lei a sedurmi, e questo è il primo peccato di cui devo chiedere umilmente perdono perché da questo ha avuto origine ogni altro male. L'arte di seduzione di Teofane ha corrotto le mie inclinazioni, ma non la mia ragione né la mia fede nei Comandamenti di Dio Padre che tutto vede nell'alto dei Cieli. Non so che cosa ha fatto credere a Teofane che l'avrei seguita nei suoi loschi intrighi, nelle sue alleanze con uomini violenti, nella premeditazione di un delitto infame. Né avevo previsto che la spregiudicatezza di quella donna potesse arrivare a tanto, ma alla fine mi sono trovato coinvolto in una situazione dalla quale non sapevo come uscire. È così che, travolto dagli avvenimenti, mi sono lasciato spingere sulla Loggia davanti all'Esercito riunito nell'Ippodromo. Ma a quel punto che cosa avrei potuto fare? Avrei dovuto lasciare la città nel disordine e l'Impero senza una guida? L'Esercito mi ha acclamato Imperatore non perché lo avessi preteso o richiesto, ma per un suo moto spontaneo, sapendo che ero io la persona più vicina a Niceforo, quasi il suo figlio adottivo.»

«Uno strano figlio che si presenta sulla Loggia imperiale reggendo per i capelli la testa insanguinata del padre. Questa orrida scena mi ricorda i peggiori misfatti dell'antichità pagana piuttosto che l'investitura più alta dell'Impero Cristiano.»

«In momenti tanto drammatici non ci si rende conto dei nostri comportamenti, ma posso assicurarvi che i miei gesti non corrispondevano ai miei sentimenti. Quando sono ritornato in patria dopo la guerra contro gli Sciti sono andato ad abitare a Calcedonia, proprio per stare lontano dagli intrighi che si ordiscono a Corte. Se avessi voluto tramare per salire sul Trono avrei percorso anch'io i corridoi dei Palazzi per trovare alleanze e complicità.»

«C'era Teofane che agiva per conto vostro.»

«Umilmente insisto nel dire che quella donna ordiva le sue trame a mia insaputa, al di là dei miei desideri e della mia volontà.»

«Allora anche la vostra nomina a Imperatore è avvenuta al di là dei vostri desideri e della vostra volontà. Se le cose stanno come voi dite, potreste rinunciare al titolo senza sacrificio.»

«Come vi ho detto, dal momento che Niceforo era stato ucciso ho pensato che fosse mio dovere evitare che il Trono cadesse nelle mani di qualche cortigiano intrigante. Io sono un soldato che ha servito onorevolmente l'Impero e il mio unico torto è quello di avere ceduto alla seduzione di quella donna funesta.»

«Quindi sareste disposto almeno a rinunciare a Teofane?»

«Ormai tutto è avvenuto. Per quanto riconosca di essere stato travolto da lei, penso che di fronte ai sudditi sia mio dovere non aggravare lo scandalo precipitando pubblicamente nel discredito una donna che fino a ieri sedeva sul Trono.»

«Tutto il mondo conosce Teofane come una peccatrice senza fede e senza pudore. Voi dovete fare una scelta come ultima proposta che dall'alta Sede da cui vi parlo sono costretto a farvi: o scegliete la Corona imperiale o scegliete Teofane.»

Senza esitare Zimisce fece la sua scelta.

Teofane, accusata dell'assassinio di Niceforo, venne trascinata via a forza dalle Guardie della scorta imperiale. Sconvolta per il tradimento di Zimisce che aveva ottenuto la Corona imperiale per merito suo, lo coprì di insulti davanti alla Cattedrale e di fronte al Patriarca, tentò addirittura di avventarglisi contro per graffiarlo come aveva fatto tante volte per libidine durante i loro furiosi incontri d'amore sul barcone da pesca. Ma le Guardie la trascinarono per le braccia e la caricarono su un carro militare che partì alla volta di una prigione segreta.

«Questa scena indecorosa è la conferma della sua indole violenta» disse Zimisce al Patriarca impressionato da quella furia umana. E il Patriarca ipocritamente acconsentì alle parole del nuovo Imperatore per non dovere riaprire una questione che già lo aveva messo in imbarazzo e indotto alla collera.

Il giorno dopo Teofane venne prelevata dalla sua prigione e caricata su una nave dove venne rapata a zero e rivestita con un abito monacale. Il luogo dove approdò quella nave venne tenuto segreto. Di Teofane si seppe più tardi che creò tali problemi alle monache che la ospitavano che venne trasferita varie volte da un monastero all'altro. Ovunque si trovasse danneggiò il vasellame, le posate, gli attrezzi da cucina e in qualche caso strappò anche i paramenti sacri. Tracce del suo passaggio sono rimaste in molte cronache di questi monasteri dove vennero registrate le sue malefatte tra le quali si contano anche frequenti risse con graffi, sputi e percosse alle altre monache. A sua parziale giustificazione si disse che un Demonio Doganiere posto in agguato sotto il Cielo fosse l'ispiratore e il controllore delle sue azioni.

35

Leone Foca non fece in tempo a fuggire e, scoperto nel suo nascondiglio, venne accecato e condotto con un carro tirato da buoi in una campagna della Scizia dove visse mendicando il cibo da una casa all'altra e raccontando, in cambio di qualche moneta di rame, le storie segrete della Corte bizantina. L'eunuco Lippas che lo aveva nascosto e protetto, ottenne di avere salva la vita, ma dovette sottoporsi al taglio della lingua e alla bruciatura dei timpani per venire assunto nella Officina delle Polveri in sostituzione di un operaio morto di malinconia. Prima di scomparire definitivamente dentro l'Officina a preparare le miscele del fuoco greco, l'eunuco affidò a un suo aiutante un pacco di fogli di pergamena con le cronache immaginarie della Corte che, conservate in un monastero di Monte Athos, sono servite per questa ricostruzione veritiera degli avvenimenti fino all'ascesa al trono di Giovanni Zimisce. Nello stipo dove Lippas conservava la sua storia venne trovato un ultimo foglio di pergamena, forse sfuggito alla sua attenzione o forse lasciato volontariamente in quel luogo, scritto con caratteri insolitamente chiari e grandi. Era un breve messaggio indirizzato ai futuri lettori, così concepito: "Chiunque tu sia, dopo aver letto questa storia cerca di dimenticarla perché nella dimenticanza e non nella memoria sarà la salvezza degli uomini. Troppe sono le storie del mondo e solo quelle che sopravviveranno alla volontà di dimenticarle saranno degne di essere ricordate. Le storie degne di sopravvivere hanno bisogno di spazio nella memoria e di leggerezza nella mente".

Il Patriarca Polieuto pronunciò un sermone indirizzato alla popolazione del Cristiano Impero di Bisanzio, ma in realtà dedicato al nuovo Imperatore Giovanni Zimisce, per invitare tutti a dimenticare Teofane e a non pronunciare più il suo nome per nessuna ragione. Ma prima di questa "damnatio memoriae" non esitò a definirla donna dal doppio pensiero, figlia delle tenebre, creatura maligna, traditrice dell'Impero, mente di saracena, oltraggiatrice di Cristo, maestra di empietà, serpente astuto, persecutrice degli innocenti.

In breve tempo tutti coloro che erano stati al servizio diretto di Teofane, sia uomini che donne e eunuchi, sia greci che barbari, sia laici che monaci, scomparvero a uno a uno misteriosamente senza lasciare traccia. Dalle prigioni di Costantinopoli vennero messi in libertà tutti i ladri per fare posto alle numerose Guardie Palatine che avevano disapprovato la cacciata di Teofane, dalla quale avevano avuto una elargizione segreta di monete d'oro.

Il nuovo Imperatore sposò Teodora, figlia di Costantino VII e zia dei giovani Basilio e Costantino Porfirogeniti, di cui divenne il tutore. Uno dei primi gesti di Zimisce Imperatore, in cambio della solenne incoronazione nella Cattedrale di Santa Sofia, fu la revoca delle leggi che limitavano le proprietà monastiche. Zimisce condusse alcune campagne di guerra vittoriose. Combatté e sconfisse l'esercito bulgaro di Svjatoslav in sanguinose battaglie di terra e lo annientò definitivamente sulle rive del basso Danubio usando, come aveva visto fare da Niceforo

Foca, i micidiali proiettili del fuoco greco. Combatté vittoriosamente anche in Siria e in Terrasanta vincendo i Saraceni e stabilendo in vaste regioni la sovranità dei Bizantini. Nonostante le frequenti aggressioni dei barbari riuscì a conservare, e in qualche regione a estendere, i confini dell'Impero senza ricorrere a nuove imposte, ma piuttosto cercando di favorire i commerci e l'alleanza con Veneziani e Genovesi. Ristabilì buoni rapporti con l'Occidente concedendo come sposa a Ottone II una propria cugina, bionda di capelli e con gli occhi neri come i suoi. Fu insomma, dopo essere salito al Trono con la frode e la violenza, un forte e abile Imperatore.

Si dice che il ricordo della uccisione di Niceforo, le scene di sangue di quella atroce giornata, lo abbiano perseguitato per i sette anni del suo regno con sogni e incubi notturni. I suoi bellissimi occhi neri divennero rossi e appannati a causa delle notti insonni e pare che le sue mani, dopo l'assassinio di Niceforo, fossero sempre fredde. Nonostante questo le Dame di Corte non cessarono di sperare nelle sue attenzioni.

Di Zimisce Imperatore ci sono state tramandate le vittoriose imprese militari, le leggi contro le dogane commerciali e gli atti diplomatici che sancivano la pacificazione con l'Occidente, ma solo poche parole sono rimaste di lui nella memoria dei posteri. A chi gli proponeva di ripristinare i banchetti filosofici rispose che non basta pensare, bisogna anche respirare. E aggiunse che sono pericolosi i pensatori che nella vita non hanno respirato abbastanza. Il suo primo e forse ultimo discorso Zimisce volle tenerlo, qualche settimana dopo l'incoronazione, nella Sala del Triclinio di fronte a tutte le Alte Gerarchie dell'Impero.

Il Preposto dei Sacri Palazzi avrebbe preferito che la cerimonia avvenisse secondo la tradizione nella Sala del Trono, ma aveva accolto senza scomporsi la scelta di Zimisce e con ogni cura aveva predisposto tutto l'apparato inaugurale nella Sala del Triclinio. Gli invitati parteciparono all'evento con l'emozione che unisce i sopravvissuti a una bufera. Nella Sala erano convenute, insieme alle Autorità della Corte, anche le Dame del Gineceo che avevano approfittato di questa occasione per sfoggiare le loro sete, i loro gioielli, le loro fantastiche acconciature. I rappresentanti di tutti gli Ordini avevano occupato i seggi assegnati dal Preposto secondo un rigoroso ordine gerarchico e i Domestici, in funzione di Guardia d'Onore, si erano schierati sotto il palco dal quale Zimisce avrebbe tenuto il discorso che inaugurava ufficialmente il suo Governo. Finalmente il suono fragoroso della simandra aveva annunciato l'arrivo dell'Imperatore e i Silenziari avevano agitato le loro verghe d'oro per imporre il silenzio nella Sala. Senonché una mano ignota aveva strappato i sottili fili di seta che ne avevano corretto l'acustica al tempo di Costantino VII.

Zimisce pronunciò il suo discorso senza dar segni di turbamento nonostante la confusione delle parole che rimbalzavano contro le colonne e le pareti di marmo e si diffondevano nella Sala trasformate in suoni disumani. Accompagnò anzi con qualche gesto vigoroso del braccio i momenti culminanti di quel vano eloquio corrotto dagli echi e dalle risonanze.

Gli uomini della Corte e le Dame del Gineceo, dopo qualche momento di sconcerto, seguirono il discorso con viva attenzione e in riverente silenzio, ma senza capire nulla.

